ALPHAS RETTUNG

BAD BOY ALPHAS

RENEE ROSE
LEE SAVINO

Übersetzt von
STEPHANIE KOTZ

Midnight
ROMANCE

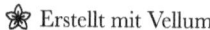 Erstellt mit Vellum

HOLEN SIE SICH IHR KOSTENLOSES BUCH!

Tragen Sie sich in meine E-Mail Liste ein, um als erstes von Neuerscheinungen, kostenlosen Büchern, Sonderpreisen und anderen Zugaben zu erfahren.

https://geni.us/jungfrauunddervampir

RENEE ROSE: HOLEN SIE SICH IHR KOSTENLOSES BUCH!

Tragen Sie sich in meine E-Mail Liste ein, um als erstes von Neuerscheinungen, kostenlosen Büchern, Sonderpreisen und anderen Zugaben zu erfahren.

https://www.subscribepage.com/mafiadaddy_de

LEE SAVINO: KOSTENLOSE NOVELLE

Hol dir ein kostenloses Exemplar von Gezeugt von den Berserkern und Eine Berserker-Geburt, indem du dich für meinen Newsletter anmeldest.

Der dritte Teil von Daegans, Brennas und Samuels Geschichte. Lies den ersten Teil in **Verkauft an die Berserker** *und den zweiten in* **Gepaart mit den Berserkern**. *Diese Novelle ist kostenlos, ein Geschenk.*

https://BookHip.com/PKRMGC

ALPHAS RETTUNG

Der kurvige Mensch hat meine Verwandlung beobachtet – jetzt kann sie nie wieder gehen.

Ich nahm das attraktive Weibchen mit seinen knallpinken Zöpfen gefangen.

Sie war unerlaubt auf unserem Berg unterwegs. Sie sah meinen Bären.

Da unser Land bereits bedroht wird, muss ich sie bei mir festhalten, bis ich in Erfahrung bringen kann, woran sie sich erinnert. Außerdem schwebt sie in Gefahr.

Ihr Bruder will ihren Tod und sie braucht meinen Schutz.

Ich sollte sie nicht behalten. Ich schwor, mir nie eine Gefährtin zu nehmen, aber ich kann mich nicht davon abbringen, Lana zu wollen.

Ich kann nicht widerstehen, sie an mein Bett zu fesseln. Sie zu beanspruchen.

Dann jeden zu zerstören, der es wagt, meine Gefährtin zu bedrohen.

Lass dir den nächsten Band der USA Today Bestseller Bad-Boy-Alphas-Serie von Lee Savino und Renee Rose nicht entgehen, in dem ein mürrischer Werbär seine kurvige Gefährtin kennenlernt. Überbeschützende Bärenliebe garantiert.

Teddy

DIE SONNE WÄRMT meine Seite des Bad Bear Mountains, als ich mich auf meinen Morgenlauf begebe. Etwas im Wind zieht mich zum Gipfel.

Normalerweise laufe ich an der Stadt vorbei oder zur Familienhütte, doch es ist später am Tag als üblich und ich will nicht von meinen Nachbarn oder einem meiner Brüder belästigt werden. Die Stadt Bad Bear hat zweihundert Einwohner, die auf dem Berg verteilt leben. An manchen Tagen fühlt es sich jedoch wie ein Aquarium an und in letzter Zeit sind mir alle die Bude eingerannt.

Wenn ich diesen Weg nehme, kann ich anderen aus dem Weg gehen und etwas Ruhe haben. Das rede ich mir jedenfalls ein, doch die Entscheidung fühlt sich weniger rational und viel mehr instinktiv an. Mein Bär leitet mich.

Vielleicht sind oben auf dem Gipfel bereits die ersten Beeren reif.

Ich brauche einen guten, anstrengenden Lauf und dann vielleicht einen langen Flug, um auf andere Gedanken zu kommen. Wie lange ist es her, seit ich in meinem Helikopter saß? Das Helikopter-Taxi-Geschäft war zuletzt weniger gefragt als üblich, das ist jedoch nur eine weitere Sache, über die ich nicht nachdenken will. Ich könnte das Black Wolf Rudel oben in Taos kontaktieren, damit ich Jobs kriege, aber ich schiebe es immer wieder auf.

Vielleicht haben meine Brüder recht und ich werde zu einem Einsiedler. Doch mein Bär war seit unserer letzten Mission wütend und mürrischer als üblich. Ich legte eine Pause ein und hörte sogar auf, Flüge hoch nach Taos zu unternehmen und meine Wolfrudelfreunde zu besuchen. Ich sagte mir, dass ich ihnen Raum gab, die Wahrheit ist jedoch, dass der Anblick von ihnen, wie sie glücklich mit ihren Gefährtinnen zusammen sind, zu viel Scheiß hochbringt.

Ganz gleich, wie schnell ich renne, ich kann der Vergangenheit nicht davonlaufen.

Es ist ein schöner Tag mit einem klaren blauen Himmel, doch eine Windböe verrät mir, dass heute Nach-mittag ein Regenschauer niedergehen wird. Es war ein feuchter Frühling und es blühen mehr Blumen als üblich. Das Aufblitzen von Knallpink vor mir auf dem Pfad ist allerdings keine einheimische Blume, die in der Wildnis blüht.

Da. Mein Bär will, dass ich nach vorne renne. Statt-dessen bleibe ich stehen, schlüpfe in den Heimlichkeits-modus und schleiche zu einer Kieferngruppe, die meine Masse verbergen kann.

Die pinke Farbe gehört zu einem nach Blumen duftenden Menschen. Ihre dunkle Haut steht im Kontrast zu dem Knallpink. Sogar ihre Wasserflasche hat die gleiche grässliche Farbe. Wer geht so angezogen wandern?

Der Wind dreht sich und ich atme erneut eine Wolke ihres Geruchs ein. Blumen und Honig und noch etwas. Die meisten Menschenfrauen riechen zu stark nach den künstlichen Düften von Körperlotionen. Dieser Mensch riecht allerdings so sauber wie Regen und wie ein Kreosotbusch.

Ich laufe ihr einige Schritte hinterher, bevor ich realisiere, was ich da tue. Normalerweise halte ich mich von Menschen, insbesondere weiblichen, fern. Sie bedeuten Ärger und ich würde sie vom Berg verbannen, wenn ich es könnte. Was ich nicht kann. Unsere kleine Stadt liebt Touristen und ganz gleich, wie viel ich protestiere, die Bürgermeisterin lässt sich immer wieder neue Dinge einfallen, um noch mehr von ihnen hierherzulocken.

Wenn mehr Touristen wie diese Frau aussehen würden, hätte ich natürlich nichts dagegen. Nach einigen Minuten, in denen ich ihr gefolgt bin, befinde ich mich so nahe bei ihr, dass ich einen guten Blick auf sie werfen kann, als sie stehen bleibt, um etwas Wasser zu trinken. Mit ihrer freien Hand wirft sie ihre langen Zöpfe – schwarz mit neonpinken Spitzen – über ihre Schulter. Anschließend stützt sie ihre Faust in ihre gut gerundete Hüfte. Die Bewegung bringt ihre Brüste zum Wackeln. In dieses horrende, abscheuliche Outfit ist ein prachtvolles Dekolleté gepackt. Normalerweise habe ich nichts gegen die Farbe Pink, aber dieser Farbton ist grell, blendend und so subtil wie ein Eispickel, der einem ins Auge gerammt wird.

Ich kann nicht aufhören, sie anzustarren.

Sie läuft mit hoch erhobenem Kopf den Pfad entlang und die Zöpfe rascheln über ihr hin und her schwingendes Hinterteil.

Ich folge ihr leise und wahre meine Distanz zu ihr. Ich

bin barfuß, trage eine alte Jeans, die mehr Löcher als Jeansstoff hat, und ein T-Shirt, das so fadenscheinig ist, dass es beinahe durchsichtig ist. Mein Bart erreicht bald biblische Ausmaße, ist allerdings weich.

Ich registriere, dass ich mir übers Gesicht reibe, und lasse die Hand fallen. Warum interessiert es mich, wie ich aussehe? Es ist nicht so, als würde ich auf ein Date gehen. Ich gehe nicht auf Dates. Nicht mehr.

Selbst wenn ich auf Dates gehen würde, würde ich das nie wieder mit einem Menschen tun. Diese Regel stellte ich auf, als ich achtzehn Jahre alt war, und seitdem habe ich sie kein einziges Mal gebrochen. Ich war nicht einmal versucht, sie zu brechen.

Also warum trifft mich der Geruch dieses kleinen Menschen so heftig?

Über meinem Kopf landet ein Vogel auf einem Ast und zwitschert. Dann sieht er mich und verstummt.

Der kleine Mensch wirbelt herum. „Bentley? Bist du das?"

Ich erstarre, doch wie alle Werbären jage ich und verfolge Spuren, seit ich laufen kann. Was mir nicht leicht-fiel, lernte ich in meiner Spezialeinheit. Ein Tal mit Kiefern, drei Lorbeersträucher und ein Fels befinden sich zwischen ihr und mir. Die Entfernung sowie die von der Sonne gesprenkelten Schatten tarnen mich und ich stehe in Windrichtung. Sie könnte mich ohnehin nicht riechen. Menschen können das nie.

„Bentley", ruft sie erneut. „Ich weiß, dass du hier bist. Das ist nicht witzig."

Ein Stück weiter den Pfad entfernt platzt ein anderer Mensch aus dem Unterholz. Ein männlicher Mensch, teigig weiß und säuerlich riechend.

„Ich bin hier. Meine Fresse, Lana", sagt er. „Ich musste mal austreten."

Was für ein Arschloch. Ich hasse es, wie er mit ihr spricht.

„Oh", ihre Stimme wird weicher. „Gib mir das nächste Mal einfach Bescheid. Ich dachte, du wärst ein Bär."

„Das wäre ein Glück für mich", brummt der Kerl und ich muss mir ein Knurren verkneifen.

„Das habe ich gehört", erwidert sie mit mehr Zuneigung, als ihr unhöflicher Begleiter verdient. Wenn ich an ihrer Stelle wäre, würde ich ihm den Kopf abreißen.

Vielleicht werde ich das noch tun.

Die zwei erklimmen schnaufend und keuchend den Berg, wobei sie sich wie ein Paar aus einer Sitcom zanken. Ich folge ihnen und höre aufmerksam zu. Ich weiß nicht, warum ich nicht einfach meines Weges gehe. Sie sind zwei Wanderer. Nichts Besonderes. Doch mein Bär will nicht, dass ich sie aus den Augen lasse.

„Mom und Dad hätten das hier geliebt", sagt sie. Ihre Stimme ist sanft und musikalisch wie die einer Taube, wohingegen ihr Begleiter wie eine Kreissäge nörgelt.

Lana und Bentley sind also kein Paar – sie sind Bruder und Schwester. Stiefgeschwister.

Er kaut auf überteuertem Beef Jerky herum und wirft die gelbe Verpackung an den Wegesrand, als er seinen Snack aufgegessen hat. Die Frau wirbelt zu ihm herum. „Nein. Auf keinen Fall. Wir lassen keinen Müll herumliegen."

Er brummt etwas, hebt das Papier jedoch auf und stopft es in seinen Rucksack. Als Nächstes wirft er einen halb gegessenen Müsliriegel weg und sie schimpft erneut mit ihm. „Wir sollen kein Menschenessen herumliegen lassen, Bentley. Hast du das schon vergessen? Man soll die Bären nicht füttern."

„Ja, ja…" Er wedelt mit einer Hand, als würde er eine Fliege verscheuchen.

Enttäuschung huscht über das Gesicht der Frau und ich stelle fest, dass ich einige Schritte näher bei den Wanderern bin, als ich sein sollte, und nur noch eine halbe Sekunde davon entfernt bin, dem Gesicht des Arschlochs meine Faust vorzustellen.

Sie schwenkt eine pinke Trinkflasche. „Willst du etwas Wasser?"

„Nein."

„Studentenfutter? Ich habe es selbst gemischt." Sie zieht eine Tüte heraus, die dem Aussehen nach mit Mandelstückchen und M&Ms gefüllt ist. „Nur das gute Zeug." Sie schaufelt eine Handvoll in ihren Mund und kaut. „Mmmm, so gut. Komm schon, großer Bruder, probier mal."

„Lass uns das hier einfach hinter uns bringen. Wie weit müssen wir gehen?" Er stellt seinen Stiefel auf einen Felsen und schnürt ihn neu, wobei er die weißen Blumen, die zu seinen Füßen blühen, so finster anblickt, als wären sie ein Haufen Hundescheiße.

„Hoch bis zum Gipfel."

„Sie werden es nicht wissen, wenn wir ihre Asche einfach hier an der Bergseite ausleeren." Er deutet auf einen Felsvorsprung in der Nähe.

Sie stemmt die Hände in die Hüften. „Wir sollen uns eigentlich an sie erinnern. Das hier ist eine Gedenkwanderung. Nur du und ich." Sie setzt einen pinken und schwarzen Rucksack ab und zieht eine schicke Urne heraus. Das goldene Blatt, das verschnörkelt auf die Seite gemalt wurde, blitzt im Frühlingslicht auf. Sie hält die Urne hoch. „Schau, ich weiß, das hier ist schwer…"

Der Bruder verschränkt die Arme und setzt einen gelangweilten Gesichtsausdruck auf. Er sieht aus, als würde er auf seine Latte-Bestellung warten und nicht um seine toten Eltern trauern.

„… aber es ist das, was sie wollten", spricht sie weiter. „Es war ihnen so wichtig, dass sie diese Gedenkwanderung in ihrem Testament festlegten." Sie presst die Urne an ihre Brust. „Sie wollten, dass wir beide hierhergehen und Erinnerungen schaffen."

Der Mund des Kerls verzieht sich, als hätte er etwas Ekliges gesehen. „Ich bin einzig und allein hier, weil es eine Bedingung im Testament ist. Sobald wir fertig sind, wirst du deine Hälfte des Geldes erben und ich meine. Dann müssen wir nie wieder miteinander sprechen."

„Schau mal, Bentley. Ich weiß, wir haben uns als Kinder nicht verstanden." Sie lacht gezwungen. „Ich weiß, dass du derjenige bist, der meinen Barbies die Köpfe abgerissen und auf Schaschlikspieße gesteckt hat, als ich sechs Jahre alt war. Ich habe dir übrigens vergeben." Sie wartet darauf, dass er antwortet, doch er wandert einfach weiter.

„Und es tut mir noch immer leid, dass ich Mom und Roger erzählt habe, dass du derjenige warst, der meinen Lieblingsteddy mit Feuerwerkskörpern gefüllt und mein Bett in Brand gesetzt hat. Ich wusste nicht, dass sie uns beide für den Rest unserer Schulzeit auf ein Internat schicken würden."

Bentley tut so, als würde er es nicht hören.

„Ich hätte gerne eine gute Beziehung zu dir jetzt, da wir Erwachsene sind. Ich dachte, wir könnten diese Wanderung nutzen, um eine Verbindung zu knüpfen."

„Falsch gedacht."

Was für ein Arschloch. Allerdings weiß ich nicht, warum es mich so beschäftigt. Warum belausche ich dieses traurige, jedoch irrelevante Gespräch überhaupt? Ich sollte mich zurückziehen, doch meine Füße wollen keine Distanz zwischen mich und das Weibchen bringen.

Was verrückt ist. Sie ist ein Mensch. Tabu.

Nicht mein.

Mein Bär scheint anderer Meinung zu sein.

Deswegen lungere ich wie ein Stalker außer Sichtweite herum und nippe an ihrem Duft.

Nein. Ich knirsche mit den Zähnen und zwinge mich, wegzulaufen. Je eher ich Distanz zwischen mich und das süßlich riechende Weibchen bringe, desto besser. Es kommt nichts Gutes dabei heraus, wenn ich mich länger in der Gegenwart eines verführerischen Menschen aufhalte.

Das habe ich auf die harte Tour gelernt.

Lana

Ich kann das Gefühl nicht abschütteln, dass uns jemand beobachtet.

Nachdem ich mich zum x-ten Mal umgedreht und den Wald abgesucht habe, frage ich Bentley: „Hast du das gehört?"

„Was?"

„Da ist etwas im Wald. Ich dachte, ich hätte…" Ich bleibe stehen und halte mir die Hand über die Augen. Mein Gedächtnis sagt mir, dass noch vor einer Sekunde ein Schatten zwischen den Bäumen davongehuscht ist, doch jetzt ist da nichts. „…vielleicht war es nur ein Vogel."

„Vielleicht ist es ein böser Bär, der gleich aus dem Wald kommt und dich frisst."

Ich rümpfe die Nase. „Du klingst, als würdest du dich darüber freuen."

„Vielleicht tue ich das ja."

Ich schüttle den Kopf. Ich gebe auf — ich kann die Beziehung zwischen Bentley und mir nicht mehr retten. Unsere Eltern hätten das gewollt — ich denke, dass sie aus diesem Grund dieses kleine Gedenkritual für uns arrangiert haben – und ich gab mein Bestes, eine Verbindung zu ihm herzustellen, doch er ist ein Arsch. Ich habe Standards.

Ich marschiere weiter und reibe die kribbelnde Empfindung in meinem Nacken weg.

Bentley greift mich verbal an und verzieht das Gesicht, als würde er schweißdurchtränkte Wollsocken riechen. „Und was zum Henker hast du an?", fragt er, als hätte er mich die ganze Zeit laut kritisiert.

„Ich bin so froh, dass du fragst." Ich nehme eine Pose ein. „Das ist die brandneue Wanderkollektion von GoddessWear."

Bentley zieht die Nase hoch, stapft an mir vorbei und schraubt den Deckel wieder auf seine Wasserflasche. Er weiß den Hightech-Stoff, der im schrägen Fadenverlauf genäht ist, damit er schmeichelnd auf meinen Kurven liegt, nicht einmal zu schätzen. Ich bin klein und wunderbar rund und mein neues Outfit ist zugleich sportlich und sexy. „Niemand macht hübsche Wanderkleider für kurvige Frauen", informiere ich Bentley. „Also habe ich mich hingesetzt und etwas dagegen unternommen." Ich kann den gewaltigen Stolz in meiner Stimme nicht verbergen.

„Musste es diese Farbe sein?"

„Was stimmt mit Pink nicht? Es ist meine Lieblingsfarbe."

Bentley mustert mich von oben bis unten und schnaubt. „Es ist so grell, dass man dich von Santa Fe aus sehen wird. Leuchtet es im Dunkeln?"

„Ja", sage ich triumphierend. „Für den Fall, dass ich mich verirre oder in eine Schlucht stürze. Das erleichtert es der Rettungsmannschaft, mich zu finden."

Er marschiert weiter, wobei er leise vor sich hin murrt.

„Unfälle passieren", trällere ich und eile ihm hinterher.

„Das tun sie." Ich weiß nicht, warum sich Bentley so schadenfroh anhört. Er zwickt sich in den Nasenrücken. „Warum wollte mein Dad überhaupt von diesem Berg geworfen werden?"

Ich beiße mir auf die Lippe, bevor ich ihm den Kopf abreiße, weil er die Verstreuung der Asche unserer Eltern, als *von diesem Berg werfen* bezeichnet.

Ich bestehe aus Sonnenschein. Das hat mir jedenfalls meine Mom früher stets erzählt. Es war vermutlich eine erlernte Bewältigungsstrategie, weil ich mit einem Stiefbruder zusammenleben musste, der mich hasste, und weil ich von Nannys und sehr unbeteiligten reichen Eltern großgezogen wurde.

Meine Mom und mein Stiefvater Roger waren als Eltern nicht sonderlich präsent. Nach dem Internat zog ich aus.

Ich hielt inne, um mir über die Brust zu reiben, was eine automatische, keine notwendige Geste ist. Die engen Knoten unter meinem Brustbein haben sich gelockert. Ich liebte meine Eltern, doch der Schock und das Entsetzen über den Absturz des Privatflugzeugs, der ihnen das Leben kostete, hat nachgelassen. Ich bin müde, fühle mich ein wenig leer und bin bereit für diesen Schritt im Trauerprozess. Die Urne mit ihrer Asche stand anderthalb Jahre lang auf dem Kaminsims in meinem Haus in den Hollywood Hills.

„Sie hatten schöne Erinnerungen an ihren Besuch hier", erkläre ich. „Es war der dritte Ort, den sie in ihren Flitterwochen besuchten. Nach Park City und vor Taos."

„Ich bin mir sicher, dass es die Idee deiner Mom war. Warum jemand freiwillig zu diesem beschissenen Berg gehen würde, ist mir schleierhaft."

„Wovon sprichst du? Dieser Berg ist perfekt. Er ist wie eine Postkarte. Alles daran ist so malerisch."

„Malerisch? Was zum Geier ist an diesem Ort malerisch?" Er rümpft die Nase, als würde er Hundescheiße riechen.

„Alles", beeile ich mich, den Ort zu verteidigen. „Die pinken Berge, die kleine Stadt. Sogar der Name ist niedlich."

„Wer nennt einen Berg schon *Bad Bear Mountain*?"

„Offensichtlich die Leute, die hier gelebt haben. Vielleicht gibt es ein Bärenproblem." Uups, das hätte ich vermutlich in Erfahrung bringen sollen, bevor wir zu einer langen Wanderung in der Wildnis aufgebrochen sind.

Ich versuche, im Internet nach weiteren Informationen über den Bad Bear Mountain zu suchen und herauszufinden, wie er zu dem Namen gekommen ist, doch die Website lädt nicht.

Wir erreichen den Gipfel gegen Mittag. Ich muss die Uhrzeit nicht auf meinem Handy nachschauen – ich kann es daran erkennen, dass sich die Sonne direkt über uns befindet. Ich bin im Grunde genommen ein Pfadfinder.

„Okay." Ich lasse meine Wanderstöcke und meinen Rucksack fallen. Alles, was ich getragen habe, wurde in den vergangenen dreißig Minuten schwerer. „Wir sind da. Willst du es machen oder soll ich?"

Bentley macht eine ungeduldige Geste. „Na mach schon."

„Nicht unbedingt der Respekt, den Mom und Roger verdienen, aber okay." Ich hole die Urne hervor und gehe zu einer Felsengruppe mit einem großen Felsen, der über eine malerische Aussicht ragt.

Während Bentley mit vor der Brust verschränkten Armen am Fuß der langen Felszunge wartet, betrete ich diese vorsichtig und setze mit großer Sorgfalt einen Fuß vor den anderen. Am Ende der felsigen Planke drücke ich die Urne an mich und spähe über die Kante. Aufgrund der Höhe wird mir schwindlig. So hoch hoben und im Freien peitscht mir der Wind meine Zöpfe ins Gesicht.

„Worauf wartest du?", ruft Bentley.

„Ich warte darauf, dass der Wind in die richtige Richtung weht", brülle ich zurück. „Ich will Mom und Roger nicht in den Mund kriegen."

Er grunzt und gibt in diesem Punkt nach.

Ich stehe am Rand der Welt und klammere mich an die Urne. Jetzt, da ich hier bin und in der heißen Sonne schwitze, wünsche ich mir, ich hätte mehr getan, um diesen Moment besonders zu gestalten. Ich hätte eine Rede vorbereiten sollen. „Soll ich einige Worte sagen?"

„Lana, um Himmels willen", schreit er.

Na schön. Ich öffne die Urne. „Tschüss Mom, Roger", flüstere ich in den Wind und lasse die Asche fallen. Ich denke an all die guten Zeiten, die wir gemeinsam hatten – eine Handvoll Winterferien und mein Internatsabschluss. Unsere Eltern reisten viel und führten ihr eigenes Leben, aber die Zeit, die wir miteinander verbrachten, war besonders. Und es fehlte uns an nichts. Als ich das Geld brauchte, um meine Firma zu gründen…

„Wirst du den ganzen Tag dort oben bleiben?"

„Ich verabschiede mich", entgegne ich über meine Schulter. „Sie waren unsere Eltern."

„Nein. Das waren *deine* Mom und *mein* Dad. Wir sind keine Familie. Das waren wir nie. Und jetzt ist es vorbei." Seine Stimme nimmt eine bösartige Schärfe an.

Ich presse die Lippen zusammen. Ich könnte ihn fragen, warum er so fies sein muss, aber er war schon immer so zu mir. Hätte es ihn umgebracht, nett zu mir, seiner jüngeren Stiefschwester, zu sein? Ich hatte mir immer ein Geschwisterchen gewünscht. Hätte er mir nur das kleinste bisschen Freundlichkeit entgegengebracht, hätte ich ihn vergöttert.

Als ich mich umdrehe, wartet Bentley am anderen Ende des Felsvorsprungs. Auf seinem Gesicht zeichnet sich hässliche Freude ab. Etwas blitzt in seiner Hand auf und reflektiert das helle Sonnenlicht.

Ein Messer.

„Bentley?" Ich starre die Waffe an. „Was soll das?"

„Du bist so dumm", spuckt er aus. „Denkst du, ich marschiere den ganzen Weg hierher und lasse mir diese Gelegenheit entgehen? Sie werden denken, dass du bei einem Unfall gestorben bist. Und ich werde um dich trauern. Zur Hölle, ich kann dich in diese Urne füllen." Er ruckt mit dem Kinn zu der nun leeren Urne und ich drücke sie an meine Brust, als könnte sie mich beschützen.

„Wovon sprichst du?"

„Muss ich es für dich buchstabieren?"

„Im Ernst, Bentley, was zum Teufel? Senk das Messer. Jemand könnte verletzt werden."

„Das ist der Plan." Bentleys Stirn ist rot und glänzt. Er schwitzt so stark, dass sein Griff um das Messer glitschig sein muss.

Ich gehe einen Schritt rückwärts.

„Ja, das ist es", er wedelt mit dem Messer. „Geh zurück."

Einige Kiesel kullern unter meinem Schuh weg, hüpfen über die Felskante und verschwinden außer Sichtweite. „Aber… dann fliege ich über die Kante."

„Genau." Sein Grinsen ist bösartig.

„Das ist Irrsinn." Ich stemme die Hände in die Hüften. „Warum willst du mich umbringen?" Geht es ums Geld? Das Erbe? Wir bekommen beide gleich viel von ihrem

Vermögen. Das Testament teilt alles in zwei Hälften auf. Die Häuser, die Anlagen…"

„Es hätte alles mir gehören sollen!" Spucke spritzt aus Bentleys Mund. „Es war das Vermögen meines Dads!" Schweiß rinnt über seine dünnen Augenbrauen und tropft in seine Augen. Er will sich die Stirn mit der Hand abwischen, die das Messer festhält.

„Oh, pass auf." Meine Hand streckt sich, um ihn zu warnen, damit er sich nicht seinen eigenen Kopf aufschneidet. „Halt das Messer nicht so. Du wirst dich schneiden."

Bentley senkt das Messer und wischt mit der freien Hand über seinen Kopf.

Erkläre ich ihm wirklich, wie er ein Messer richtig halten soll, während er versucht, mich zu ermorden? Ich sollte versuchen, zu entkommen.

Ich eile zur Seite des großen, vorspringenden Felsens, doch meine Optionen sind begrenzt. Die Seite der Felszunge ist steil und wenn ich einen Fuß falsch setze, werde ich abstürzen. Im besten Fall stürze ich nur wenige Meter auf die Felsen darunter. Im schlimmsten Fall…

„Nur noch ein bisschen weiter." Bentley kriecht die Felsenzunge hinauf und auf mich zu.

Ich schaue hinter mich zu dem hundertfünfzig Meter tiefen Fall. „Nein." Ich stemme meine Füße in den Boden. „Du wirst mich nicht dazu zwingen können, mich über die Kante zu stürzen. Du wirst mich niederstechen müssen."

„So sei es." Er macht noch einen Schritt nach vorne und gegen meinen Willen weiche ich einen Zentimeter zurück.

„Das ist also dein Plan? Du wirst mich einfach niederstechen? Wie soll das wie ein Unfall aussehen?"

„Ich werde dich über die Kante stoßen. Vielleicht

werde ich deine Leiche einfach liegen lassen und niemand wird sie finden." Er klingt unsicher.

„Was, wenn ich nicht tot bin?" Ich verschränke die Arme vor der Brust, dann überdenke ich die Position und strecke die Arme aus, um das Gleichgewicht zu halten, wobei ich regelmäßige, schwindelerregende Blicke hinab auf den hundertfünfzig Meter tiefen Sturz werfe. „Was, wenn ich mir nur all meine Arme und Beine breche?"

„Oh, du wirst sterben", sagt er. „Dafür werde ich sorgen."

„Du wirst dort runterklettern und mir den Schädel einschlagen?" Ich weiß nicht, woran ich größeren Anstoß nehme – dass er versucht, mich zu ermorden, oder dass er es so schlecht tut.

Bentleys Gesicht wird mit jeder Sekunde röter. „Das ist wieder so typisch für dich", bringt er zähneknirschend hervor. „Warum musst du so schwierig sein?"

„Das ist nicht fair", erwidere ich. „Ich war immer absolut entgegenkommend."

„Ich gebe nicht die Hälfte meines Erbes auf. Es war ohnehin das Geld meines Dads. Du und deine Mom seid nur auf seiner Erfolgswelle mitgeschwommen. Außerdem wussten unsere beiden Eltern, dass du die Dumme bist…"

„Wenn ich so dumm bin, warum bist du dann derjenige, der es nicht fertigbringt, mich anständig zu töten? Warum bin ich eine CEO?", brülle ich über den Wind hinweg. Die Böen zerren an meinen Zöpfen und weitere Steinchen rollen über die Kante. Wenn eine Böe kräftiger ausfällt, werde ich mit ihnen in die Tiefe stürzen.

Jetzt oder nie.

Ich muss mich auf Bentley stürzen und schauen, ob ich an ihm vorbeirennen kann. Dann muss ich ihm bis hinab zum Mietwagen weglaufen.

Gott, ich hasse rennen. Mein Körper ist nicht zum

Rennen gebaut. Ich habe einen Körper, der dazu gebaut wurde, hübsch auf einem Diwan zu liegen. Und zu schwimmen. Ich liebe schwimmen.

Ich täusche links an und springe dann nach rechts, doch Bentley blockiert meinen Weg. Das Messer befindet sich zwischen uns und das spitze Ende zeigt nach oben. Nicht gut.

Abgesehen von der unnatürlichen Röte auf seinen Wangen ist Bentleys Gesicht schrecklich blass. Seine Augen sind weit aufgerissen und starren mich an. Das Weiß blitzt auf, als hätte er größere Angst als ich. War er deswegen auf der gesamten Wanderung verängstigt und verschwitzt? Hat er geplant, mich zu töten?

Ich renne weg und als Bentley das Messer nach vorne stößt, schlage ich mit der Urne auf seine Messerhand. Er brüllt auf und lässt die Waffe fallen, packt mich jedoch mit seiner freien Hand. Wir ringen beide miteinander – er versucht, mich aus dem Gleichgewicht zu bringen, und ich versuche, ihn wegzustoßen.

Er wird mich wirklich über die Kante schubsen. Ich mache meinen Körper schwer und falle zu Boden, wobei ich ihn mit mir ziehe. Doch jetzt liege ich in den Urnenscherben. Und Bentley ist näher bei dem Messer.

Indem er sich schneller bewegt, als ich es für möglich gehalten hätte, packt er die fies aussehende Waffe und schwingt sie vor mir. Ich hebe eine Hand, als könnte meine leere Handfläche ihn aufhalten, und versuche, mich aufzurappeln, doch es ist zu spät. Er ist beinahe bei mir…

Ein Brüllen fegt über uns hinweg und eine dunkle Gestalt stürmt zwischen den Bäumen hervor. Der Boden erzittert und ich verliere das Gleichgewicht. Einige schreckliche Sekunden lang schwanke ich an der Kante.

Ich werfe mich nach vorne und schlittere an dem Felsvorsprung entlang zur Sicherheit. Zu Bentley und dem

Messer. Ich werde beinahe zu einem pinken Fleck am Fuß eines Aussichtspunktes, doch das ist das Geringste meiner Probleme.

Ein verflixtes Monster ist gerade aus dem Wald gerannt. Braunes Fell, schwarze Schnauze, lange Zähne. All meine Kenntnisse über die Tierwelt stammen von Tiervideos, die ich auf Tiktok angeschaut habe, aber ich erkenne einen Bären, wenn ich einen sehe. Einen bösen Bären.

Er ist verflucht riesig, so groß wie ein Auto. Und auch kein kleines Auto. Ein SUV. Seine Tatzen donnern über den Boden, als er zu uns rennt. Sein geöffnetes Maul ist größer als mein Kopf und bereit, Bentley und mich mit einem Happs zu fressen.

Jetzt wäre ein guter Zeitpunkt, sich daran zu erinnern, was man tun muss, wenn man sich einem angreifenden Bären gegenüber findet. Wegrennen? Sich totstellen? Sich die Lunge aus dem Hals schreien und hoffen, dass jemand zur Hilfe eilt?

Bentley tut das bereits – sein Schrei ist so hoch und schrill und laut wie ein Chor Teenagerinnen bei einem K-Pop-Konzert. Er ist jedoch von Angst durchzogen anstatt von Bewunderung. Er lässt das Messer fallen. Es prallt von dem Felsen ab und bleibt zwischen zwei Steinen stecken. In seiner Eile, zu fliehen, stößt er mich beiseite und ich stürze. Ich falle nicht komplett den Berg hinab – nur einige Meter. Die Welt neigt sich und die Bäume und der Himmel drehen sich um mich herum. Meine Stirn knallt gegen etwas und Licht explodiert hinter meinen Augen.

Als das Licht verblasst, liege ich auf dem Rücken und starre in den Himmel hoch. Eine Ansammlung Felsen hat meinen Sturz abgefangen.

Wenigstens hat Bentley zu schreien aufgehört. Entweder ist er fort oder der Bär hat ihn gefressen.

Ich blinzle in die Stille. Etwas Feuchtes läuft über mein Gesicht. Vielleicht wird Bentley doch die Hälfte meines Erbes erhalten.

Ich knirsche mit den Zähnen und zwinge mich, zu leben, wenn auch nur, um Bentley zu ärgern, als ein riesiger Schatten auf mich fällt. Es ist der Bär, der über mir aufragt und sein zotteliges Gesicht nah an meines hält. Als Kind hatte ich einen Teddybären. Die lebensechte Version stellt keinen Vergleich dar. Abgesehen von den Ohren – die sind rund, flauschig und super niedlich.

Der Bär grunzt. Sein heißer Atem weht über mein Gesicht.

Das ist das Ende. Aus dieser Situation kann ich mich nicht rausreden.

Ich könnte versuchen, aufzustehen und wegzurennen, aber diese Felsen unter meinem Rücken sind eigenartig bequem. Ich lasse meinen Kopf mit einem Knacken nach hinten fallen. Schmerzen durchschneiden ihn und eine schwarze Decke legt sich auf mein Gesicht und löscht die Welt aus.

TEDDY

Fuck sei Dank, dass mich mein Bär zu dem pink gekleideten Weibchen zurückgeführt hat. Ich kam gerade rechtzeitig auf dem Gipfel an, um zu sehen, wie das bleiche Männchen sie mit einem Messer bedrohte.

Ich dachte nicht nach. Ich wartete nicht. Ich verwandelte mich einfach und griff an.

Jetzt ist ihr Angreifer verschwunden, sie liegt in einem pinken Haufen auf den Felsen und Blut läuft über ihr Gesicht.

Ich würde ihm hinterherjagen, will sie allerdings nicht verlassen.

Nach wie vor in Bärengestalt schnuppere ich an ihren Haaren. Sie hat sich den Kopf angeschlagen, als ihr Stiefbruder sie gestoßen hat. Jetzt blinzelt sie zu mir hoch und ihr Blick ist unkoordiniert.

Ich jage ihr momentan vermutlich eine Heidenangst ein.

Bevor ich es aufhalten kann, überkommt mich die Verwandlung. Ich spanne mich an und versuche, dagegen anzukämpfen, doch es ist, als würde ich versuchen, mitten im Niesen zu niesen aufzuhören. Mein Rückgrat wölbt sich und knackt und meine Gestalt fliest von der riesigen Bärengestalt zurück zu einem Menschen. Ich taumle auf zwei Füßen und meine Brust hebt und senkt sich schnell.

Was zum Henker war das? Mein Bär hat mich gerade gezwungen, mich zu verwandeln. Vor einem Menschen. Ich habe noch nie so die Beherrschung verloren.

Ich strecke eine Hand aus und wackle mit den Fingern, um die Krämpfe loszuwerden. Ich stehe noch immer über dem kleinen Menschen und obwohl mein Körper nun kleiner ist, rage ich nach wie vor über ihr auf.

Scheiße. Hat sie gesehen, dass ich mich verwandelt habe?

Ihre Augenlider flattern. Ich halte die Luft an, doch ihre Augen bleiben geschlossen. Zuvor waren sie allerdings offen, oder? Was bedeutet, dass sie mein Geheimnis kennt.

Das ist ein Schlamassel und ich habe es gerade schlimmer gemacht.

Sie scheint jetzt bewusstlos zu sein. Wenn sie nicht auf einem Haufen Steine liegen und ein rotes Rinnsal von ihrer Schläfe zu ihrem Kinn laufen würde, sähe sie aus, als hätte sie sich einfach nur für ein Nickerchen hingelegt.

Ich berühre ihre Hand, die schlaff ist. Sie ist bewusstlos

und hat vermutlich eine Kopfverletzung. Menschen sind so verdammt zerbrechlich. Sie braucht medizinische Hilfe. Es ist womöglich keine gute Idee, sie jetzt zu bewegen, aber ich kann sie nicht allein hier lassen für den Fall, dass ihr psychopathischer Stiefbruder zurückkommt und beendet, was er zu beginnen versucht hat.

Ich muss sie hier wegschaffen.

Nachdem ich ihre offene Wunde überprüft habe, die stark geblutet hat, jetzt jedoch zu gerinnen scheint, hebe ich sie vorsichtig in meine Arme. Sie hochzuheben, kostet mich keine Kraft. Sie ist ein angenehmer, warmer Armvoll und als ich versuche, ihren Kopf zu stützen, murmelt sie etwas und kuschelt sich dichter an mich. Ihr honigartiger Geruch kitzelt meine Nase.

Ich bewege mich so leise, wie ich kann. Ich bin nackt, denn die Überreste meiner Kleider liegen zerfetzt am Waldrand. Wenn sie jetzt aufwacht, werde ich viel erklären müssen.

Ich werde sie an einen sicheren Ort bringen, sie untersuchen und mich anschließend mit ihren Fragen auseinandersetzen. Ich habe auch Fragen an sie, die damit beginnen und enden, ob sie gesehen hat, wie ich mich von einem großen Bären in einen Menschen verwandelt habe, oder nicht.

Das Messer liegt noch zwischen den Felsen und funkelt im Licht. Ich werde einen meiner Brüder herschicken, damit er es und ihren knallpinken Rucksack holt. Jetzt, da sie in meinen Armen liegt, will ich es nicht riskieren, sie durchzurütteln.

Ich marschiere zum Schutz der Bäume, als sich ihr Kopf nach hinten neigt und sich ihre hübschen braunen Augen auf mein Gesicht heften. Verdammt, sie ist schnell aufgewacht. Sie sieht noch immer ein wenig benommen aus. Ihre Augenbrauen ziehen sich zu einem V zusammen, dann glätten sie sich. Ich werde zu einer Statue, als sich ihre kleine Hand hebt und meine Wange berührt.

„Bär", formt sie mit den Lippen. Sie schmiegt ihre Finger an mein Gesicht und wiederholt eindringlich „Bär", bevor ihre Hand sinkt. Ihre Augen schließen sich und ihr Kopf sackt ein weiteres Mal auf meine Schulter.

Scheiße.

2

Teddy

DER REIZENDE MENSCH BLEIBT AUF dem Weg zu meiner
Hütte hauptsächlich bewusstlos. Als ich sie auf mein Bett
lege, krümmt sie sich sofort zu einem Ball zusammen. Ich
decke sie mit einer Decke zu und ziehe die Vorhänge zu,
damit das Zimmer dunkel und kühl bleibt. Sie in meinem
Bett liegen zu sehen, ist mehr als befriedigend. Ich bemühe
mich, nicht allzu angestrengt darüber nachzudenken.

Ich trete nach draußen, mache einen Anruf und
verbringe fünfzehn Minuten damit, meine Grundstücksgrenze entlang zu tigern, sie auf Schwachstellen zu über-
prüfen und im Wind zu schnuppern. Ich kann noch immer
nicht fassen, dass ich mich vor ihr verwandelt habe. Das
Geheimnis unserer Tiere zu bewahren, ist die erste
Lektion, die wir als Gestaltwandler lernen. Sich unkontrol-
liert zu verwandeln, ist nicht nur ein Anfängerfehler, es ist
ein tödlicher Fehler. Meine jüngeren Brüder hatten
Probleme mit der Kontrolle, als sie Teenager waren. Ma

hat sie zu Hause unterrichtet, bis sie ihre Tiere anständig verstecken konnten. Doch nicht einmal in ihren schlimmsten Phasen hätten sie so einen tödlichen Fehler begangen.

Was hast du dir nur dabei gedacht?, rüge ich meinen Bären, der mir nicht antwortet. Ich spüre seine Befriedigung. Er mag den kleinen Menschen und jetzt ist sie genau dort, wo er sie haben will.

In meinem Bett.

Scheiße, was für ein Schlamassel.

Mein Bruder findet mich, als ich vor meiner Hütte auf und ab laufe. Ich wirble herum, sobald ich sein leises Herannahen spüre. „Matthias."

Mein Bruder ist in sein übliches Hemd und eine hübsche Hose gekleidet. Anders als der Rest von uns hat er einen Job, bei dem er mit Menschen arbeitet. Ich hatte Glück, dass ich ihn zwischen seinen Terminen erwischt habe.

„Teddy." Matthias begrüßt mich mit einem Nicken, bei dem seine Brille glänzt. Er braucht keine Brille, weil er eine perfekte Gestaltwandlersicht hat, aber er trägt sie trotzdem. „Bist du okay?"

Nein, ich habe ein Weibchen durch den Wald verfolgt und sie vor ihrem mörderischen Bruder gerettet. Dann habe ich mich wie ein Idiot direkt vor ihr verwandelt. Mein Bär ist womöglich vollkommen außer Kontrolle.

„Jepp, mir geht's prima. Komm rein." Ich halte ihm die Tür auf. Wir müssen beide unsere Köpfe einziehen, um die Hütte zu betreten. Als sich Matthias in meinem Wohnzimmer aufrichtet, streifen seine kleinen schwarzen Locken die freiliegenden Kiefernbalken. Er ist schmaler gebaut als ich, allerdings einen Tick größer als ich.

„Danke, dass du so schnell gekommen bist", sage ich. „Bist du zum Gipfel gegangen?"

„Ich habe das hier gefunden." Matthias hebt den knall-pinken Rucksack hoch. „Zusammen mit zerbrochenen Keramikstücken. Aber kein Messer."

„Scheiße." Ich reibe mit einer Hand über mein Gesicht. Ich hätte mich sofort um das Messer kümmern sollen, damit ihr Stiefbruder nicht zurückkommen konnte, um es zu holen. Das Weibchen bringt mich dazu, alle möglichen Fehler zu machen. „Hast du jemanden gesehen?"

„Nein. Ich habe den Geruch von ein paar Menschen wahrgenommen. Einer von denen war sie. Der andere ist männlich."

„Ihr Stiefbruder. Er hat versucht, sie zu erstechen, und als ich ihn überrascht habe, ist er davongerannt." Mich juckt es richtig, rauszugehen und nach ihm zu suchen, aber bis ich weiß, dass das Weibchen wieder gesund wird, muss ich an ihrer Seite bleiben.

Matthias nickt ruhig, als hätte ich etwas Normales beschrieben. Er ist es gewöhnt, dass ich ihm nur das Minimum an Informationen zu meinen Missionen gebe. Nichts bringt ihn aus der Fassung. Außerdem ist er ein Arzt mit einer Ausbildung von den Menschen, was ihn zu dem perfekten Bruder macht, um dieses Dilemma zu lösen. „Wo ist die Patientin?"

„Dort drin." Ich deute auf mein Schlafzimmer.

Matthias' Augenbrauen hüpfen. Meine Hütte ist klein und gemütlich. Sie hat ein großes Zimmer mit Küche und Wohnzimmer mit einem Kamin sowie ein kleines Schlaf-zimmer, das gerade groß genug für einen Schrank und mein Bett ist. „Ich hätte sie aufs Sofa legen können, aber Leute mit Kopfverletzungen brauchen Ruhe und Privat-sphäre, stimmt's?"

„Klar", antwortet Matthias.

Ich füge nicht hinzu, dass das Sofa zu ungeschützt ist.

Zu nahe an der Tür. Ich muss sie beschützen. Vor allem füge ich nicht hinzu, dass das Verlangen, sie in meinem Bett zu haben, alles andere überwog.

Ich werde diesen Drang nicht zu genau untersuchen.

Ich nehme den pinken Rucksack des Menschen und Matthias lässt seine schwarze Lederarzttasche von seiner Schulter gleiten.

„Ich werde jetzt nach ihr sehen." Er schlüpft ins Schlafzimmer und ich kämpfe den Drang nieder, zu knurren und ihm zu folgen. Ich will nicht, dass jemand anderes als ich in der Nähe des Menschenweibchens ist.

Matthias wäscht sich in meinem Badezimmer, bevor er zur Patientin geht. Als die Badezimmertür knarzt, kann ich nicht mehr gegen meine Instinkte ankämpfen. Ich gebe auf und drücke mich im Türrahmen zu meinem Schlafzimmer herum. Von dort beobachte ich, wie sich Matthias über das Bett beugt, um das Weibchen zu untersuchen. Er trägt Handschuhe und seine Hände sind sanft, ihre Stirn runzelt sich jedoch, als er ihren Kopf berührt.

„Diese Wunde sieht schlimm aus, doch sie ist die Geringste unserer Sorgen", sagt Matthias. „Sie hat wahrscheinlich eine schlimme Gehirnerschütterung."

„Ist das schlimm?" Menschenverletzungen machen mich nervös. Manche von ihnen sterben an Bienenstichen oder weil sie eine Erdnuss gegessen haben. Wie zur Hölle soll ich den hier am Leben halten?

„Hast du gesehen, wie sie sich den Kopf angeschlagen hat?"

Ich lehne mich an den Türrahmen und kämpfe gegen den Drang an, Matthias auf die Seite zu schieben und den kleinen Menschen in meine Arme zu nehmen. „Ich war draußen laufen. Sie war wandern, als ihr Stiefbruder versuchte, sie zu töten. Ich mischte mich ein, doch in dem Tumult fiel sie auf einige Steine."

Matthias nimmt das mit einem Nicken zur Kenntnis. Er hält eine kleine Taschenlampe in der Hand und leuchtet in Lanas Augen. „Wie lange ist sie schon bewusstlos?"

Während ich von der Rettung berichte, schiebe ich mich in mein Schlafzimmer und drücke mich hinter Matthias herum. Der Geruch des Weibchens füllt den Raum und meine Instinkte sagen mir, dass ich den kleinen Menschen in die Arme nehmen und meinen Bruder rauswerfen soll. Was verrückt ist. Es gibt keinen Grund, dass ich wegen eines Menschen, dem ich noch nie begegnet bin, so besitzergreifend sein sollte.

„Und du hast sie hierher anstatt ins Krankenhaus gebracht?", erkundigt sich Matthias.

„Sie kann nicht gehen", platze ich, ohne nachzudenken, heraus. „Ihr Stiefbruder hat versucht, sie umzubringen, schon vergessen?"

„Du denkst, dass er noch dort draußen ist und nach ihr sucht?"

„Er sah ziemlich entschlossen aus."

„Wirst du nach ihm suchen?"

„Sie hat Priorität. Hast du irgendeine Ahnung, warum sie noch bewusstlos ist?"

„Die Gehirnerschütterung. Sie ist für ein paar Minuten zu sich gekommen, korrekt?"

„Weniger als eine Minute lang."

Matthias grunzt. Er wühlt in seiner Tasche herum und hält eine Phiole mit einer dunkelgrünen Flüssigkeit hoch. „Halte ihren Kopf."

Ich trete um ihn herum, um die Patientin zu stützen. Ihr Kopf sieht so klein zwischen meinen riesigen Händen aus. Sie ist wirklich eine Wucht – glatte, dunkle Haut, wohl geformte Wangenknochen, niedliche Stupsnase, volle Lippen.

Matthias hebt die Phiole an ihren Mund und gießt den Inhalt hinein. Es riecht komisch, eine metallische und pflanzliche Mischung.

Ich versteife mich. „Was ist das?"

„Nur etwas, was ich zusammengebraut habe", murmelt Matthias, der die Phiole so neigt, dass sie ganz leer wird. „Komm schon, schluck. Ja, genau so."

„Was ist da drin?"

„Das willst du nicht wissen."

Mein Knurren überrascht uns beide.

„Es ist ein Heilserum", erklärt Matthias. „Eines meiner Gebräue. Es wird ihrem Kopf helfen."

All meine Beklommenheit verfliegt. Matthias versucht, ihr zu helfen. „Es ist kein gutes Zeichen, dass sie so lange schläft, oder?"

„Ganz und gar nicht. Das Serum sollte jedoch das Schlimmste heilen." Er steckt die leere Phiole wieder in seine Tasche und zieht eine Packung mit Verbandsmull heraus. „Es wird einen Augenblick dauern, bis es wirkt. In der Zwischenzeit kann ich diesen Schnitt reinigen. Es sieht nicht so aus, als gäbe es andere Prellungen." Er sprüht eine Lösung auf den Verbandsmull und beginnt, über ihren Kopf zu tupfen. „Du musst sie mindestens vierundzwanzig Stunden lang beobachten. Wenn es geht, solltest du sie nicht bewegen oder laute Geräusche machen. Sie braucht Ruhe." Er betrachtet mich über den Rand seiner falschen Brille hinweg. „Kannst du in deinem überfüllten Termin-kalender Zeit dafür finden?" Seine Stimme ist sanft und es liegt kein Hauch von Sarkasmus darin, als er *überfüllten Terminkalender* sagt, doch ich empöre mich, als sei es ein Vorwurf.

Das letzte Mal, als wir uns unterhielten, beschuldigte er mich, zu einem Einsiedler zu werden. Von all meinen Brüdern ist Matthias der Ruhige, Leise und Nachdenkliche. Er ist auch derjenige, der am wahrscheinlichsten auf Sarkasmus und subtile Arten zurückgreift, um mir mitzuteilen, dass er verärgert ist. Meine anderen Brüder würden mit einer Faust in meine Richtung schlagen. Wir Bad Bear Brüder neigen dazu, Raufereien zu nutzen, um Dinge zu klären, sehr zum Missfallen unserer Ma.

„Ja, das kann ich tun", erwidere ich.

„Du kannst in ihrem Rucksack nach ihrem Führerschein suchen, damit du ihren Namen weißt."

„Lana. Sie heißt Lana."

Matthias zieht eine Braue hoch und ich beeile mich, zu erklären: „Ich habe sie und ihren Stiefbruder womöglich während ihrer Wanderung reden hören. Ich war laufen, als sie vorbeikamen, und du kennst Menschen. Sie sind laut." Ich verstumme. Je mehr ich versuche, Matthias davon zu überzeugen, dass ich Lana nicht gestalkt habe, desto weniger ist er überzeugt. Vielleicht hätte ich ihn nicht anrufen sollen. Bei ihm ist es am unwahrscheinlichsten, dass er mich verärgert, aber er ist auch klüger als ich und die Hälfte meiner Brüder zusammen. Ich kann ihn nicht reinlegen.

Matthias säubert die Kopfwunde des Menschen und verbindet sie. Die Patientin bleibt die ganze Zeit bewusstlos und ihre Brust hebt und senkt sich sachte. Als er fertig ist, überprüft er erneut ihre Pupillen. „Viel besser."

„Soll sie noch immer schlafen?"

„Sie wird wieder gesund werden. Momentan ist Schlaf heilsam. Wenn sie aufwacht, wird sie vielleicht desorientiert sein. Sie ist in einem neuen Haus. Und sie hat dich nie gesehen, stimmt's?"

Ich zögere. Zu dieser Geschichte gehört noch mehr, was ich ihm erzählen muss, allerdings nicht hier. „Ich denke schon, aber ich bin mir nicht sicher."

Matthias wirft den blutigen Verbandsmull und Müll in einen kleinen Müllbeutel und entfernt seine Handschuhe.

„Warte, das war alles?" Ich schaue von der schlafenden Patientin zu meinem ruhigen Bruder. „Du bist fertig?"

„Ich habe getan, was ich konnte. Die Wunde ist sauber und muss nicht genäht werden. Sie hat kein Fieber und ihre Pupillen sehen jetzt gut aus. Keine Gehirnblutung."

Gehirnblutung? „Vielleicht sollten wir sie ins Kranken-haus bringen." Ich könnte lügen und behaupten, dass ich ihr Ehemann bin. Ich könnte in ihrer Nähe bleiben und sie bewachen.

„Nur, wenn du sie loswerden willst. Das Krankenhaus kann auch nicht mehr tun, als ich getan habe. Tatsächlich hätten sie viel weniger getan."

„Was ist mit... ich weiß nicht... Tests?"

„Ein MRT und CT werden uns nicht verraten, ob sie eine Gehirnerschütterung hat. Wir müssen ihre Symptome beobachten und wie sie sich benimmt. Überwache jegliche Verhaltensveränderungen."

„Woran werde ich ihre Verhaltensveränderungen erkennen? Ich kenne sie nicht."

„Du kannst sie fragen, wenn sie aufwacht." Matthias nimmt seine Brille ab und putzt sie. Ich schwöre, er trägt die falsche Brille nur, damit er sie wie eine Requisite bei einem Theaterstück benutzen kann. Vielleicht ist es dadurch einfacher, so zu tun, als sei er ein Mensch. Mit seiner Brille und seinem Outfit sieht er wie ein sanftmü-tiger Landarzt aus. Es ist eine gute Tarnung. „Hast du Zeit, dich hinzusetzen und sie zu beobachten? Hast du irgend-welche Flüge?" Er bezieht sich auf mein Helikopterge-schäft. Ich biete Ausflüge an und fliege Geschäftsmänner von Albuquerque nach Taos. Nebenbei erledige ich noch gefährlichere Aufträge für meine Kumpel aus der Spezial-einheit, dem Black Wolf Rudel.

„Keine Aufträge. Das Geschäft läuft zur Zeit schleppend."

„Hmmm." Mehr sagt Matthias nicht, sein Blick ist allerdings schneidend und betrachtet mich forschend. Er weiß, dass ich ihm etwas verschweige.

Ich muss es gestehen. „Da ist noch mehr. Noch eine… Komplikation."

Matthias versteift sich. „Hast du weitere Blutungen bemerkt?"

„Das ist es nicht." Ich bedeute ihm, mit mir nach draußen zu gehen. Er wäscht sich in der Küche, packt seine Tasche und verlässt die Hütte leise vor mir. Ich atme die nach Pollen riechende Luft tief ein, als wir hinaus in den Frühlingstag treten. Die Wiese vor meinem Haus blüht. Bienen fliegen über die weißen und rosa Blüten, die meine jüngeren Brüder entgegen meiner Wünsche für sie gepflanzt haben. Der Honigduft des Weibchens folgt mir hierher. Er ist so süß, dass die Bienen bald versuchen werden, ins Haus zu gelangen.

Fuck. Was habe ich getan? Es fühlt sich nicht so an, als wäre meine ganze Welt auf den Kopf gestellt worden, aber das wurde sie.

Als wir an den Rand meines mit Wildblumen gefüllten Gartens gelangt sind und die Bienenstöcke durch die Bäume sehen können, bleibe ich stehen und drehe mich zu meinem Bruder um. Matthias und ich haben nur einen Altersunterschied von wenigen Monaten. Ma adoptierte uns beide zur ungefähr gleichen Zeit. Ihm stehe ich näher als jedem anderen meiner Brüder, sogar näher als meinem Zwilling.

Ich will ihm mein Versagen noch immer nicht gestehen. „Ich habe einen Fehler gemacht." Verdammt, es ist schwer, die Worte rauszukriegen. „Sie war bewusstlos und… ich bin in Panik geraten. In der einen Sekunde war ich in Bärengestalt und in der nächsten... konnte ich die Verwandlung nicht aufhalten. Und... ich denke, sie hat gesehen, wie ich mich verwandelt habe."

Matthias verrückt seine Brille. Ich habe Befragungstechniken studiert, weshalb ich weiß, was er tut, aber nach einer Minute von Matthias' Schweigen knicke ich ein und erkläre:

„Mein Bär hat mich einfach zu der Verwandlung gezwungen. Vor einem Menschen. Ich war noch nie dermaßen außer Kontrolle."

Matthias' Miene ist nachdenklich – nicht verurteilend. „Ist das zuvor schon mal passiert?"

„Nein, nie."

„Vielleicht wird alles in Ordnung kommen."

„Falls sie mich gesehen hat..."

„Dann kümmern wir uns darum. Es gibt ein Protokoll."

„Ja." Das Protokoll bedeutet, den Menschen zu einem Vampir zu bringen und sie zu fixieren, während ein Blutsauger sie hypnotisiert, damit sie unser Geheimnis vergisst. „Ich hatte gehofft, das vermeiden zu können."

„Es könnte notwendig sein." Angesichts dieses ernsten Themas klingt Matthias' Tonfall kalt. Ich starre mein Spiegelbild in seiner falschen Brille an. Er tut so freundlich und sanft, dass ich vergesse, wie rücksichtslos er sein kann. Er war derjenige, der an meiner Seite stand, als ich zuvor mit so einer Situation konfrontiert war. Er weiß um die Tiefen meines Schmerzes und meiner Scham.

Und jetzt haben wir erneut diesen Weg eingeschlagen. Dennoch muss ich fragen. Etwas sorgt dafür, dass ich den kleinen Menschen beschützen will, der in meinem Bett schläft. „Wenn ihre Erinnerungen nach einer Kopfverletzung gelöscht werden... wird sie das nicht durcheinanderbringen?"

„Es ist nicht ideal. Ich kann nicht versprechen, dass es nicht zu Gedächtnisproblemen und kognitiven Problemen führen wird." Er klingt so klinisch. Was er eigentlich sagt, ist, dass die Erhaltung unseres Geheimnisses das Leben dieses Menschen ruinieren könnte. Das ist der echte Matthias und die Strickjacken und das sanfte Verhalten am Krankenbett sind alle Teil eines Schauspiels. Der freundliche Arzt soll die Menschen in einem Gefühl der Sicherheit wiegen, das so falsch ist wie seine Brille. Er wird tun, was nötig ist, um sicherzustellen, dass unsere Familie überlebt. Genauso wie ich. Falls der nach Honig riechende Mensch in meinem Bett ein Kollateralschaden ist, so sei es. Es ist eine Entscheidung, die ich zuvor schon treffen musste.

Familie kommt zuerst.

„Ich weiß nicht, ob sie gesehen hat, wie ich mich in einen Menschen zurückverwandelt habe. Ich weiß nicht, ob sie gesehen hat, dass ich mich in einen Bären verwandelt habe. Ich schätze, ich werde es bald herausfinden, wenn sie aufwacht." Falls sie irgendetwas gesehen hat, wird sie schreiend zur nächsten Nachrichtenabteilung rennen. Genauso wie es Tiffany tat.

„Wenn du nicht weißt, ob sie etwas gesehen hat, behältst du sie hier, bis du dir sicher bist."

Ich grunze zustimmend.

„Oder du könntest sie zum nächsten Blutsauger bringen und ihre Erinnerungen jetzt löschen lassen. Präventiv."

„Nein", blaffe ich.

„Willst du sie kennenlernen, bevor du ihre Erinnerungen löschen lässt?", fragt Matthias, was eine Fangfrage it. Meine Antwort wird ihm mehr verraten, als ich ihm mitteilen will.

Anstatt zu antworten, funkle ich ihn finster an.

„Oder du kannst abwarten und Tee trinken. Vielleicht kommt es gar nicht dazu." Matthias schultert seine schwarze Ledertasche. „Ruf mich in dem Moment an, in dem sie aufwacht. Dann komme ich zurück, um eine richtige Untersuchung durchzuführen."

„Kannst du nicht bleiben?" Auch wenn ich Matthias loswerden will, ist es gut, wenn er in der Nähe ist, falls der Mensch zu krampfen beginnt oder so etwas.

„Ich habe einen Hausbesuch."

„Bei wem?"

Der Schatten eines Lächelns lauert in Matthias' Mundwinkeln. „Daisy."

Ich schnaube. „Daisy ist kerngesund. Sie hat seit zwanzig Jahren nicht einmal eine Erkältung gehabt."

„Sie ist neunundachtzig Jahre alt. Sie sagt, sie will ihren 150sten Geburtstag erleben."

„Viel Glück damit."

„Danke, das werde ich brauchen. Abgesehen von einem Vampirbiss habe ich keine Möglichkeit, jemandem ein langes Leben zu schenken."

„Wenn jemand so lange leben kann, ist das Daisy. Aber erzähl ihr nicht von den Vampiren. Sonst kommt sie noch auf dumme Gedanken."

„Beim Schicksal, nein. Hast du ihre neueste Idee gehört, um den Tourismus anzukurbeln?"

Ich stöhne. „Keine Bärenritte."

„Nein, das war Schwachsinn. Das hat sie nie ernst gemeint, genauso wenig wie das Mann-versus-Bär Hot Dog Wettessen. Es geht um einen neuen Plan."

Ich reibe mit beiden Händen über mein Gesicht. „Ich will es nicht wissen."

„Sie denkt sich diese Dinge nicht aus, um dich zu ärgern. Sie versucht, den Berg zu retten. Wo wir gerade davon sprechen, ich habe von Darius gehört. Er will…"

Ich weiß, was er sagen wird. „Nein."

„Du weißt noch nicht einmal, worum er gebeten hat."
Matthias rückt seine Brille gerade und ich balle meine
Faust, damit ich sie ihm nicht aus dem Gesicht schlage.

„Ich weiß, ich will es nicht hören."

Matthias sagt nichts, aber ich weiß, dass er meine
Reaktion missbilligt.

„Schau mal." Ich deute mit einer Hand zu meiner
Hütte. „Habe ich nicht schon genug zu tun?"

„Na schön. Ich werde ihn hinhalten. Kümmre dich um
deine Patientin. Wenn sie aufwacht und ihr Kopf wehtut,
kannst du ihr etwas geben. Ein leichtes Schmerzmittel,
kein Aspirin." Er zieht eine Packung Tylenol aus seiner
Arzttasche und reicht sie mir. „Es wird auch helfen, etwas
Kaltes auf die Verletzung zu legen. Eine Tüte gefrorener
Erbsen wird reichen."

„Was ist mit gefrorenen Heidelbeeren?"

Er nickt ernst, als hätte ich nichts Dummes gesagt.
„Heidelbeeren sind in Ordnung."

„Ich werde sie überwachen", verspreche ich. „Danke,
dass du vorbeigekommen bist."

„Ich werde nach meinen Terminen zurückkommen."
Er wendet sich halb zum Gehen ab.

„Noch etwas", ich packe ihn am Arm. „Erzähl niemandem, dass sie hier ist."

„Das werde ich nicht tun, aber du weißt, dass es deine
Besucher nicht daran hindern wird, es herauszufinden."
Matthias nickt zu den Bienenstöcken. „Um diese Jahreszeit
sieht Everest gerne nach den Bienen."

Ich unterdrücke ein Stöhnen. Everest ist mein rätselhaftester Bruder. „Ich weiß nicht, warum er die Bienenstöcke hier aufgestellt hat. Er hat sein eigenes Haus."

„Das ist Everest. Wir wissen nicht, ob er sein eigenes
Haus hat. Er könnte genauso gut eine Höhle im Wald

haben. Ich bin mir ziemlich sicher, dass er den Großteil seiner Zeit als Bär verbringt. Die dreisten Drei suchen übrigens auch nach dir."

Mein Stöhnen erklingt als halbes Knurren und Matthias kann sich ein Lächeln nicht verkneifen. „Um Himmels willen, was wollen sie?"

„Das wirst du sie fragen müssen."

„Nein", entgegnete ich. „Sag ihnen, dass ich auf einer Mission bin oder so etwas."

„Sie wissen, wo du wohnst."

Scheiße. Er hat recht. In meinem Haus geht es wie in einem Taubenschlag zu, wenn meine Brüder etwas wollen. „Vielleicht kann ich sie verlegen…"

„Beweg sie nicht."

Ich erstarre. „War es falsch, dass ich sie vorhin bewegt habe?" Ich wollte den hübschen Menschen in Sicherheit bringen, aber wenn ich ihr damit geschadet habe, werde ich mir das nicht verzeihen können. „Denkst du, ich habe es verschlimmert?"

Matthias starrt mich, ohne zu blinzeln, an. Die Sorge in meiner Stimme lässt sich nicht verbergen und jetzt weiß er mehr über meine Gefühle für meinen unerwünschten Gast als ich. Ich versteife meinen Rücken, damit ich unter seinem eindringlichen Blick nicht zapple. „Sie wird wieder gesund werden. Das Heilserum heilt die ernsten Verletzungen."

„Aber sie schläft noch…"

„Schlaf ist gut. Sie wird nicht so schnell heilen wie wir, doch das Serum hilft. Je mehr Ruhe und Entspannung sie erhält, desto besser. Wenn sie aufwacht, sag ihr, dass sie einen kleinen Urlaub machen soll. Vielleicht kann sie deine Hütte mieten." Er nimmt mich auf den Arm.

Ich schaue ihn böse an. „Das fehlt mir gerade noch. Ein zahlender Tourist."

„Daisy wird glücklich sein."

„Klasse. Ich lebe dafür, Daisy glücklich zu machen."

„Noch eines, Bruder." Matthias legt den Kopf schief, als wäre ihm gerade ein Gedanke gekommen. Sein Lächeln ist verschwunden, doch ich kann es in seiner Stimme hören. „Ich weiß nicht, ob es dir bewusst ist, aber der Mensch…"

Ich wappne mich für die letzte spitze Bemerkung. „Was?"

„Sie ist genau dein Typ." Bevor ich ihn anknurren kann, damit er verschwindet, duckt Matthias seinen Kopf unter einen Kiefernzweig und marschiert zwischen den Bäumen davon.

LANA

Licht berührt mein Gesicht wie eine warme Hand und ich zucke zusammen. Mein Kopf pocht. Ich drehe ihn leicht nach rechts und blinzle, bis die Wand und das Fenster vor mir scharf werden. Das Fenster wird von dem niedlichsten Vorhang gerahmt, den ich jemals gesehen habe. Der Stoff ist dunkelgrün und eine Parade kleiner brauner Bären trottet in gleichmäßigen Reihen darüber.

Ich blinzle und mache Anstalten, mich aufzusetzen, doch der stechende Schmerz in meinem Kopf hindert mich daran, mich weit zu bewegen. Ich liege in einem weichen Bett mit einer verschlissenen, karierten Bettwäsche und einer waldgrünen Tagesdecke. Die Wände bestehen aus honigbraunen Baumstämmen. Das Zimmer ist klein und wird von dem Himmelbett und einem Kiefernschrank in der Ecke links von mir beherrscht. Zu meiner Rechten befindet sich ein Nachttisch, der ebenfalls aus Kiefern gebaut wurde. Auf dem winzigen Tischchen steht eine Lampe, deren Schirm aus dem gleichen Stoff gemacht ist wie die Vorhänge – grün mit marschierenden braunen Bären.

Wo bin ich? Was ist passiert? Ich durchforste meine Erinnerungen und da ist eine Lücke und noch mehr Kopf-schmerzen, weshalb ich den Versuch aufgebe, mich daran zu erinnern. Ich weiß nicht wie ich in diese Hütte gelangt bin, aber jemand, der niedliche Vorhänge und dazu passende Lampenschirme auswählt, kann kein Serien-mörder sein. Oder?

Ich versuche es erneut und kann mich langsam aufsetzen und gegen das ungehobelte Kiefernkopfteil lehnen, um eine Bestandsaufnahme zu machen, nachdem der Raum aufgehört hat, sich zu drehen. Ich trage noch immer mein Wanderoutfit. Es ist ein wenig staubig, aber ansonsten birgt es keine Hinweise darauf, was mir zuge-stoßen ist. Um meinen Kopf ist ein Verband gewickelt. Panik weckt den Wunsch in mir, zum nächsten Spiegel zu rennen und mir das anzuschauen, aber mein Schädel droht, zu platzen, wenn ich versuche, meine Füße über die Bettkante zu schwingen, weshalb ich stattdessen wieder in die Kissen sinke.

In meinen Zöpfen stecken einige Kiefernnadeln. Ich schüttle sie auf den zotteligen braunen Teppich, der den rauen Kiefernboden bedeckt. All dieses Kiefernholz und das Karomuster verraten mir, dass ich in einer Berghütte bin. Und das passt. Ich bin auf dem Bad Bear Mountain.

Langsam fällt es mir wieder ein: die Urne meiner Eltern, mein Bruder Bentley. Wo ist Bentley? Wir wollten wandern gehen, um die Asche zu verstreuen und die Wünsche unserer Eltern zu erfüllen. Das Letzte, woran ich mich erinnere, ist, dass wir aus unserem Mietwagen gestiegen sind. Als ich versuche, mich an etwas zu erin-nern, was danach geschah, blitzen Schmerzen durch meinen Kopf, die so schlimm sind, dass sie mir Tränen in die Augen treiben.

An irgendeinem Zeitpunkt habe ich mir den Kopf angestoßen und jemand hat ihn verbunden. Bentley? Oder der Besitzer dieser niedlichen Hütte? Das Zimmer fühlt sich für ein Ferienhäuschen irgendwie zu heimelig an. Es gibt zwei geschlossene Türen. Eine befindet sich am Fuß des Bettes und eine zur Linken, gegenüber des einzigen Fensters und neben dem großen Kiefernschrank. Die Türen des Schranks stehen offen und enthüllen eine Reihe großer Karohemden, die auf einer Seite hängen, und einige ordentliche Stapel gefalteter Klamotten auf den Regalen. Dies muss also das Zuhause von jemandem sein, außer Ferienhütten in den Bergen werden mittlerweile mit kostenlosen Karohemden vermietet.

Ich kann keine weitere Detektivarbeit leisten, bis ich mich bewegen kann, es gibt jedoch schlimmere Orte, um sich zu erholen. Dieses Zimmer inspiriert mich, eine neue Weihnachtskollektion für meine Firma GoddessWear™ zu entwerfen. Das Thema wird Bergchic sein. Mir schweben karierte Schlafanzüge, gemütliche Nachthemden und flauschige Hausschuhe vor. Niedliche kleine Bären werden definitiv einen Auftritt haben.

Die große unbearbeitete Tür vor mir öffnet sich knarzend und der umwerfendste Mann, den ich jemals gesehen habe, kommt herein. Er ist ein riesiger Wikinger mit kurzen blonden Haaren und einem Bart, der außer Kontrolle wuchert. Sein abgetragenes T-Shirt spannt sich über geschwollenen Brustmuskeln und seine Bizepse sehen aus, als würden sie gleich aus den Ärmeln platzen. Wenn er diese gewölbten Muskeln einmal richtig spielen lässt, wird sein Shirt aufgeben und zu Boden fallen, woraufhin er oberkörperfrei wäre. Und das wäre eine Tragödie.

Nicht.

Dann könnte ich die kräftige Bräune seiner Haut und die hübschen Farben seiner Armtattoos betrachten. Die Tinte oberhalb seines Ellenbogens stellt eine Honigbiene und einen großen braunen Bären dar.

Erneut sind da Bären. Ich liebe es, wenn sich Leute an ein Thema halten.

„Du bist wach", krächzt der Wikinger. Seine blonden Brauen bilden eine mürrische Linie. Er sieht missmutig aus. Doch ich hatte es mit einem missmutigen Menschen zu tun, seit sich meine Mom in einen reichen Hollywood-Regisseur-Typen verliebte, uns in die Hollywood Hills umsiedelte und mir einen grausamen Stiefbruder vorsetzte. Miesepetern begegnete ich stets mit Sonnenschein.

„Hey." Ich winke leicht und zucke zusammen, als die Bewegung meinen Kopf durchrüttelt.

Der Wikinger schlendert in den Raum. Seine Bewegungen sind für einen Mann seiner Größe flüssig. Er geht neben dem Bett in die Hocke, wodurch sein Kopf auf einer Höhe mit meinem ist. Seine grauen Augen durchbohren mich. „Wie fühlst du dich, Babygirl?"

Babygirl? Äh, wow. Okay. Das ist cool. Ich kenne diesen Kerl nicht, aber er kann mich jederzeit Babygirl nennen. Und ich meine wirklich jederzeit.

Er ist jede Nuance von groß, muskulös und hübsch. Seine schiere Männlichkeit veranlasst meine Eierstöcke dazu, schneller Eier auszustoßen als ein Glücksspielautomat, bei dem gerade der Jackpot geknackt wurde. Ich höre buchstäblich Glocken klingeln…

Nein, warte. Das sind meine Kopfschmerzen. Meine Hand hebt sich, um meine Stirn zu berühren.

„Vorsicht", warnt er, packt mein Handgelenk und dreht meine Hand um. In meiner Handfläche stecken noch einige Steinchen. Er streicht sie mit sanften Fingern weg.

Hitze schießt durch meinen Körper hindurch. *Oh meine Güte.*

„Sind wir miteinander bekannt?" Mein Tonfall ist ein wenig zu hoffnungsvoll. Vielleicht beendeten Bentley und ich das Gedenkritual und er überließ mich mir selbst. Womöglich schlenderte ich anschließend in die kleine Stadt Bad Bear, trank einen Cocktail in der traditionell aussehenden Kneipe und lernte diesen Wikinger kennen. Vielleicht wickelte er mich mit Beschreibungen seiner niedlichen Vorhänge um den Finger und ich nahm seine Einladung an, sein Schlafzimmer intimer zu inspizieren.

Und jetzt ist der Morgen danach. Doch wenn wir schmutzigen, leidenschaftlichen Sex hatten, wie bin ich dann zu meiner Kopfverletzung gelangt? Mein Körper wäre nicht wund, als sei ich von einer Klippe gefallen, er wäre auf eine andere, viel wundervollere Art wund. Also haben wir es eventuell nicht getan. *Noch nicht.*

„Woran erinnerst du dich?" Er blickt forschend in meine Augen.

„Ähm. Ich kam hierher und… argh." Ein Schmerzensblitz schießt von Schläfe zu Schläfe.

„Vorsicht." Sein Tonfall ist sanft, obwohl er verärgert aussieht. Mit seinem wilden Bart und intensiven Blick sieht sein Gesicht wie das eines richtig knallharten Typen aus. Ich stelle fest, dass mir das Atmen schwerfällt.

Oder vielleicht liegt es auch an seinem köstlichen Duft und der Nähe zu all diesen Muskeln, die bereit sind, aus dem überforderten Stoff seines T-Shirts zu platzen. Es ist eine Weile her, seit ich auf einem Date war. Ich hatte nicht viel Zeit. Nach dem Tod meiner Eltern stürzte ich mich in mein Geschäft und meine Marke. Und jetzt bin ich heißen Typen wehrlos ausgeliefert.

Das ist es. Ich bin einfach überwältigt von dem muskulösen guten Aussehen dieses modernen Berg-Wikingers.

Er sucht mein Gesicht mit seinen hübschen Augen ab.

„Wie bin ich hierhergelangt?", frage ich.

„Du bist oben auf dem Berg gestürzt und ich habe dich getragen. Woran erinnerst du dich?", wiederholt er. Es fühlt sich ein wenig wie eine Befragung an.

„Mein Kopf tut weh", murmle ich, was der Wahrheit entspricht.

Sofort steht er auf. Ich zucke wegen der plötzlichen Bewegung und seiner enormen Größe zusammen, woraufhin er eine große Hand auf meine Schulter legt.

„Es ist okay. Ich hole dir nur etwas Wasser."

Jetzt, da er es erwähnt hat, bemerke ich, dass mein Mund staubtrocken ist. Ich lecke über meine aufgesprungenen Lippen und sehe mich nach meinem pinken Wanderrucksack um. Mein treuer Lipgloss ist nie weit weg von mir. „Entschuldige", rufe ich dem Wikinger hinterher. „Hast du meine Sachen?"

„Jepp." Er betritt das Schlafzimmer mit einem Wasserglas in einer Hand und meinem pinken Rucksack in der anderen. „Dieser Rucksack ist unmöglich zu übersehen. Ich bin überrascht, dass du von der Farbe nicht blind wirst", grunzt er und reicht mir meinen Rucksack.

„Pink ist meine Lieblingsfarbe." Ich wühle in dem Rucksack herum und finde mein Handy. Das Display ist schwarz und das Glas gesprungen. Tja, Pech. Das Wichtigste zuerst. Ich fische meinen Lipgloss heraus und trage zwei Schichten auf, wobei ich meine Lippen aufeinander reibe. Als ich aufblicke, starrt der Wikinger meine Lippen mit großem Begehren an, weshalb sämtliches Blut in meinem Körper in mein Gesicht schießt.

„Danke." Ich schlucke das Wasser, das er mir reicht, um meine Aufregung zu verbergen. In meiner Hast verschütte ich etwas auf meiner Brust und muss die Tropfen von meinen Brüsten streichen, bevor sie durchsickern. Meine Nippel sind so hart, dass sie sich durch drei Kleiderschichten drücken. *Hört auf*, befehle ich ihnen. *Das hier ist kein Wet-T-Shirt-Contest.*

Ist es zu viel verlangt, zu hoffen, dass der Wikinger das nicht gesehen hat? Ich wage einen Blick in seine Richtung.

Ja, ja das ist es. Er hat alles gesehen.

Ich trinke noch einen Schluck Wasser und verschütte es erneut auf mir. „Ich habe ein Trinkproblem", scherze ich. „Lass dich von mir nicht stören."

Der Wikinger räuspert sich und wendet den Blick ab. „Wie heißt du?", fragt er.

Ich versteife mich. „Wie hast du nochmal gesagt, dass ich hierhergekommen bin?"

„Immer mit der Ruhe", sagt er mit beruhigender Stimme. „Du bist in Sicherheit. Ich habe dich auf dem Wanderweg gefunden. Du warst verletzt." Er deutet auf meine Stirn. „Du hast dir den Kopf angeschlagen."

Ich berühre den Verband und hasse es, wie schwach ich mich fühle. Ich sollte misstrauisch sein, weil ich an einem fremden Ort bei einer fremden Person aufgewacht bin, selbst wenn meine Instinkte mir sagen, dass ich diesem Wikinger vertrauen kann. Oder dass ich mich ihm zumindest an den Hals werfen sollte. Vielleicht sind es gar nicht meine Instinkte, die hier die Kontrolle übernehmen wollen, sondern meine Hormone.

„Hast du meinen Stiefbruder gesehen? Er ist mit mir gewandert."

Er zögert, bevor er sagt: „Nein."

„Das ist komisch." Da ist etwas, woran ich mich erinnern muss, doch es ist alles verschwommen und hinter einer Wand aus Schmerz verborgen. „Ich bin Lana."

„Lana? Ich bin Teddy."

„OMG." Ich lasse meine Hand fallen und grinse ihn an. „Teddy? Wie ein Teddybär?"

47

Mein Lächeln scheint ihn durcheinanderzubringen. „Teddy Medvedev, um genau zu sein. Hast du gerade laut *OMG* gesagt?"

„Oh... ähm, ja." Meine Nervosität verfliegt und Freude bleibt zurück. Das ist der Kerl, der die Vorhänge ausgewählt hat. Ich habe keinen sexy Mann aus den Bergen erwartet, aber jeder, der mit niedlichen kleinen Bären dekoriert, ist automatisch ein Freund von mir. „Das ist deine Hütte."

„Ja." Er beobachtet mich skeptisch. „Ich habe dich hierhergebracht, weil du nicht aufgewacht bist. Ich dachte, du bräuchtest Ruhe. Ich habe dich von einem Arzt untersuchen lassen…"

„Das hast du?"

„Ja. Er hat deinen Kopf verbunden und gesagt, dass ich dir Ruhe gönnen soll."

„Ich kann nicht fassen, dass ich das alles verschlafen habe. Ähm, danke für all die Hilfe."

„Selbstverständlich." Er mustert mich nach wie vor, als wünschte er, er könnte meine Gedanken lesen. „Woher kommst du, Lana?"

Ich mag es, wie er meinen Namen sagt. „Ich wohne in L.A. Ich bin hergekommen, um auf den Gipfel zu wandern und die Asche meiner Eltern zu verstreuen. Siehst du?" Ich biete mein Studentenfutter als Beweis an.

Er späht in die Tüte. „Mandeln und M&Ms." In seinem Tonfall liegt eine Frage.

„Meine patentierte Mischung", erkläre ich. „Nein, im Ernst, ich denke darüber nach, sie patentieren zu lassen. Ich könnte sie in Läden verkaufen. Ich wette, sie wäre der Renner."

Anders als Bentley schnaubt Teddy nicht. Er greift in die Tüte, nimmt eine Handvoll heraus und kaut nachdenklich darauf herum. „Es ist gut."

„Siehst du?" Ich strahle ihn an. „Das hab ich doch gesagt."

Er nimmt noch eine Handvoll. „Erinnerst du dich an irgendetwas anderes von deiner Wanderung?"

„Nicht wirklich. Nur, dass ich den Mietwagen verlassen habe und… versucht habe, den Gipfel mit Bentley zu erreichen."

„Bentley?"

„Mein Stiefbruder. Er wurde nach dem Auto benannt."

Teddy hört gerade so lange zu essen auf, dass er das Gesicht verziehen kann.

„Ich weiß, oder? Wer benennt sein Kind nach einem Auto? Auch wenn es ein hübsches Auto ist. Allerdings bin ich nach einer Tussi in der Sitcom *Herzbube mit zwei Damen* benannt", informiere ich ihn, „was nicht viel besser ist. Vor allem, wenn es dein Stiefbruder dazu benutzt, sich über dich lustig zu machen."

Teddy isst meine ganze Essensmischung auf. Er zerknüllt die Tüte, als hätte sie ihn beleidigt. „Das ist nicht gerade nett." Seine Stimme ist ein leises Grollen, fast schon ein Knurren.

„Oh, Bentley ist nicht nett", stimme ich zu. „Ich schwöre, er wäre glücklich, wenn ein böser Bär aus dem Wald käme und mich fressen würde." Mein Kopf schmerzt erneut. „Warte, ich glaube, ich habe mich gerade an etwas erinnert."

„Ja?" Teddy setzt sich vorsichtig in meiner Nähe auf die Bettkante. Sein Gewicht sorgt dafür, dass die Matratze einsinkt und ich zu ihm geneigt werde.

Ich senke die Stimme zu einem Flüstern. „Als du mich gerettet hast, hast du da zufällig den Pizzly-Bären gesehen?"

„Den was?"

„Den Pizzly-Bären", wiederhole ich. „Hast du noch

RENEE ROSE & LEE SAVINO

nicht davon gehört, dass Polarbären und Grizzlybären angefangen haben, sich zu paaren?"

Teddy öffnet und schließt den Mund mehrere Male, bevor er sagt: „Wir befinden uns nicht einmal in der Nähe des Lebensraums eines Eisbären."

„Aber wegen des Klimawandels ändert sich ihr Territorium. Und sie paaren sich mit Grizzlys. Polarbär plus Grizzly macht Pizzly-Bär. Du kannst sie auch Grolar-Bären nennen, wenn dir das lieber ist."

„Ich habe… keine Vorliebe. Lana, es gibt keine…"

„Sie sind echt", beharre ich. „Sie sind groß und gemeiner als herkömmliche Bären. Das habe ich alles auf Mamadou Ndiayes TikTok gelernt. Er nennt sie Nesquik-Bären."

Teddy reibt sich mit einer rauen Hand über seinen Bart und erhebt sich.

Ich lege den Kopf schief. „Wohin gehst du?"

„Ich rufe den Arzt. Ich glaube, du hast dir den Kopf schlimmer angeschlagen, als ich dachte."

„Nein, ich bin immer albern. Deswegen behauptet Bentley, dass der Name zu mir passt."

Seine mürrische Miene wird weicher. „Ich werde ihn trotzdem anrufen." Er deutet mit einem Finger auf mich. „Verlass die Hütte nicht. Und rühr dich nicht vom Fleck."

„Ich habe eigentlich darüber nachgedacht, einen Triathlon zu machen, aber okay." Ich lege mich zurück aufs Bett, dann überlege ich es mir anders. „Warte!"

„Was?" Er streckt wieder den Kopf ins Zimmer und sieht verärgert aus, obwohl sein Tonfall sanft ist.

„Darf ich wenigstens aufs Klo gehen?"

„Natürlich. Es ist dort drüben." Er deutet zu der Tür neben dem Schrank. „Brauchst du Hilfe?"

„Nein", antworte ich, obwohl ich Probleme habe, über das Bett zu rutschen.

„Komm her." Er hebt mich so schnell in seine Arme, dass ich vor Überraschung kreische. Ich lege meinen Arm um seinen Hals.

Ich bin ein großes Mädchen, doch er hebt mich mühelos hoch. Ich atme seinen maskulinen, waldigen Geruch ein und meine Eierstöcke stoßen weitere einhundert Eier aus. Der Schmerz in meinem Kopf veranlasst diesen, sich auf Teddys Schulter zu legen, die sich robust und kräftig anfühlt.

Vor allem als er mich nicht sofort absetzt. Er trägt mich ins Bad, das ein moderner Anbau an die Hütte und größer als das Schlafzimmer ist. Es gibt ein großes Waschbecken und ein getrenntes Zimmer für die Toilette sowie eine Badewanne mit Düsen, die vor einem Erkerfenster steht, sodass man ein Bad und zugleich die Aussicht auf den Wald genießen kann.

„Wow." Ich hebe den Kopf nicht von seiner Schulter, weil er einfach zu schwer ist. Mein Kopf – nicht Teddy. „Dieses Badezimmer ist hübsch." Ups, das war unhöflich. Ich sollte nicht so überrascht klingen. „Es ist nicht so, dass die Hütte nicht hübsch ist. Ich liebe die Dekoration. Winzige Bären sind super."

Er grunzt, steht einfach nur da und hält mich in den Armen, während mein Kopf an seiner Schulter ruht. Schwankt er leicht von einer Seite zur anderen?

Vielleicht hat er recht. Ich habe mir den Kopf stärker angeschlagen, als wir beide gedacht haben, denn dieses Szenario wirkt etwas schwer, zu glauben.

Ein riesiger, umwerfender Wikinger wiegt mich in seinem traumhaften Badezimmer in den Armen?

Das kann nicht sein.

Ich hebe den Kopf und er stellt mich auf die Fliesen. Er ist so groß, dass ich nur bis zu seinem Schlüsselbein reiche. Ich habe die perfekte Größe, um die Rundung seiner Brustmuskeln unter seinem Shirt zu mustern. Was ich nicht dafür geben würde, ihn oberkörperfrei zu sehen. Allein von dem Gedanken wird mir schwindlig.

Teddy runzelt die Stirn. Seine großen Hände liegen auf meinen Armen und er stützt mich. „Bist du okay, Babygirl?"

„Ja, Danke." Ich hebe das Gesicht und unsere Blicke treffen sich. Seine grauen Augen verdunkeln sich und Begehren huscht über seine Miene. Nach mir?

„Bist du dir sicher?"

Ich reibe meine Lippen aufeinander und seine Augen verfolgen die Bewegung. „Ähm, ja. Danke, dass du mich getragen hast. Ich denke, ab jetzt komme ich klar."

„Ich werde den Anruf machen", verkündet er, bewegt sich allerdings nicht.

„Du riechst gut", platzt es aus mir hervor.

Er nickt nur, als würde das absolut Sinn ergeben. „Du riechst besser."

Oh. Mein. Gott. Ich glaube, er *mag* mich.

Er macht einen, wie es scheint, widerwilligen Schritt rückwärts. „Okay. Ruf, falls du mich brauchst."

„Jepp. Werde ich machen. Danke."

Er schließt die Tür hinter sich und ich seufze. Buchstäblich.

Jetzt, da ich auf den Füßen stehe, fühle ich mich etwas sicherer. Ich gehe aufs Klo und untersuche meinen frisch bandagierten Kopf im Spiegel. Teddys Arzt hat gute Arbeit geleistet. Doch jetzt muss ich herausfinden, was passiert ist und wo Bentley ist.

Eins nach dem anderen. Dieses Wasserglas hat mich nur durstiger gemacht. Ich hinke allein aus dem Schlafzimmer. Es ist keine Spur von Teddy zu sehen, weshalb ich den Kopf in den Wohnbereich der Hütte stecke. An einer Wand gibt es einen Kamin, dem ein Sofa und ein wuchtiger Sessel zugewandt sind. Rechts ist die Eingangstür, die offen steht. Das Licht, das durch die Fenster an der Hausvorderseite fällt, veranlasst mich dazu, die Augen zusammenzukneifen. Ich lehne mich an den Türrahmen, um mich zu orientieren.

Hinter dem Sitzbereich befindet sich eine kleine Küche, die schmal geschnitten ist und viele Kiefernschränke und einen schwarzen Schwedenofen hat. Jemand steht vornüber gebeugt vor dem geöffneten Kühlschrank und wühlt darin herum. Flaschen klirren.

„Teddy?", rufe ich.

Die Gestalt richtet sich auf und sämtliche Luft entweicht meiner Lunge. Flauschige Ohren, schwarzes Fell, lange Schnauze. Das ist nicht Teddy.

Ein Bär ist in der Küche.

3

Teddy

Ich habe einen Menschen in meinem Haus. Einen *niedlichen* Menschen. Sie erinnert sich an den Bären, doch falls sie meine Verwandlung gesehen hat, sagt sie es nicht.

Abgesehen davon scheint sie sich an nichts zu erinnern. Weder an die Wanderung zum Gipfel noch an den halbherzigen Mordversuch ihres Stiefbruders.

Ich weiß nicht, warum ich ihr die Information über ihren Stiefbruder vorenthalten habe. Ich hätte erklären können, dass er versuchte, sie vom Berg zu stoßen, und davonrannte, als er mich sah. Es kommt mir jedoch grausam vor, jemandem diese Neuigkeiten zu überbringen, der gerade erst mit einer Kopfverletzung aufgewacht ist. Doch ich kann sie nicht für immer verhätscheln. Sie muss die Wahrheit wissen. Solange ihr Stiefbruder noch dort draußen ist, ist sie in Gefahr.

Das ist okay, sagt mein Bär zufrieden. *Wir werden sie beschützen.*

Ich reibe mit beiden Händen über mein Gesicht. Das ist keine Komplikation, die ich brauche. Doch ob mir das nun gefällt oder nicht, ich habe einen Menschen als Gast und mein Beschützerinstinkt dreht durch. Ich muss sie beschützen und ihre Symptome überwachen. Und ich muss sie füttern.

Menschen essen Eier, oder? Die dreisten Drei halten in der Nähe einige Hühner, obwohl ich ihnen immer wieder gesagt habe, dass sie sie näher zu Mas Hütte bringen sollen. Meine jüngeren Brüder sind schrecklich im Erledigen ihrer Pflichten, weshalb es vermutlich reichlich Eier gibt, die ich einsammeln kann.

Ich rufe Matthias an, während ich hinab zu den Hühnerställen laufe, und er erzählt mir, dass ich Lana etwas Tylenol geben und sie den Rest der Nacht dazu bringen soll, sich hinzulegen. Ich beende den Anruf und verjage die dicke Bertha, die gemeine Henne, damit ich das Abendessen für meinen Gast sammeln kann.

Ich bin auf dem Heimweg und habe die Arme voller Eier, als ich den Geruch eines Eindringlings wahrnehme. Die Eingangstür meiner Hütte steht offen und weht in der Brise. „Verflucht…"

Ich beschleunige meine Schritte und lasse einige Eier fallen, als ich in die Hütte eile. Ich renne gerade rechtzeitig durch die Tür, um Lanas Keuchen zu hören. Sie steht in der Schlafzimmertür und ihr Mund offen. In der Küche ist ein großer schwarzer Bär, der sein Gesicht in mein Gefrierfach gesteckt hat.

„Nein!", blaffe ich und wedle mit den Armen, da ich vergessen habe, dass ich die Eier trage. Mehrere zerschlagen auf dem Boden. Ich fange zwei auf und werfe sie auf den Bären. Er stolpert zurück, doch ein Eigelb erwischt ihn an der Schnauze. Prustend und niesend schüttelt er den Kopf und verspritzt überall Ei.

„Raus." Ich stürme nach vorne, wobei ich mich zwischen dem Bären und Lana positioniere. Ich wedle wie ein Verkehrspolizist mit dem Arm und gestikuliere zur Tür. Der Bär, der in Wahrheit mein Bruder Axel ist, wirft mir einen vorwurfsvollen Blick zu und trottet zum Ausgang. Auf halbem Weg dorthin bleibt er stehen und dreht den Kopf zu meinem Schlafzimmer. Er hat Lana gerochen.

„Jetzt!", brülle ich und trete hinter ihn, damit ich ihn rausscheuchen kann. Der Idiot hat wahrscheinlich einen Kater und war in meinem Kühlschrank auf der Suche nach einer leichten Mahlzeit. Gottverdammt. Ich hätte die Nachricht verbreiten sollen, dass ich auf einer strenggeheimen Mission unterwegs bin und nicht gestört werden darf.

Nachdem ich Axel endlich rausgeschafft habe, ist der Boden mit schmierigen Eigelben und gebrochenen Eierschalen bedeckt. Die Kühl- und Gefrierschranktüren sind beide geöffnet und ich muss einen Haufen Essen zurückschieben, um sie schließen zu können. Eine gefrorene Packung wurde von Krallen durchbohrt – einige Rehwürste, die Axel letztes Jahr gemacht hat. Er hat so viele gemacht, dass er den Überschuss bei mir lagern musste. Ich hatte vergessen, dass sie noch hier sind.

Lediglich drei kleine Eier haben den Kampf überlebt. Wenn ich die und die Wurstpackung rette, kann ich dem Menschenweibchen eine richtige Mahlzeit zubereiten.

Oh, Scheiße, das Weibchen.

Lana steht noch in der Tür. Ihre braunen Augen sind weit aufgerissen und starren mich an. Ich eile zu ihr.

„Lana." Ich lege meine Hände auf ihre Schultern und untersuche sie. „Bist du okay? Rede mit mir."

Ihre Unterlippe zittert. „B-b-b-"

„Bär." Ich nehme sie in die Arme. Es ist das dritte Mal heute, dass ich sie in den Armen halte, und es wird jedes Mal besser. „Ja, ich weiß. Er ist jetzt fort." Ich hebe die

Stimme und brülle Axels verschwindender Gestalt aus dem Fenster hinterher: „Und er wird nicht zurückkommen."

„Er ist einfach durch die Tür gekommen und über deinen Kühlschrank hergefallen." Lana ist atemlos. „Ich schätze, die Bären in dieser Gegend sind wirklich böse."

„Du hast keine Ahnung."

Ich hebe sie hoch und setze sie aufs Sofa. „Der Arzt hat gesagt, dass du es heute Abend ruhig angehen lassen sollst." Sie kauert sich zusammen und sieht noch immer traumatisiert aus. Was brauchen Menschen sonst noch, um sich wohlzufühlen? Ich schnappe mir eine Decke und stecke sie um sie herum fest. Ich kann ein Feuer machen, aber dafür muss ich Holzscheite holen. Zuerst muss ich aufräumen. Ich beeile mich, das zu tun, wobei ich sicherstelle, dass die Eingangstür geschlossen bleibt. Ich will nicht, dass noch mehr meiner Brüder hereinkommen.

„War er das?", fragt Lana. „War das der einheimische böse Bär? Er sieht anders aus als der, den ich auf dem Gipfel gesehen habe. Der war nämlich braun."

Ich werfe Holzscheite in den Kamin und lege die übrigen auf ihre Palette daneben. „Nein, das war ein anderer. Er… er ist harmlos. Wenn er noch einmal kommt, scheuche ihn einfach weg."

Sie blinzelt. „Das war unglaublich. Du hast ihn einfach verjagt." Sie macht eine scheuchende Geste. „Als würdest du eine Fliege vertreiben."

Ich grunze. Tief in meinem Inneren streckt mein Bär stolz die Brust raus. „Wie ich bereits sagte, ist er harmlos."

„Du warst so mutig wie Bear Grylls. Kennst du ihn?"

„Was? Nein."

„Ein Jammer. Er wäre das perfekte Model für meine neue Berg-Bär inspirierte Modekollektion. Genauso wie du, um ehrlich zu sein. Würdest du in Erwägung ziehen, zu modeln?"

„Auf keinen Fall." Ich schaue den brennenden Holz-
haufen an. Matthias sagte, dass ich auf Symptome einer
Gehirnerschütterung achten sollte. „Weißt du, der Arzt hat
gesagt, dass Kopfverletzungen Verhaltensveränderungen
verursachen können. Bist du..."

„Oh, ich bin immer so." Sie wedelt mit einer Hand.
„Mein Gehirn springt herum und kann nicht stillsitzen.
Bentley sagt, ich sei dumm."

„Bentley." Ich knurre den Namen und sie lacht leise.
Ihr Lachen wird augenblicklich zu einem Laut, den ich
immer wieder hören will.

„Du klingst, als hättest du ihn kennengelernt."

„Nein. Noch nicht."

Und es wird ihm nicht gefallen, wenn ich es tue.

„Ich werde dir ein paar Tylenol und Eis für deinen
Kopf holen. Warte kurz, Babygirl."

Sie dreht den Kopf, um mir mit ihrem Blick zu folgen,
als ich in die Küche gehe, um eine Tüte gefrorener Heidelbeeren für ihren Kopf zu holen. Ich kehre mit einem Glas
Wasser, dem Tylenol und den Heidelbeeren zurück.

Ein kluger Bär würde ihr einfach die Dinge geben und
zurücktreten. Er würde Abstand zu dem verführerischen
Menschen halten.

Ich schätze, ich bin kein kluger Bär. Ich bin definitiv
ein böser Bär. Denn ich gehe neben meinem Gast in die
Hocke und lege ihr die Heidelbeerpackung selbst auf den
Kopf.

Das tue ich nicht, weil ich noch einmal ihren Honigduft tief einatmen will. Ich tue es auch definitiv nicht, weil
ich nicht genug von ihren lebhaften Erzählungen oder
ihren verlockenden pinken Zöpfen kriegen kann. Es liegt
daran, dass der Bär darauf besteht, dass ich mich um sie
kümmere.

Obwohl ich jetzt hin und her gerissen bin, ob ich sie

auf meinen Schoß heben soll, um ihren Kopf in den Händen zu wiegen und die Eispackung aufzulegen, oder ob ich ihr das Abendessen machen soll.

Doch das ist irre.

Ich muss mich zurückziehen. Ich muss aufhören, sie zu berühren. Ich muss meinen Bären unter Kontrolle kriegen. Ich zwinge mich, aufzustehen und mich zu räuspern.

„Ich werde den Saustall in der Küche aufräumen und dir etwas zum Abendessen kochen."

„Brauchst du Hilfe?", fragt der liebenswürdige Mensch.

„Nein, Babygirl. Du legst dich auf das Sofa und ruhst dich aus." Ich deute streng mit einem Finger auf sie. „Anweisung des Arztes. Und meine."

Ich schwöre bei Gott, dass sich ihre Schenkel bei meinem Tonfall zusammenpressen, als würde es sie antörnen, dass ich herrisch werde.

Mein Schwanz wird sofort steinhart für sie und das passiert noch, bevor ich den süßen Duft ihrer Erregung wahrnehme.

Oh, verdammt. Es wird eine sehr, sehr lange Nacht werden.

LANA

Teddy wischt die Eiersauerei mit einem feuchten Lappen auf und beendet die Aufgabe mit einem richtigen Mopp. Für einen riesigen Mann des Typs Holzfäller ist er gut im Umgang mit einem Mopp. Schnell und effizient. Trotz seiner Größe elegant.

„Womit verdienst du deinen Lebensunterhalt, Teddy?"

„Ich bin Helikopterpilot."

„Wirklich?" Ich setze mich aufrechter hin, um einen besseren Blick auf ihn werfen zu können jetzt, da ich von seinem Beruf weiß. Ich habe ihn mir eher als Holzfäller oder Feuerspringer vorgestellt. Ein Pilot ist allerdings auch heiß.

„Ruh dich aus." Er deutet erneut mit diesem Finger auf mich. Der, bei dem sich meine inneren Muskeln anspannen und mein Höschen feucht wird.

Als die CEO meiner eigenen Firma, als Multimillionärin und erst recht als übergewichtige Frau kommandiere ich viele Leute herum. Ist es falsch, von einem Kerl angetörnt zu werden, der zur Abwechslung größer und stärker und viel dominanter als ich ist?

Ich lächle. „Weshalb hast du diesen Beruf gewählt?"

Teddy zuckt mit den Achseln. „Ich habe ihn nicht gewählt. Das Militär hat ihn für mich gewählt."

„Ah, ein Soldat. Das hätte ich anhand deiner breiten Brust erraten sollen."

Teddy blickt mit zusammengezogenen Augenbrauen auf seine Brust hinab. Er schüttelt den Kopf. „Ich werde dir jetzt etwas zu Essen geben. Und dann gehst du zurück ins Bett. Heute gehst du früh schlafen."

„Ja, Daddy", sage ich anzüglich. Er kann für mich jederzeit den Daddy spielen. Die ganze Zeit. Gerne.

Er zieht eine Braue hoch und ich presse die Beine zusammen, um mein Zittern zu verbergen.

„Willst du Eier und Wurst? Oder etwas weniger Fettiges?"

Ich ziehe die Tüte gefrorener Heidelbeeren von meinem Kopf. „Kann ich die hier essen?"

„Ja. Aber das ist keine Mahlzeit." Er nimmt die Tüte und geht in die Küche. Nachdem er in den Schränken und seinem Gefrierfach herumgewühlt hat, kehrt er mit einer Schale Heidelbeeren in etwas, das wie Eiscreme aussieht, zurück. „Das ist Milch. Meine Mom hat das früher immer für uns gemacht. Gefrorene Heidelbeeren in Milch. Die

Kälte lässt die Milch gefrieren, und die Heidelbeeren färben sie lila."

„Es ist köstlich." Ich falle über die eisige Milch her.

„Mach langsam. Du solltest dir nicht auch noch Kältekopfschmerzen zuziehen." Er setzt sich neben mich und erneut sorgt sein Gewicht auf dem Sofa dafür, dass ich mich zu ihm neige.

„Meine Mom hat mir früher immer Eiscreme gegeben, wenn ich krank war", erzähle ich zwischen zwei Happen. „Nachdem sie Roger kennengelernt hatte, waren die beiden viel beschäftigt, aber die Nanny hat das Gleiche getan. Zumindest hat sie das getan, bevor ich aufs Internat ging."

„Wie alt warst du, als deine Mom Roger kennengelernt hat?"

„Ich war acht Jahre alt. Bentley war zehn Jahre alt. Mom und Roger waren wirklich verliebt und ich habe mich für sie gefreut. Sie ist eine Theaterdarstellerin und er hat sie für einige seiner Filme engagiert. Sie haben sich beim Dreh kennengelernt. Sie ist wirklich hübsch... ich meine, sie *war* hübsch."

„Dein Verlust tut mir leid."

„Es ist okay. Meine Eltern waren nicht super präsent in meinem Leben. Ehrlich gesagt, habe ich ihren Verlust betrauert, seit ich klein war. Außerdem starben sie bei dem, was sie gerne gemacht haben. Auf einem Flug nach Cabo."

Teddys Brauen senken sich. „War das ein Witz?"

„Ähm, ja. Irgendwie schon." Ich stelle die Schale beiseite und lecke über meine kalten Lippen. „Sind meine Lippen blau?"

„Lila." Teddys Blick heftet sich auf sie und er beugt sich nach vorne, dicht zu mir. „Du hast da ein bisschen…" Seine Stimme ist leise und kratzig. Seine Zunge schnellt nach vorne über meine Unterlippe und ich atme scharf ein. „Eis", erklärt er.

Ich beuge mich vor, um meinen Mund auf seinen zu drücken, da ich mich verzweifelt nach dem Kuss sehne, von dem ich gedacht hatte, dass ich ihn kriegen würde.

Er stöhnt und legt seine Hand auf meinen Hinterkopf, um mich festzuhalten. Als er meinen Kuss erwidert, spüre ich das überall – ein Kribbeln, das auf meiner Haut wirbelt und über sie tanzt. Ein Pulsieren zwischen meinen Beinen. Ein Schauder auf meinen Schlüsselbeinen.

Mein Kopf pocht allerdings auch und mir wird schwindlig. Ich lasse ein unfreiwilliges Wimmern fahren und Teddy weicht zurück. „Sorry." Er hustet. „Du bist verletzt. Ich weiß nicht, was ich mir dabei gedacht habe."

Einen schrecklichen Moment lang denke ich, dass er aufstehen und gehen wird. Stattdessen stellt er die Schale auf den Wohnzimmertisch und dreht mich so, dass meine Beine über seinen liegen. Ich vermute, wir machen jetzt nicht mehr miteinander rum. Das ist enttäuschend, aber zum Besten. Das Hämmern in meinem Kopf beruhigt sich mit jedem Heben und Senken seiner Brust.

Als er zu reden beginnt, ist seine Stimme so leise und beruhigend, dass ich feststelle, dass ich tiefer in seine Umarmung sinke. „Als ich sieben Jahre alt war, adoptierte meine Ma meinen Bruder und mich."

Ich halte ganz still und warte darauf, dass er mehr erzählt.

„Unsere leibliche Mom bekam uns, als sie noch sehr jung war. Sie rechnete nicht mit Kindern. Wusste nicht so recht, was sie mit uns tun sollte. Wir wurden in einem Van aufgezogen, waren immer auf Reisen und zelteten. Sie brachte uns bei, wie man in der Wildnis lebt. Dann eines Jahres beschloss sie, dass wir alt genug waren, um auf uns selbst aufzupassen, weshalb sie uns hier am Bad Bear Mountain absetzte und davonfuhr."

Ich presse die Lippen zusammen, damit mein Mund nicht aufklappt. Meine Eltern verreisten auch gerne, aber sie stellten eine Nanny ein, die auf Bentley und mich aufpasste, wenn sie durch die Weltgeschichte flogen. Wer setzt seine Kinder mitten im Wald aus, wenn sie kaum aus dem Kindergartenalter raus sind?

„Sie lebte früher mit Ma in einer Gemeinde auf diesem Berg", erzählt Teddy weiter. „Also dachte sie, wir würden schon klarkommen. Doch die Gemeinde hatte sich aufgelöst. Nur noch Ma war hier. Sie fand uns schlafend in einem zerlumpten Zelt. Sie lockte uns mit Chocolate Chip Cookies in ihre Hütte und baute uns ein Stockbett."

„Das ist…" Ich weiß nicht, was ich sagen soll. Es ist schrecklich, dass er und sein Bruder ausgesetzt wurden. Und es ist unglaublich, was ihre Ma tat. „Ich bin froh, dass sie euch gefunden hat."

„Ja, ich auch. Zur ungefähr selben Zeit nahm sie meinen anderen Bruder Matthias auf, als seine beiden Eltern starben. Sie hatte sich immer Kinder gewünscht, war jedoch in keiner Beziehung. Danach adoptierte sie Drillinge. Sie nahm uns alle bei sich auf."

Ich blinzle die Hitze hinter meinen Augen weg. Meine Einschätzung von Teddys Ma ändert sich von Wonder Woman zu Göttin.

„Matthias war der gute Bruder. Er war immer vernünftig. Darius und ich waren halb wild. Kämpften ständig miteinander. Ich denke, wir haben unseren Zorn aneinander ausgelassen."

„Ich kann es mir vorstellen. Teddy, das ist…" Ich weiß noch immer nicht, was ich sagen soll. „Ich kann nicht fassen, dass du das alles durchgemacht hast."

„Ja. Ich rede nicht viel darüber. Oder überhaupt."

„Das verstehe ich."

Er drückt geistesabwesend mein Knie und ich lege meine Hand auf seine große, raue. So sitzen wir eine Weile da und halten Händchen, als wäre es das Natürlichste auf der Welt. Als hätte ich diesen Kerl nicht erst heute unter den merkwürdigsten Bedingungen kennengelernt.

Ein Gähnen überkommt mich, das so groß ausfällt, dass mein Kiefer knackt. Ich versuche, es zu verbergen, doch Teddy sieht es.

„In Ordnung, Babygirl. Zeit fürs Bett."

„Was? Jetzt schon?" Die Sonne ist untergegangen, während wir uns unterhalten haben.

„Komm." Er hebt mich hoch. Ich bin eine große Frau, aber dieser riesige Wikinger hebt mich mühelos hoch und trägt mich herum. Im Ernst, er muss Armbeugen mit Baumstämmen machen. Ich schlinge meinen Arm um seinen Hals und genieße es, getragen zu werden.

„Weißt du", sage ich, als er mich ins Schlafzimmer trägt. „Ich könnte mich daran gewöhnen, dass du mich trägst. Es tut mir leid, dass ich das erste Mal verpasst habe, weil ich bewusstlos war und das alles."

Er lässt mich langsam auf den Boden hinabgleiten. „Ja, deswegen. Ich hätte dich nicht bewegt, aber…"

„Oh, ich bin nicht sauer. Es tut mir nur leid, dass ich unser erstes Mal kuscheln verpasst habe."

„Was? Nein. Da war kein kuscheln involviert."

„Ich ziehe dich nur auf. Allerdings bin ich mir sicher, dass du gut im Kuscheln bist, auch wenn es ein bisschen kratzig wäre. Wegen deinem Bart, weißt du."

Teddy legt den Kopf schief und starrt mich an, als wäre ich irgendein merkwürdiges neues Wesen.

„Dein Bart ist so groß, dass er aussieht, als würde er Rasierer fressen und wieder ausspucken." Aus einem Impuls heraus strecke ich die Hand aus und berühre die buschigen Borsten an seinem Kinn. „Oooh, er ist weich. Das habe ich nicht erwartet. Du weißt schon, wegen deinem ständigen Mördergesicht."

„Okay, das reicht." Er packt meine Hand, zieht sie allerdings nicht weg. „Du brauchst Ruhe."

„Gute Nacht, Wikinger." Ich streichle seinen Kiefer erneut. „Nacht, Wikingerbart."

Er verdreht die Augen und deutet aufs Badezimmer. „In der Schublade neben dem Waschbecken liegt eine neue Zahnbürste, die noch in der Verpackung ist. Leih dir alles, was du magst, aus meinem Schrank... Wenn du deine Kleider aus der Tür wirfst, stecke ich sie in die Waschmaschine, damit sie morgen früh fertig sind. Ruf mich, wenn du mich brauchst."

Die Zahnbürste ist genau dort, wo er es beschrieben hat. Ich öffne eifrig den Schrank und nehme mir eine weiche, verblasste Boxershorts und ein T-Shirt, in denen ich schlafen kann. Und verdammt, diese Kleider sind das Bequemste, was ich jemals angezogen habe. Mein Hintern sieht in den Boxershorts niedlich aus, weshalb ich sie anziehe.

Vergiss Nachthemden und leichte Hauskleidung. Die nächste Kollektion für GoddessWear™ werden Kleider im Boyfriend-Stil sein. Perfekt für deinen Mann, damit du sie ihm klauen kannst.

Als ich angezogen bin, öffne ich die Tür einen Spaltbreit und spähe in die dunkle Hütte. Ich brauche einen Augenblick, bis ich meinen Wikinger entdecke. Er kauert neben dem Herd und schürt das Feuer.

Ich tapse zu ihm und lege meinen Haufen Schmutzkleidung auf den Wohnzimmertisch. „Teddy? Wo wirst du schlafen?"

„Auf dem Sofa."

Passt er überhaupt auf das Sofa? „Aber..."

„Ich komme klar, Babygirl."

Es liegt mir auf der Zungenspitze, ihn zu bitten, mich ins Bett zu bringen, aber ich habe dem Mann bereits seine Kleider und sein Bett gestohlen, weshalb ich die Tür offenstehen lasse und mich ins Bett lege. An den Kissen haftet Teddys Geruch. Ich habe noch nie zuvor auf den Geruch eines Mannes gestanden, Teddys ist jedoch göttlich. Frische Bergluft, etwas Kräuterartiges wie Rosmarin und Salz vom Schweiß. Guter Schweiß, der von einer langen Joggingrunde durch den Wald gefolgt von einem epischen Sexmarathon stammt.

Und jetzt bin ich erregt. Vergiss das, ich bin seit unserem Moment auf dem Sofa erregt. Dem Sofa, auf das sich Teddy gerade quetscht…

Ich rolle nach links, dann nach rechts. Ich kann einfach keine angenehme Position finden. Wenn ich mich nicht wohlfühle, muss Teddy bestimmt auch leiden.

„Teddy?"

„Ich bin hier." Seine Stimme ist viel näher, als ich erwartet habe, und kommt von der anderen Seite der Tür. „Du schläfst nicht."

Seine Schattengestalt steht im Türrahmen. Ich strecke die Hand nach ihm aus, woraufhin er kommt und sie ergreift. Für einen so großen Kerl bewegt er sich leise.

„Ich fühle mich nicht so gut", sage ich.

„Das tust du nicht?"

Ich drücke die Augen zu und erinnere mich an meine täglichen Affirmationen. *Sei mutig. Bitte um das, was du willst.*

Ich räuspere mich. „Ich habe Fieber. Und die einzige Medizin dagegen ist weiteres Kuscheln."

„Ist das so, Babygirl?" Sein Kopf ist gesenkt, doch ich höre ein Lächeln in seiner Stimme.

„Ja. Das ist so."

„In Ordnung. Rutsch rüber."

Juhuu!

Sein Gewicht neigt das Bett und er positioniert mich so, wie er mich haben will: vor sich auf der Seite mit dem Gesicht zum Schrank. Das Bett ist groß, Teddy allerdings auch und damit wir beide reinpassen, muss er sich um mich wickeln.

Was keine Qual ist. Überhaupt nicht. Ich würde all meine Dates mit langweiligen Highschool-Freunden gegen zehn Minuten kuscheln mit Teddy eintauschen.

„Ist das bequem?", fragt er.

„Ja. Du bist ein guter Kuschler." Ich kann mich nicht davon abhalten, aufgeregt zu zappeln. Nachdem ich mich einige Sekunden gewunden habe, spannt sich Teddys Griff um mich an.

„Lass das."

„Okay." Ich versuche, einzuschlafen, kann jedoch nicht zu kichern aufhören.

Sein Seufzen weht über meinen Nacken. „Was ist jetzt los?"

„Ich habe nur nachgedacht. Du bist so groß, dass du deine eigene Gravitationskraft hast. Wann immer du neben mir sitzt, falle ich gegen dich."

Stille.

Ich warte auf seine Antwort und werde nervös, als er nichts sagt. „Das ist okay, oder?"

„Ja. Schlaf jetzt."

So herrisch. Aber er ist warm und er hält mich so, wie ich es will, also tue ich, was er sagt, anstatt zu protestieren.

4

Teddy

Punkt sechs Uhr öffne ich die Augen. Vor meinem Fenster singt sich ein Rotkehlchen die Seele aus dem Leib. Es ist ganz aus dem Häuschen, weil Frühling ist und es versucht, eine Gefährtin anzulocken und flachgelegt zu werden.

Ich auch, verrückter Vogel. Ich auch.

Lana ist ein warmes, schlafendes Bündel, das an meinen Körper geschmiegt ist. Wir haben die Nacht gemeinsam verbracht, wobei ich nur zweimal gegangen bin. Einmal, um die Grundstücksgrenze abzulaufen, und einmal, um ihre feuchten Kleider in den Trockner zu stecken. Ich habe in meiner Jeans geschlafen, doch mein Schwanz gibt sein Bestes, sich durch den Stoff zu bohren, um sich in die süße, süße Spalte von Lanas Hintern zu schmiegen.

Mit einem Stöhnen löse ich mich von ihrer sexy Perfektion und wickle mich aus der Decke. Mein Schwanz ist so hart, dass ich mit steifen Beinen zum Bad laufe und die Tür schließe. Nach einigen Minuten, in denen ich meinen

Schwanz gestreichelt und mir Lanas prächtige Kurven vorgestellt habe, verspritze ich meine Ladung wie ein Teenager auf meiner Hand.

Doch als ich die Tür öffne und mir eine Wolke von Lanas Honigduft entgegenschlägt, wird mein Schwanz erneut so hart wie Stahl. Die vorherige Aktion hat meiner Lust nicht einmal die Schärfe genommen, wird jedoch reichen müssen.

Ich trete hinaus in die kühle Dämmerung und ziehe mein Handy heraus. Ich schicke einige Nachrichten ab – eine an meinen Bruder Matthias, in der ich ihm mitteile, dass seine Patientin eine gute Nacht hatte, und er vorbeikommen und sie untersuchen soll. Eine andere an meinen Freund Rafe Lightfoot in Taos. Rafe ist der Alpha des Black Wolf Rudels. Er und sein gesamtes Rudel waren im Militär in meiner Einheit und jetzt leiten sie ein Security-Unternehmen, das es ihnen erlaubt, nebenbei Geheimoperationen zu absolvieren. Wenn sie Lanas bescheuerten Stiefbruder nicht aufspüren können, kann es niemand.

Ich leihe mir Lanas Rucksack aus, um ihren Führerschein herauszufischen und schicke ein Foto davon an Rafe. Lana schläft noch und ihre Atmung ist gleichmäßig. Sie wird wahrscheinlich noch eine ganze Weile nicht aufwachen, aber wenn sie es tut, wird sie Hunger haben. Ich muss Lebensmittel besorgen. Zum Glück öffnet der Bad Bear Handelsposten in aller Herrgottsfrühe.

Auf meinem Weg in die Stadt ruft mich Matthias zurück.

„Wie geht's der Patientin?" Mein Bruder klingt wach für die frühe Stunde. Er ist wie ich ein Frühaufsteher.

„Sie heilt."

„Erinnert sie sich an irgendetwas?"

„Ich weiß es nicht."

„Ich habe dem Blutsauger in Las Cruces eine Nachricht geschickt. Er hält sich bereit."

Ich blecke die Zähne. Das ist der gleiche Vampir, der Tiffanys Erinnerungen gelöscht hat. Soweit ich mich erinnere, hat ihm die Ironie gefallen, in einer Stadt zu wohnen, die ‚Die Kreuze' genannt wird. Blutsauger-Humor ist eigenartig.

„Je eher wir es tun, desto weniger Erinnerungen müssen wir ihr nehmen", fährt Matthias fort. Er klingt so pragmatisch, dass ich ihm ein blaues Auge verpassen will.

Der Gedanke, die Erinnerungen der hübschen Frau in meinem Bett zu löschen, macht mich krank. Was, wenn es sie verkorkst? Was, wenn es ihre Denkmuster oder ihren sonnigen Charakter verändert? Es könnte sie zu einer ganz anderen Person machen. Es könnte ihr Leben ruinieren.

Und egoistisch wie ich bin, will ich nicht, dass sie mich vergisst.

Doch die Alternative ist schlimmer. „Wie groß ist die Wahrscheinlichkeit, dass sie das, was sie gesehen hat, einfach für immer vergessen wird?"

„Das Heilserum, das ich ihr gegeben habe, ist mächtig. Früher oder später wird sie sich allerdings an alles erinnern."

Verdammt.

Matthias lässt zu, dass sich die Stille in die Länge zieht. Als deutlich wird, dass ich nichts sagen werde, fragt er: „Willst du, dass ich es tue? Ich könnte sie nach meinen Patienten heute abholen und mitnehmen."

„Nein." Ich atme geräuschvoll aus, wappne mich und verdränge das Bild von Lana, die friedlich in meinem Bett liegt aus meinen Gedanken. Ich hatte sie eine Nacht lang in meinen Armen. Das wird reichen müssen. „Wenn es an der Zeit ist, ihre Erinnerungen zu löschen, werde ich mich selbst darum kümmern."

~

Lana

Erneut begrüßen mich die niedlichen Vorhänge, sobald ich meine Augen öffne. Die Bären tanzen in der Brise und lassen das kräftige Morgenlicht herein. Ich fühle mich, als wäre ein Bulldozer über mich gefahren, allerdings auf gute Weise. In meinem Kopf ist kein scharfer Schmerz mehr und ich bin benommen, als hätte ich den Großteil der Nacht tief und fest geschlafen.

Ich bin allein, doch neben mir im Bett ist ein wikinger-großer Abdruck. Der Beweis, dass Teddy die ganze Nacht neben mir verbracht hat. Er muss schon früh aufgewacht sein und hat mich ausschlafen lassen.

„Teddy?" Ich rolle mich gähnend aus dem Bett. Ich trage noch immer seine Boxershorts und sein T-Shirt, aber meine frisch gewaschenen Kleider sind auf magische Weise am Fußende des Bettes aufgetaucht. Der Morgen ist kühl, weshalb ich meine pinke Hose anziehe. Ich tausche das T-Shirt gegen mein Unterhemd aus und schnappe mir ein Karohemd, um meine Arme zu bedecken. Die Ärmel hängen über meine Handgelenke, bis ich sie hochrolle, die Knöpfe kann ich über meinen Brüsten allerdings nicht schließen. Wenn ich noch viel länger hierbleibe, werde ich Klamotten brauchen.

Und wie viel länger werde ich hierbleiben? Gestern war ich neben der Spur, doch ich sollte mir überlegen, wie ich Bentley finden und von diesem Berg runterkommen kann. Wie ich Teddy seine Ruhe zurückgeben kann. Ich muss wenigstens mein Handy reparieren und aufladen.

Die Hütte ist leer. In der Küche und im Wohnzimmer ist keine Spur von Teddy zu sehen. Wenigstens ist kein Bär da. Ich weiß nicht, ob ich vor einem Kaffee einen Bären verscheuchen kann. Oder jemals in meinem Leben.

Ich trete aus der Hütte. Ohne einen Helikopter, der auf der Wiese landet, sehen die Gräser und Wildblumen bildhübsch aus. Ich würde ein Foto machen, wenn mein Handy nicht so angeknackst wäre wie mein Kopf.

Mann, ich habe in den letzten vierundzwanzig Stunden viel durchgemacht. Ich bin einen Berg hochgewandert, habe mir den Kopf angeschlagen, meinen Stiefbruder verloren und ich wurde von einem sexy Wikinger gerettet und in seiner Hütte untergebracht… Es ist so viel passiert, dass ich gar nicht alles erzählen kann. Das Kuscheln mit Teddy war der Höhepunkt. Meine Kopfverletzung und zu vergessen, wie ich sie mir zugezogen habe, sind der Tiefpunkt. Bärensichtungen, einschließlich eines Bären, der Teddys Kühlschrank überfallen hat, rangieren irgendwo in der Mitte.

Ich mache mir auch Sorgen um meinen Bruder. Ich hätte es eiliger damit, ihn zu suchen, wenn ich nicht tief in meinem Inneren glauben würde, dass er mich einfach im Stich gelassen hat und ohne mich den Berg hinab gewandert ist. Vorerst werde ich davon ausgehen, dass er gegangen ist, bevor ich mir den Kopf angeschlagen habe.

Hmmm.

All diese Gedanken sind düster und es ist ein wunderschöner Tag. Ich bin in einem Feld voll bunter Blumen. Ich habe die Nacht in den Armen eines großen Mannes verbracht. Fürs Erste kann ich so tun, als sei ich im Urlaub. Mit dem Rest werde ich mich später befassen.

Ich wate tiefer in die Wiese und schütze meine Augen vor der Sonne. Ich könnte eine *Meine Lieder – meine Träume* Montage versuchen, sogar mit einer Drehung im Gras, aber das wäre vielleicht nicht so gut für meinen Kopf. Deshalb entscheide ich mich für einen sanften Spaziergang und folge einem Pfad über die Wiese zur Baumgrenze. Hinter dem Kiefernwäldchen steht eine Reihe Holzboxen.

Nach einigen weiteren Schritten höre ich ein Summen. Bienen. Die Boxen sind Bienenstöcke.

Zwischen ihnen bewegt sich eine schattenhafte Gestalt. Ich schirme meine Augen ab und will gerade Teddys Namen rufen, als die Gestalt in mein Sichtfeld schlendert.

Es ist ein Bär. Der größte Bär, den ich jemals gesehen habe. Sein Fell ist von Schatten getüpfelt, doch seine Tatzen sind deutlich umrissen, als er den obersten Bienenstock hochhebt und ihn – samt der vielen Bienen – auf einen anderen Stock stellt. Bienen summen um den Kopf des Bären herum in der Luft. Manche landen auf seinem Fell, wirken jedoch nicht wütend. Die Bewegungen des Bären sind langsam und ruhig, als er die Boxen verschiebt.

Ich reibe mir über die Augen. Passiert das wirklich? Ich bin zwischen den Bäumen stehen geblieben, unfähig, zu laufen, unwillig, zu fliehen und die Aufmerksamkeit des Bären auf mich zu lenken.

Der Bär sieht mich trotzdem und geht auf seine Hinterbeine. Er steht noch in den Schatten, weshalb ich nicht sagen kann, ob es ein Braun- oder ein Schwarz- oder ein Pizzly-Bär ist. Es ist allerdings nicht so, als würde die Fellfarbe eine Rolle spielen. Falls mich der Bär fressen will, bin ich ohnehin tot.

Einen langen Moment starren der Bär und ich uns an, während die Bienen zwischen uns summen.

Der Bär winkt mit einer riesigen Tatze vor mir herum, lässt sich auf alle viere fallen und trottet anschließend in den Wald hinter den Bienenstöcken.

Ich sacke an einem Baumstamm zusammen. Teddy hat recht. Ich muss mir den Kopf stärker angeschlagen haben, als ich dachte.

„Lana!" Teddy stürmt hinter der Hütte hervor.

„Teddy", sage ich schwach.

Er hebt mich hoch und läuft zurück zur Hütte. „Du kannst nicht hier draußen sein, es ist zu gefährlich."

„Ich weiß." Ich klammere mich fest an seinen Hals. Sein Bart kratzt über meine Stirn und es fühlt sich genau richtig an.

Als wir wieder in der Hütte sind, überwinde ich meinen Schock. „Ich habe gerade gesehen, wie ein Bär versucht hat, dort hinten Honig aus den Bienenstöcken zu holen. Du hättest es sehen sollen, Teddy. Er hat sich von den anderen unterschieden. Ich habe sein Fell nicht gesehen, aber er war riesig. Es muss ein Pizzly-Bär gewesen sein."

Teddy grunzt und setzt mich aufs Sofa. „Geht es dir gut?"

„Ich bin nicht verletzt."

Er tastet mich ab, weshalb ich seine Hände einfange. „Das ist unglaublich. Ich kann nicht fassen, dass noch niemand einen Film über diesen Berg gemacht hat."

Teddy weicht zurück. „Keine Filme. Wir mögen unsere Privatsphäre."

„Das verstehe ich. Aber es ist eine Schande, dass niemand auch nur eine Doku gemacht hat. Dieser Ort ist ein Nationalheiligtum. Es ist fast so, als würden sich die Bären hier wie Menschen benehmen."

Teddy läuft zur Tür, schließt sie, steht in den Schatten und massiert sich den Nacken.

„Geht es dir gut?", frage ich.

Er antwortet nicht. Habe ich etwas Falsches gesagt?

Es ist komisch. Bentleys Zurückweisung kann ich einfach an mir abprallen lassen, doch Teddys stört mich. Ich ziehe meine Knie an die Brust.

Teddys Kopf ist gesenkt, ich spüre jedoch seinen inneren Aufruhr. Es muss etwas sein, was ich gesagt habe. Oder getan habe.

„Ich sollte vermutlich gehen. Dich in Ruhe lassen. Mich wieder meinem Geschäft widmen."

„Nein", blafft er.

„Nein?" Ich blinzle ihn an.

Er kehrt so schnell an meine Seite zurück, wie er gegangen ist. Als er sich mir genähert hat, scheint er nicht mehr zu wissen, was er tun soll, weshalb er die Decke packt und um mich wickelt. „Du musst hierbleiben und dich ausruhen." Sein sanfter Tonfall sorgt dafür, dass ich mich entspanne.

„Ich denke, ich bin ziemlich ausgeruht. Ich sollte wenigstens einen Plan für heute machen. Hast du ein Handy, das ich benutzen kann? Ein iPhone-Ladegerät?"

„Warum?"

„Damit ich einige Anrufe machen kann. Damit ich mich auf der Arbeit melden kann. Damit ich alles über-prüfen kann. Vor allen Dingen sollte ich herausfinden, was mit Bentley passiert ist. Ich komme mir wie eine schlechte Schwester vor, weil ich hier herumlümmle, während er auf dem Berg herumirren könnte. Oder schlimmeres. Was, wenn er sich auch den Kopf ange-stoßen hat?"

„Er ist nicht auf dem Berg. Ich habe Matthias und meine Brüder, die Teil einer Rettungsmannschaft sind, den Berg nach ihm absuchen lassen. Wenn er hier ist, hat er sich gut versteckt. Es ist wahrscheinlicher, dass er gegangen ist. Ein Team arbeitet daran, ihn aufzuspüren."

„Ein Team? Das klingt ernst."

„Sorry, Babygirl. Ich will dir keine Angst machen. Ihm geht es wahrscheinlich gut."

„Ja, das tut es vermutlich. Vielleicht haben wir uns gestritten, bevor ich mir den Kopf angeschlagen habe, und er hat mich deswegen allein gelassen."

Teddy öffnet den Mund, dann schließt er ihn und

drückt meine Hand. „Ja." Er räuspert sich. „Das könnte sein."

„Bentley war mir gegenüber immer grob. Ich scheine ihm ständig auf die Nerven zu gehen, nur indem ich existiere." Ich zucke mit den Achseln, denn auch wenn ich nicht möchte, dass es wahr ist, und auch wenn ich es lieben würde, wenn es falsch wäre, weiß ich, dass genau das der Fall ist, wenn ich ehrlich mit mir bin. Ich kann noch immer das Beste daraus machen. „Nun, ich kann wenigstens in die Stadt gehen und eine Möglichkeit finden, mein Handy zu laden. Oder es zu reparieren. Ich bin noch nicht so fit, dass ich zum Gipfel wandern kann, aber ein entspannter Spaziergang zurück zu einem Ort, von wo ich eine Mitfahrgelegenheit finden kann…"

Ich verstumme, weil Teddy den Kopf schüttelt.

„Oder hast du ein Auto, das ich leihen kann? Ich bin eine gute Fahrerin."

„Kein Auto."

„Ein Fahrrad? Einen Packesel? Ein aufgemotzter Golfwagen mit Quad-Reifen?"

Er schüttelt nach wie vor den Kopf. „Nein."

„Tja, ich schätze, dann werde ich laufen müssen." Ich erhebe mich, gehe mit schwingenden Hüften zur Tür und teste etwas.

Ich habe mich nicht weiter als anderthalb Meter vom Sofa entfernt, als Teddy mich auch schon hochhebt und zurückträgt.

„Genau, wie ich vermutet habe." Ich pike mit dem Finger gegen seine Brust. Seine Brustmuskeln sind so fest, dass sich mein Finger biegt. „Du willst nicht, dass ich gehe."

„Du bist verletzt", knurrt er.

Nach Jahren, in denen Bentley grausam zu mir war und mir meine Eltern mit Gleichgültigkeit begegneten, sorgt seine Besorgnis dafür, dass ich innerlich dahin schmelze. Und er befeuert meinen inneren Sonnenschein. In meinen Zellen scheint Licht zu pulsieren, als ich mich in die Arme dieses umwerfenden Wikingers kuschle. Wie hatte ich nur so großes Glück? Im Ernst, was ist passiert?

„Ich bin eine wichtige Frau. Ich habe Dinge zu erledigen. Orte zu besichtigen." Ich drücke flirtend gegen seine Brust und bin hin und her gerissen zwischen dem Wunsch, produktiv zu sein und hier in seinen Armen zu bleiben, doch er rührt sich nicht. „Im Ernst, Teddy, wie lange denkst du, dass du mich hier festhalten kannst?" Ich blinzle zu ihm hoch, schaue richtig in seine Augen und frage mich, wer dieser freundliche Wikinger ist und wo er mein ganzes Leben lang war.

Seine Augen blitzen in einer hellen Farbe auf. In einem Moment ist sie da und im nächsten verschwunden. Es muss eine optische Täuschung sein. „So lange ich will."

Lange. Ja, das ist für mich in Ordnung. Dann wollen wir mal herausfinden, ob er das wirklich ernst meint.

„Ach ja? Das werden wir ja noch sehen." Während ich seinen Blick halte, drehe ich mich um, platziere mein Hinterteil ,aus Versehen' auf seinem Schoß und rutsche herum, bis er knurrt und meine Hüften packt.

„Lana", warnt er.

„Wikinger", antworte ich und meine Mitte verkrampft sich so fest, dass er spüren muss, wie mein Körper reagiert. Ich beiße mir auf die Lippe und hoffe, dass er es merkt.

Er neigt mich mit dem Rücken aufs Sofa und beugt sich über mich, wobei er eine Hand neben meinem Kopf abstützt. „Du gehst nicht. Ich meine es ernst."

„Du kannst mich nicht aufhalten", flüstere ich begeistert von diesem neuen Spiel.

„Wetten, dass?" Er legt sein Gewicht auf mich, nicht alles, gerade so viel, dass ich fixiert bin und er mich seine

Erektion spüren lässt, die sich wie eine riesige Kompassnadel anfühlt, die mich nach Norden weist. Himmlisch.

„Ich werde wegrennen, wenn du nicht aufpasst."

Er reibt seine Nase an meinem Gesicht entlang. Sein Bart kratzt wundervoll über meine weiche Wange. „Ich werde dich an mein Bett fesseln."

Mein Inneres verkrampft sich. „Das könnte mir womöglich gefallen." Meine Stimme klingt erstickt.

„Ach ja, Babygirl? Dann muss ich mir vielleicht andere Methoden überlegen, wie ich dich bestrafen kann."

O.M.G. „Versprochen?"

Er neigt den Kopf und küsst mich. Hitze flammt zwischen uns auf. Seine Hand liegt unter meinem Schenkel, massiert mich und verspricht mir, mich auf andere Arten zu berühren. Ich packe ihn und zerre ihn nach unten. Ich will sein ganzes Gewicht auf mir spüren. Das würde womöglich einen dauerhaften Abdruck auf dem Sofa hinterlassen, wäre es jedoch wert.

Ich bin ganz benommen und schiebe mich unter Teddy nach oben, um meine untere Hälfte an ihm zu reiben, als mein Magen knurrt.

Teddy unterbricht den Kuss und schaut mich finster an.

„Ignoriere das?", frage ich, obwohl mein Magen erneut knurrt. „Bitte?"

„Ich kann nicht." Er drückt einen letzten Kuss auf meinen Mund und rutscht vom Sofa. „Ich muss dich füttern." Ich greife jammernd nach ihm, woraufhin er meine Hände packt, die Handflächen küsst und sich erhebt. „Zuerst das Frühstück."

„Frühstück?"

„Jepp. Ich bin früh aufgewacht, damit ich einkaufen konnte."

„Da warst du also. Ich habe nach dir gesucht."

„Tut mir leid, Babygirl. Ich dachte nicht, dass du aufwachen würdest, bevor ich zurückkomme." Er stupst mit dem Finger auf meine Nase und geht in die Küche, wo einige neue Tüten erschienen sind. Lebensmittel. Das, was er gekauft hat. Für mich? „Beim nächsten Mal hinterlasse ich dir eine Nachricht."

Beim nächsten Mal? Ich schlinge die Arme um mich und neige den Kopf zur Seite, um mein Lächeln zu verbergen.

Teddy tapst durch die Küche, packt Eier und Milch aus und holt eine riesige gusseiserne Bratpfanne hervor, die den halben Herd verdeckt.

Ich schlendere näher und genieße den Anblick eines großen Wikingers, der Haushaltsaktivitäten nachgeht. „Kann ich helfen?"

„Ne, ich habe alles unter Kontrolle."

Ich laufe zur Tür und drücke mich auf der Türschwelle herum. Ich bin nicht sonderlich schnell, doch wenn ich sehr leise bin, kann ich mich vielleicht davonschleichen…

Es ist ein Test. Ich will eigentlich nicht gehen, aber ich bin neugierig, wie weit mein Wikinger seine Drohung wahrmachen wird, mich hier festzuhalten.

Mein Fuß tritt auf ein knarzendes Dielenbrett.

„Denk nicht einmal daran", sagt Teddy, ohne aufzuschauen.

Ich wirble herum und stemme die Hände in die Seiten. „Das ist es also? Ich bin einfach deine Gefangene?"

„Jepp." Er grinst. Er genießt das hier viel zu sehr.

Ich verenge die Augen zu Schlitzen. Er will nicht, dass ich gehe, und er sagt mir nicht warum. Gestern Abend hat er zu meiner großen Enttäuschung nichts versucht.

Obwohl ich zugeben muss, dass es mit meinem schmerzenden Kopf vermutlich nicht sonderlich gut geklappt hätte.

„Setz dich", befiehlt er, woraufhin ich gehorche und zum Sofa zurückgehe. Selbst wenn ich mich davonschleichen könnte, ist Teddy wahnsinnig schnell. Er würde mich einholen, bevor ich die Wiese überquert hätte.

Teddy lärmt mit Töpfen und Pfannen in der Küche herum. „Ich mache dir Pfannkuchen. Magst du Pfannkuchen?"

„Jeder mag Pfannkuchen."

„Und Speck." Er zieht braune Papierpäckchen, die mit Metzgergarn umwickelt sind, hervor. „Ich habe fünf Pfund Speck."

„Das ist viel Speck."

„Jeder liebt Speck."

Ich berühre den Verband an meinem Kopf. „Ich sollte Pläne für meine Abreise machen. Zumindest sollte ich einen Laden suchen, der mein Handy reparieren kann. Oder es laden."

„Nein."

„Warum nicht?"

„Weil der Arzt gesagt hat, dass du Ruhe brauchst."

Hmmmm. Er könnte bezüglich meiner Kopfverletzung besorgt sein. Oder er könnte mich wegen etwas anderem hier festhalten. Etwas abgesehen von dem, was zwischen uns knistert.

Das ist okay. Ich werde seine Gastfreundschaft einfach überstrapazieren. Zeit für den Beginn der Operation *Ärgere Teddy.* „Nun, jetzt ist ein guter Zeitpunkt, dir zu erzählen, dass ich Veganerin bin."

Teddy, der gerade den Speck auspackt, hebt den Kopf hinter der Arbeitsplatte. „Im Ernst?"

„Oh ja. Da mache ich keine Ausnahmen."

„Nicht einmal für Speck?"

Mein Magen knurrt. In einer Minute wird er Speck braten und ich werde nicht widerstehen können. „Abgesehen von Speck", korrigiere ich mich und denke angestrengt über die Zutaten von Pfannkuchen nach, da ich behauptet habe, ich würde sie essen. „Und Milch. Und Butter. Und Natron." Ist Natron ein tierisches Produkt? „Und das gelegentliche Ribeye-Steak", füge ich hinzu, nur um auf der sicheren Seite zu sein. Falls Teddy Steaks macht, werde ich meine Portion nicht hergeben.

„Also willst du eigentlich sagen, dass du eine schlechte Veganerin bist."

Ich spreize die Hände in einer ahnungslosen Geste. „Siehst du, wie nervig es sein wird, mich hier zu haben?"

„Du nennst es *nervig*. Ich nenne es *niedlich*."

„Niedlich?" Ich stemme die Fäuste in die Hüften, doch innerlich *juble* ich.

„Mhmm." Er widmet sich wieder der Zubereitung des Frühstücks.

„Nun vielleicht werde ich mir eine Möglichkeit überlegen, ein schlechter Gast zu sein. Die Bären werden mir nicht das Wasser reichen können."

Er deutet mit dem Pfannenwender auf mich. „Mach nur weiter so und ich versohle dir den Hintern, bevor ich dich ans Bett fessle."

Sämtliche Luft entweicht dem Raum. Ich keuche und finde schließlich genug Sauerstoff, um zu quieken: „Versprochen?"

„Du weißt es, Babygirl." Er wirft mir quer durch den Raum einen Blick zu, bei dem sich meine Zehen krümmen. Sämtliches Wasser in meinem Kopf rauscht zwischen meine Beine, um mein Höschen feucht zu machen.

Ich falle zurück aufs Sofa und ziehe ein Kissen über mein Gesicht. Ich werde mich hier verstecken, bis ich mich gesammelt habe.

Teddy feixt, als er durch die Küche eilt. Er denkt, dass

er gewonnen hat. Anscheinend funktioniert es nicht, ein nerviger Gast zu sein.

Heilige Scheiße, werde ich wirklich von einem heißen Kerl entführt? Benimmt er sich nur nett und verführt mich und dann wache ich ans Bett gefesselt auf und er wird wie Kathy Bates in *Misery* auf mich losgehen? Falls dieser tolle Mann mich einfach nur umgarnen und gefangen halten wird, damit er mich später töten und essen kann, werde ich so wütend sein.

Hoffentlich ist er nur irgendwie herrisch und besorgt?

Ich kaue auf meiner Lippe herum und denke über die Situation nach. Nichts an ihm fühlt sich falsch an. Tatsächlich fühlt sich alles an ihm vollkommen sicher an.

Vielleicht kann ich noch einen Tag warten. Ich kann mich ausruhen und erholen und anschließend mein Handy reparieren und Bentley suchen.

Ich meine, ich hätte nichts gegen einen weiteren Versuch, mit meinem sexy Wikinger in der Horizontalen zu landen. Meine Libido ist mit diesem Plan einverstanden. Nach dem Frühstück wird die Operation *Schlaf mit Teddy* offiziell eingeläutet werden.

5

Teddy

Ein scharfes Klopfen an der Tür veranlasst mich dazu, herumzuwirbeln, es ist jedoch nur Matthias.

„Hallo." Mein Bruder kommt herein und zieht den Kopf wegen der niedrigen Decke ein. „Wie ich sehe, geht es der Patientin besser."

„Hi." Lana winkt leicht.

Plötzlich finde ich mich zwischen ihr und meinem Bruder wieder.

Hinter mir keucht Lana. „Heiliges Kanonenrohr, Teddy. Du bewegst dich so schnell."

Matthias' Brauen ziehen sich zusammen.

Ich habe es schon wieder getan. Ich verliere vor einem Menschen die Beherrschung. Was passiert mit mir?

„Teddy?", fragt mein Bruder. Er macht einen Schritt, um an mir vorbeizugehen, und ein ungebetenes Knurren bleibt in meiner Kehle stecken.

Mein, sagt mein Bär. *Gefährtin.*

Scheiße.

～

Lana

Teddy befindet sich in einer Art Blickduell mit dem hochgewachsenen Mann, der gerade hereingekommen ist. Der Neuankömmling ist glattrasiert, trägt eine schicke Hose, ein Hemd und eine schwarze Ledertasche. Er sieht wie ein Missionar aus, der von Tür zu Tür geht.

„Teddy?" Irgendetwas stimmt mit mir nicht. Ich mag keine Ärzte, außerdem bin ich nach dem kleinen Bär-in-der-Küche Vorfall ein wenig schreckhaft und ich will meinen Wikinger bei mir haben. Ich strecke eine Hand nach ihm aus, woraufhin er kommt und sich neben mich aufs Sofa setzt.

„Es ist okay", beruhigt er mich. „Lana, das ist der Arzt."

Der große Mann blinzelt mich durch seine runde Brille eulenhaft an. „Lana? Ich bin Matthias", stellt er sich mit tiefer Stimme vor. „Ich habe dich zuvor schon untersucht."

„Danke", flüstere ich. Mein Kopf pocht scharf. Ich drücke mich näher an Teddy.

Der Arzt verfolgt jede meiner Bewegungen. „Wie fühlst du dich?"

„Ihr Kopf tut weh", poltert Teddy. Er hebt mich auf seinen Schoß. „Es ist okay, Babygirl."

Ich liebe es, dass er mich Babygirl nennt. Das sorgt dafür, dass ich mich innerlich ganz warm und schmelzenden wie ein frischgebackener Chocolate Chip Cookie fühle.

„Mir geht's gut." Ich kuschle mich in Teddys Wärme und schenke Matthias ein mutiges Lächeln. „Ich bin nur nicht der größte Fan von Ärzten."

„Verständlich." Matthias stellt seine Tasche auf den

Kiefernwohnzimmertisch. „Ich bin selbst auch kein Fan davon, zum Arzt zu gehen."

„Matthias ist mein Bruder", raunt mir Teddy ins Ohr.

„Oh." Ich schaue von Teddys gebräuntem Gesicht zu Matthias, der einige Schattierungen dunkler ist als ich.

„Wir sind adoptiert", erklärt Matthias.

„Oh ja. Ihr seid zu sechst, stimmt's?"

Teddy zuckt mit den Achseln. „Sieben oder acht."

„Sieben oder acht?" Ich recke den Hals, um ihm in seine grauen Augen zu blicken. „Du bist dir nicht sicher?"

„Wir sind so viele, dass ich den Überblick verliere. Die Drillinge sind eineiig. Das macht es schwieriger."

Ich glotze ihn mit großen Augen an.

„Ich mache nur Witze, Lana."

„Alles klar", murmle ich. Ich blinzle flehend zu Matthias hoch und erwische ihn dabei, dass er sich ein Lächeln verkneift.

„Teddy, es ist nicht nett, mit jemandem zu scherzen, der eine Kopfverletzung hatte", rügt er ihn.

„Ja, *Teddy*." Ich rutsche auf Teddys Schoß herum und versuche, eine bequeme Position zu finden. Er legt seine Arme eng um mich und seine großen Bizepse halten mich fest. Ich pike einen, um seine Festigkeit zu testen. Nur eine Feststellung – seine Muskeln sind hart, ohne dass er sie anspannen muss.

Als ich aufschaue, starren mich Teddy und der Arzt an.

„Ich habe nur etwas getestet", erkläre ich. „Ähm, macht ruhig weiter."

„Ich will nur nach deinem Kopf sehen." Matthias setzt sich vor mir auf den Wohnzimmertisch. „Nichts zu Aufdringliches, das versichere ich dir. Während du gestern bewusstlos warst, habe ich deine Wunde gesäubert und deine Pupillen überprüft. Ich würde gerne deinen Kopf auf Blutergüsse untersuchen. Falls alles gut ist, wird es schmerzlos sein."

„Okay." Ich halte still.

Matthias tastet meinen Kopf ab und befragt mich, als ich zusammenzucke. Er leuchtet mit einem Licht in meine Augen und verkündet, dass meine Pupillen in Ordnung sind. „Keine Anzeichen für innere Blutungen. Und deine Kopfwunde verheilt gut."

„Das ist toll." Ich rutsche abermals hin und her. Es fühlt sich an, als wäre ein großes Holzscheit in seiner Hose und... *Oh.* Ich höre auf, mich auf seinem Schwanz zu reiben. Teddy lehnt sich nach hinten, wobei er mich mit sich zieht und mich in einen muskulösen Arm nimmt.

„Ich denke, du wirst vollständig genesen. Mit Ruhe", sagt Matthias. „Heute keine übertriebene Bewegung und eine Weile lang keine anstrengenden Aktivitäten."

„Also kein Wandern?", frage ich, um frech zu sein.

„Nicht heute."

Mist. Ich sollte einige Dinge klären. Mein Handy ist kaputt und ich sollte es reparieren lassen. Außerdem sollte ich mich bei meinem Personal melden, aber ich will nur mit Teddy kuscheln. Die Vorstellung, hierzubleiben und mich auszuruhen, hat etwas Tröstliches an sich. Matthias hat mir damit eine Ausrede gegeben, die ich gerne nutze.

„Gibt es eine Örtlichkeit, wo ich die Nacht verbringen kann?"

„Hier", grollt Teddy so laut, dass ich zusammenfahre. „Du bleibst hier."

„Kannst du ein paar Tage bleiben?", fragt Matthias.

„Ich schätze schon." Ich habe mir eine Woche frei genommen. Es ist nicht so, als hätte ich tatsächlich vorgehabt, eine Woche lang meine E-Mails nicht zu checken, doch vielleicht wird es mir guttun. Ich kann noch mehr Ideen für die limitierte Kollektion „Bad

Bear" Schlafanzüge und Schlafbekleidung sammeln. Was für einen Sinn macht es, die CEO zu sein, wenn mein Team den Laden in meiner Abwesenheit nicht schmeißen kann?

„Dann ist das geklärt. Du wirst hierbleiben." Teddy drückt mein Knie.

Matthias wendet uns den Rücken zu, um seine Arzttasche zu packen, seine Wange ist jedoch so gebogen, als würde er leise über uns lachen.

„Danke für die Untersuchung, Doc." Ich recke den Hals zu Teddy. „Muss schön sein, eine medizinische Fachkraft in der Familie zu haben."

Teddy grunzt. „Ist ganz nützlich, wenn bei meinen Brüdern nach einem Kampf ein Knochen gerichtet werden muss."

Ich keuche.

„Er macht nur Witze", versichert mir Matthias, Teddy sieht allerdings ernst aus.

„Ich wollte immer Brüder haben", sage ich. „Eigentlich irgendein Geschwisterchen. Mein Stiefbruder und ich haben uns nie verstanden. Ich habe es versucht, aber… ich denke, unsere Eltern wollten, dass wir uns besser verstehen… deswegen haben sie uns gemeinsam auf diesen Berg geschickt."

„Matthias wird weiterhin nach deinem Stiefbruder suchen." Teddy wirft Matthias einen bedeutungsvollen Blick zu, den ich nicht interpretieren kann.

„Das stimmt." Matthias räuspert sich. „Und wir können auch dem Rest unserer Brüder Bescheid geben."

„Lebt ihr alle hier auf dem Berg?"

„Die meisten von uns, ja", antwortet Matthias. „Ich habe meine eigene Hütte, die näher an der ist, in der wir aufgewachsen sind."

„Ich rief Matthias an, sobald ich dich hierhergetragen

hatte. Er ist derjenige, der deinen Rucksack geholt hat. Ich sagte ihm, dass er ihn nicht übersehen könnte."

„Weil er pink ist." Ich hebe einen meiner Zöpfe hoch und halte die flamingofarbige Spitze vor Teddys Gesicht hoch. „Meine Lieblingsfarbe hat ihren Nutzen."

Teddy schüttelt den Kopf, weshalb ich seinen Bart mit meiner Zopfspitze necke, um herauszufinden, was er tun wird. Er erlaubt mir zwei Sekunden lang, ihn unterm Kinn zu kitzeln, bevor er meine Hand packt und an seine Brust presst.

Ich schaue zurück zu Matthias und tue so, als würde mein Gesicht nicht rot anlaufen. „Hast du dort oben zufälligerweise auch eine Urne gesehen?"

„Ich sah sie", antwortet Matthias nach einem Blick zu Teddy. „Sie lag in Scherben. Es tut mir leid, Lana."

„Sie muss runtergefallen sein." Ich massiere meine Stirn und mir fällt ein, dass sie verbunden ist. „War sie leer?"

Matthias nickt.

„Also müssen wir den Gipfel erreicht haben." Ich versuche, nachzudenken, und werde mit einem scharfen Schmerz in meinem Kopf belohnt. „Au."

Matthias geht in die Küche und kehrt mit einem Glas Wasser, Tylenol und weiteren gefrorenen Heidelbeeren zurück.

Teddy streichelt meinen Rücken, als ich die Medizin nehme. „Immer mit der Ruhe, Babygirl. Du musst dich nicht heute damit befassen." Er hält die kalte Tüte sachte an meinen Nacken.

Ich erlaube mir, mich an ihm zu entspannen. „Du hast recht. Kluger Wikinger."

„Wikinger?" Matthias hustet, um ein Lachen zu überspielen.

„Musst du nicht irgendwo sein?", blafft Teddy seinen Bruder an.

„Eigentlich nicht, aber ich werde gehen." Matthias hängt sich seine Tasche über die Schulter. „Daisy schickt übrigens liebe Grüße. Sie will vor der nächsten Bürgerversammlung mit dir sprechen."

„Daisy?", frage ich.

„Unsere Bürgermeisterin", erklärt Matthias. „Sie ist neunundachtzig Jahre alt, benimmt sich jedoch wie fünfzig."

„Eine Nervensäge", schimpft Teddy.

„Hey." Ich pike erneut gegen seinen Bizeps. Er fühlt sich so fest an, dass ich es noch einmal mache. „Das ist nicht nett."

„Sag es ihm, Lana." Matthias schlendert zur Tür, die sich in der Brise erneut ein Stückweit geöffnet hat. „Äh, Teddy…"

Teddy zieht an meinen Zöpfen, während ich ihn im Gegenzug pike. „Was gibt's?"

„Das musst du dir anschauen."

Teddy versteift sich und neigt den Kopf zur Tür. Ich setze mich auf. Ich höre es auch – das ferne, rhythmische Klackern von Rotorblättern.

„Warte, Babygirl." Teddy setzt mich vorsichtig aufs Sofa und marschiert mit Matthias aus der Tür.

Ich lasse die gefrorenen Heidelbeeren in einer Zierschale auf dem Wohnzimmertisch liegen und folge ihnen, da ich zu neugierig bin, um zurückzubleiben. Als ich die Tür erreiche, stößt sie eine Windböe auf.

Ein Helikopter schwebt über der Wiese vor Teddys Hütte. Staub wirbelt durch die Luft, Kiefern peitschen mit ihren Ästen und Wildblumen werden an den Boden gepresst, als er landet.

Ich drücke die Hände auf meine Ohren und wende

mich vom Wind ab. Teddy dreht sich um und legt seine Arme um mich, ehe er mit einer schützenden Hand meinen Kopf bedeckt.

Der Helikopter ist kaum gelandet, als ein großer Mann mit einer schwarzen Aktentasche hinten rausspringt und dem Piloten winkt, dass er gehen kann. Er schlendert zur Hütte, als sich der Helikopter in die Luft hebt und wegfliegt. Ich blinzle, erkenne den Neuankömmling allerdings nicht. In seinem Anzug und mit der schwarzen Sonnenbrille sieht er wie einer der Men In Black aus.

„Bruder", ruft der Mann. Er hat blonde Haare, die etwas länger als Teddys und zerzaust von dem Helikopterwind sind. Sein Bart wurde mit chirurgischer Präzision geschnitten, sodass er seinen kräftigen Kiefer säumt.

Der blonde Geschäftsmann nimmt seine Brille ab und ich keuche. Wenn man den Anzug sowie den teuren Haarschnitt wegnimmt und mit abgetragenen Kleidern und einem unordentlichen Bart ersetzt, erhält man ein Spiegelbild von Teddy.

Er stellt die Aktentasche ab und streckt die Arme aus. „Hast du mich vermisst?"

Da ich an Teddys Brust gepresst bin, spüre ich, wie sein Knurren durch mich hindurch vibriert. Er schiebt mich vorsichtig zur Seite.

„Teddy", warnt Matthias, doch Teddy stürmt bereits über die Wiese zu seinem Doppelgänger.

Ich stelle mich neben Matthias. „Ist das einer der Drillinge?" Teddy hat nicht erzählt, dass er einer der drei ist, aber es könnte auch sein, dass ich es durcheinandergebracht habe.

„Nein. Das ist Teddys Zwilling."

„Darius", knurrt Teddy. Er marschiert zu seinem Zwilling. Seine Schultern sind angespannt und seine Hände streckt er an den Seiten aus, wodurch er wie ein Kämpfer aussieht, der seinen Gegner umkreist.

„Theodore." Darius, der Zwilling, klappt seine Sonnenbrille zusammen und steckt sie in seine Tasche. „Wie geht es dir?"

„Prima, aber nicht dank dir."

„Matthias? Und… hallo?" Ein Lächeln breitet sich auf Darius' Gesicht aus, als er mich sieht.

Teddy tritt zwischen Darius und mich und blockiert seinem Zwilling die Sicht auf mich. Da sie sich nun gegenüberstehen, erhalte ich die Gelegenheit, weitere Unterschiede zu entdecken. Teddy hat mehr Tattoos. Darius sieht aus, als wäre er bereit für den Sitzungssaal, und Teddy, als käme er gerade von einem Motorradtreffen.

„Was machst du hier?", knurrt Teddy.

„Ich bin nur hergekommen, um die Lage zu checken."

„Schwachsinn. Ruf deinen Piloten zurück und verschwinde von hier."

„Theodore", spottet Darius angesichts von Teddys Zorn. Ich merke mir, Teddy niemals ‚Theodore' zu nennen. Darius ist entweder wirklich mutig oder wirklich dumm, dass er damit weitermacht. „Mein Pilot ist mittlerweile auf halbem Weg nach Santa Fe. Ich dachte, du könntest mich fliegen. Oder gibt es Teddys Helikopter Tours schon nicht mehr?"

Teddy steckt die Hände in seine Taschen. „Wir machen eine Pause."

„Ein Jammer." Darius lächelt. „Ich könnte dir viel Kundschaft besorgen. Vielleicht würde ich dich sogar selbst anheuern, falls ich einen Familienrabatt kriege."

„Du kriegst gar nichts."

„Das ist eine Schande in Anbetracht dessen, dass ich hier bin, um die Probleme der Stadt zu lösen. Wirst du mich wegschicken, bevor ich mein Angebot unterbreitet habe? Was wird Daisy dazu sagen?"

„Sie wird sagen, dass du Blödsinn redest. Von uns fällt keiner mehr auf deinen Schwachsinn rein."

„Na schön." Darius tritt zurück. „Ich werde gehen, sobald ich Mom besucht habe."

„Mom will dich nicht sehen."

„Bist du dir da sicher, Bruder? Warum fragst du sie nicht?"

„Wir können sie nicht fragen und du weißt das. Es ist deine Schuld."

„Meine Schuld? Du bist derjenige, der gegangen ist. Du hast dich dem Militär angeschlossen und verpisst. Wir mussten uns etwas überlegen und stell dir vor, ich habe mir etwas überlegt."

„Du bist ein verdammter Verräter", knurrt Teddy.

Ich schlage mir die Hand vor den Mund. Ich dachte, in meiner Familie gäbe es Drama, doch das hier ist ein ganz anderes Niveau. Teddy wird gleich explodieren und nach der Röte zu urteilen, die Darius' Hals hinaufkriecht, ist er auch nur noch zwei Sekunden davon entfernt, auszurasten.

„Ich bin derjenige, der diesen Berg retten wird. In der Zwischenzeit versteckst du dich hier mit einem Weibchen." Darius deutet auf mich. Dieses Mal tritt Matthias vor mich, wobei er eine Hand ausstreckt und mit der Hand-fläche auf mich deutet, womit er mir signalisiert, dass ich mich zurückhalten soll.

„Halt sie da raus", sagt Teddy. „Du schaust sie nicht an. Du riechst sie nicht einmal."

Die Art und Weise, wie Teddy zu meiner Verteidigung eilt, lässt mein Herz schneller schlagen.

Darius ist noch nicht fertig. „Wie hieß die Letzte noch mal?"

„Halt die Klappe." Teddys Stimme ist leise.

„Ach ja, das ist er." Darius schnippt mit den Fingern. „Ihr Name war Tiffany, richtig? Hast du deine Lektion nicht gelernt, dass man nicht mit Men…"

Doch ich erfahre nichts mehr über Tiffany, weil Teddys Ellenbogen nach hinten schnellt und er seine Faust in Darius' Gesicht rammt.

TEDDY

Ich habe mit meinem Zwilling gekämpft, seit wir alt genug zum Krabbeln waren. Meine Fäuste kennen sein Gesicht besser als jedes andere und seine Fäuste kennen meines. Seit unserem letzten Kampf habe ich jedoch den ein oder anderen Trick gelernt.

Als ich mich der Armee anschloss, lernte ich Disziplin. Als mich Oberst Johnson in seine Spezialeinheit aus Gestaltwandler-Soldaten rekrutierte, lernte ich, wie man einen Helikopter in feindliches Gebiet fliegt, den Feind überrascht und eine Mission durchführt. Ich lernte alle möglichen Kampfstile, doch erst zwischen den Missionen, wenn meine Einheit gelangweilt war und unsere Tiere Dampf ablassen mussten, lernte ich so richtig, wie man kämpft.

In der Zwischenzeit besuchte Darius die Wirtschafts-schule und erfand sich als seelenloser Mogul neu. Wie viele Kämpfe hatte er mit anderen Gestaltwandlern? Er verbringt seine ganze Zeit mit Menschen, die einen Master in Betriebswirtschaftslehre haben.

Unter diesem hübschen Anzug hat Darius ungefähr meine Größe. Seine Kleider sind so geschnitten, dass er schlanker wirkt. Es ist eine gute Tarnung. Ich unterschätzte ihn während der ersten entscheidenden Minuten unseres

Kampfes und lernte auf die harte Tour, dass er noch immer viel Kraft in seine Schläge legt.

Wir umkreisen einander, ich barfuß und er in seinen glänzenden neuen Schuhen, die schnell zunehmend verkratzt werden. Meine Wange pocht von seinem letzten Schwinger.

„Sieht so aus, als hättest du trainiert", stelle ich fest. „Aber es wird nicht reichen, damit du mich schlägst. Du sitzt in deinem Büro zu viel auf deinem Hintern."

Hinter seinen Fäusten hat Darius das Kinn gereckt. Er sieht lächerlich aus, wie ein viktorianischer Boxer, der gleich bei einem Faustkampf mitmachen wird. „Als ob du dich in Höchstform gehalten hättest. Wann war das letzte Mal, als du auf einer Mission warst?"

Ich antworte nicht.

„Matthias sagt, dass du zu einem Einsiedler wirst." Darius umkreist mich weiter. „Du hast dich komplett aus der Familie zurückgezogen. Was für einen Sinn macht es, hier zu leben, wenn du uns nicht hilfst?"

„Uns? Du hast den Berg verlassen." Ich mache einige Testschläge, doch sie sind halbherzig und Darius weiß das. Er weicht nicht einmal aus. Das ist der Nachteil, wenn man gegen einen Zwilling kämpft. Manchmal kennt er meine Gedanken besser als ich selbst.

Oder vielleicht ist sein Plan, mich zu Tode zu quatschen.

„Wer denkst du, bezahlt die Rechnungen?", schimpft Darius. „Wer hat dafür gezahlt, dass Matthias das Medizinstudium machen konnte? Wer hat die Zuschüsse beschafft, um die neuen Solarplatten zu installieren, die Everest wollte? Wer denkst du, macht Mas Steuern? Denkst du, ich bin zum Spaß auf die Wirtschaftsschule gegangen?"

„Ja. Zum Spaß und für den Gewinn. Für Geld würdest

du alles tun." Ich schlage und schlage auf ihn ein, doch Darius überrascht mich, indem er sich duckt und an mir vorbeihuscht, woraufhin mich seine Faust in der Niere erwischt.

Ich atme schwer, als wir uns wieder einander zuwenden. „Du hast Ma das Herz gebrochen."

„Du hast es als Erster gebrochen."

Er liegt nicht falsch. Vielleicht ist dieser Kampf nur eine Methode, mich selbst zu bestrafen. Wenn ich das Gefühl hatte, als bräuchte ich eine Tracht Prügel, war Darius immer gut dafür.

So sei es. Ich marschiere nach vorne, um noch mehr Buße zu tun, weiche seiner Faust aus und greife ihn an. Wir landen auf dem Boden – er schlägt mir auf den Kopf und ich versuche, seine Rippen zu brechen.

Ein Knurren erschüttert den Boden. Ich weiß nicht, ob der Laut aus meiner Kehle kommt oder aus seiner.

„Keine Tiere", grunze ich. „Der Mensch."

„Also hast du es ihr noch nicht erzählt."

„Diese Information, wird nur nach Bedarf rausgegeben. Du weißt, wie es ist." Ich füge nicht hinzu, dass Lana eventuell herausgefunden hat, dass ich ein Gestaltwandler bin. Darius braucht nicht noch mehr Gründe, mich fertigzumachen.

Wir sind uns jetzt zugewandt und wirbeln Staub auf. Unser Kampf wurde zu einem Ringkampf am Boden.

Darius blinzelt mich durch verdreckte Wimpern an. „Ich kapiere einfach nicht, warum du einen anderen Menschen gewählt hast. War Tiffany nicht schlimm genug?"

Selbst hier, auf dem Boden, während ich mit meinem Bruder kämpfe, füllt Lanas Honigduft meine Nasenflügel. „Sie ist nicht mein."

„Oh." Darius reckt den Kopf. „Sie ist umwerfend. Vielleicht werde ich ihr einen Flug in meinem Helikopter anbieten, nachdem…"

Mit einem Brüllen mache ich mit den Beinen eine Schere, gewinne Schwung, um nach oben zu krabbeln, und lege meine Hände um die Kehle meines Zwillingsbruders. Dieses Mal werde ich ihn wirklich umbringen.

～

LANA

Eine Staubwolke hüllt Teddy und Darius ein. Knurren und Fauchen entwischt ihnen, ich kann jedoch nicht erkennen, was los ist. Der ganze Dreck, der um uns herum fliegt, verwandelt die zwei Kämpfer in formlose Schattenmonster, die sich auf dem Boden winden.

„Kannst du sie nicht aufhalten?", rufe ich Matthias zu.

Er zuckt mit den Achseln. „Es ist am besten, sie das ausfechten zu lassen."

„Matthias!"

„Willst du, dass ich auch verprügelt werde?"

Ein Brüllen erklingt und die wenigen Vögel, die in die Bäume zurückgekehrt waren, nachdem der Helikopter abgeflogen war, fliegen davon.

„Du musst reingehen." Matthias versucht, mich zurück in die Hütte zu scheuchen. Ich tue so, als würde ich gehorchen, dann renne ich um ihn herum.

„Teddy! Hilfe!"

„Lana?" Eine Gestalt erhebt sich aus dem Staub. Teddy senkt seine Fäuste und seine Aufmerksamkeit gilt ausschließlich mir.

Sämtliche Luft entweicht meinen Lungen. Teddy war voll im Kampfmodus und er hat aufgehört. Für mich.

Leider erhält Darius die Botschaft nicht, dass Teddy einen Waffenstillstand ausgerufen hat. Er schlägt noch einige Male auf Teddy ein, bevor er realisiert, dass sein Bruder einfach nur dasteht.

Teddy funkelt ihn finster an, spuckt Blut aus und schiebt ihn mit der Schulter aus dem Weg, um zu mir zu stapfen.

„Bist du okay?" Seine Fingerknöchel sind geschwollen, weil er auf seinen Bruder eingeprügelt hat, doch seine Finger sind sanft, als er mein Gesicht umfängt.

„Ich denke, ich werde vielleicht ohnmächtig", sage ich kleinlaut. Es stimmt. So etwas wie den Kampf habe ich noch nie erlebt. Ich huste wegen all dem Staub und den Pollen, die sie aufgewirbelt haben.

„Lana braucht Stille und Ruhe", verkündet Matthias. „Das hier hilft nicht."

Darius' hübscher Anzug ist schmutzig. Sein Hemd klafft auf und ihm fehlen einige Knöpfe. Für einen Mann, dem einige Male ins Gesicht geschlagen wurde, sieht er allerdings ziemlich anständig aus. Um sein Auge und Kiefer sind einige schwache, fleckige lila Schatten, abgesehen von diesen Blutergüssen sieht er allerdings unversehrt aus.

Teddy läuft Blut aus einem Schnitt über seinem Auge. „Die Show ist vorbei." Er hebt mich in seine muskulösen Arme und trägt mich zur Hütte. Ich schlage kurz wild um mich, bevor ich mich eng an ihn kuschle. Teddys Körpertemperatur ist heiß. Ich ziehe den Kopf ein und schnuppere an seinem Hals. Mmmmh, männlicher Schweiß.

Er muss wie der siegreiche Held aussehen, der seine Frau davonträgt. Die Art und Weise, wie er die Kontrolle übernimmt, lässt mein Höschen feucht werden.

„Guter Kampf, Bruder", ruft Darius.

Teddy bleibt auf der Türschwelle stehen. „Es war ein guter Kampf. Du hast dich für einen Anzugträger gut geschlagen", sagt er zu seinem Zwilling.

Darius reckt das Kinn. „Ich habe einige Sparring-partner gefunden. Einem Freund namens Brick Blackthroat gehört ein privater Sportclub für... Kämpfer wie uns."

Teddy grunzt und kehrt seinem Bruder den Rücken zu. „Verschwinde von hier", ruft er über seine Schulter. „Du bist hier nicht mehr willkommen." Er tritt die Hüttentür zu. Sie kracht hinter uns ins Schloss und ich kreische.

„Sorry." Teddy marschiert zum Sofa und setzt mich darauf ab. Seine Schultern sind hochgezogen und seine Muskeln angespannt, als würde er gleich wieder aus der Hütte stürmen und seinen Bruder in einen Sarg befördern. Und das kann ich nicht zulassen.

Er grunzt, als ich eine Hand auf seine Brust lege. Sein weißes T-Shirt ist nicht nur mit Dreck verschmutzt. Da ist ein rötlich brauner Fleck, von dem ich mir ziemlich sicher bin, dass es Blut ist.

„Du bist verletzt." Ich erhebe mich auf die Knie und zieh sein Shirt hoch, ohne darüber nachzudenken. Ich erstarre, als ich einen Blick auf die epischste, muskulöseste Brust erhalte, die ich jemals gesehen habe. Sie ist staubig und schmutzig, aber hübsch.

„Lana", sagt Teddy und ich realisiere, dass er meinen Namen schon seit einer Weile sagt.

Ich könnte eine Ewigkeit damit verbringen, die perfekten Flächen und Vertiefungen seiner Bauchmuskeln und seiner Brust anzustarren. Auf seinem rechten Brust-muskel und weiter unten an seiner Seite sind jedoch fies aussehende Blutergüsse. „Er hat dich gut erwischt. Ich kann Matthias rufen..."

„Nein", rumpelt Teddy. „Gib mir einfach einen Augen-blick, Babygirl." Er lässt sich auf den Wohnzimmertisch fallen und fährt sich mit einer Hand übers Gesicht.

„Du siehst gestresst aus. Komm her, ich massiere deine

Schultern." Ich greife nach oben und bohre meine Daumen in die harte Muskelwölbung neben seinem Hals, wobei ich plappere: „Ui, ja, deine Muskeln sind wie Felsen."

Sein Gesicht ist noch immer hinter seiner Hand verborgen. „Das ist eine schlechte Idee."

Mist, er will nicht flirten. „Es tut mir leid." Ich ziehe meine Hände zurück. „Wenn du kein Interesse hast…"

„Kein Interesse?" Er funkelt mich finster an und legt meine Hand vorne auf seine Jeans. Sein Schwanz stupst gegen meine Handfläche. „Ich bin interessiert, Babygirl." Er raunt in mein Ohr: „Ich bin zwei Sekunden davon entfernt, dir dein hübsches pinkes Outfit vom Körper zu reißen und nachzuschauen, wie süß deine Pussy schmeckt."

Ich stoße ein Geräusch aus, das teils Quieken, teils Wimmern ist.

Er beugt sich über mich. Sein Kopf senkt sich auf die Kurve meines Halses. Mein Rückgrat lockert sich und mein Inneres wird heiß. Die nach Kiefern riechende Luft der Hütte ist zu dick zum Atmen.

„Teddy…"

„Schhh." Er reibt seine Nase an meinem Kiefer und kratzt mit seinen blonden Bartstoppeln über meine weiche Wange. Ich bin ganz verzückt von seinem Duft, als er flucht: „Scheiß drauf." Er dreht den Kopf und verschließt meinen Mund mit seinem.

Teddy schmeckt nach Minze und Honig. Ich wölbe mich ihm entgegen, als er meinen Nacken umfängt und mich festhält, damit er meinen Mund plündern kann. Meine Brüste sind geschwollen, meine Nippel sind hart und drohen, durch den verstärkten Büstenheber meines Unterhemdes zu brechen. Es ist zu viel. Es ist nicht genug. Ich brauche mehr.

Er schiebt mein Unterhemd nach unten und saugt an einem begierigen Nippel, dann am anderen. Ich reibe mit meiner Klit über seinen gigantischen Schwanz. Zur gleichen Zeit, in der er sich näher schiebt, schieße ich nach oben. Durch die Bewegungen krachen unsere Köpfe gegeneinander und ich stöhne.

Verdammt!

„Scheiße, Lana. Du bist immer noch verletzt." Er weicht zurück und zieht sein Hemd nach unten.

„Ich? Mir geht's gut. Was ist mit dir? Er hat dich einige Male erwischt." Seine Wunde blutet nicht mehr, aber da ist noch der Bluterguss. Ihn mit einem T-Shirt zu verdecken, wird nicht dafür sorgen, dass ich ihn vergesse. „Soll Matthias dich untersuchen?"

„Nein. Ich brauche nur eine Minute. Ich muss mich waschen." Er springt auf und verschwindet im Schlafzimmer.

Ich beiße mir auf die Lippe. Ich schätze knallharte Wikingertypen, die in den Bergen leben, verbinden sich nach einem Kampf selbst.

Die Eingangstür öffnet sich und Matthias schlendert herein. Seine Arzttasche ist ein wenig staubig von dem Showdown vor der Hütte, doch er lächelt. „Wie geht's Teddy?"

„Er sagt, ihm geht's gut."

Matthias gluckst über meinen zweifelnden Tonfall. „Solange er noch steht und atmet, ohne zu keuchen, wird er wieder werden."

Meine Fresse. Wie schlimm werden diese Brüderkämpfe?

„Es ist okay, Lana." Matthias kann mein Gesicht zu gut lesen. „Es vergeht kaum ein Tag, ohne dass einer meiner Brüder einen anderen grundlos verprügelt."

„Ich verstehe. Wie gut, dass du Arzt bist."

„Ja, das ist gut. Ich werde jetzt gehen, Darius folgen und sicherstellen, dass er vom Berg verschwindet. Du musst es ruhig angehen lassen." Er hebt die Tüte mit gefrorenen Heidelbeeren hoch, wischt die Kondensationstropfen ab und reicht sie mir.

„Ja, Herr Doktor." Ich halte die Tüte an meinen Kopf und zucke wegen der Kälte zusammen. Ich kann hören, wie sich Teddy hinter der geschlossenen Tür durch das Schlafzimmer bewegt, weshalb ich flüsternd hinzufüge: „Ich nehme an, Darius kommt nicht oft zu Besuch?"

„Nicht bei Teddy. Ich stehe in Kontakt mit ihm. Er hat mein Medizinstudium finanziert."

Es gibt so viele Fragen, die ich stellen will. „Wird er klarkommen? Er hat seinen Helikopter weggeschickt."

„Es gibt einen Helikopterlandeplatz in der Nähe. Er kann sich dort mitnehmen lassen. Oder einer unserer Brüder kann ihn fliegen. Axel ist ohnehin auf dem Weg zum Fuß des Berges. Hast du Axel schon kennengelernt?"

Ich schüttle den Kopf. „Du und Darius sind die einzigen Brüder, die ich kennengelernt habe. An jemanden namens Axel würde ich mich erinnern."

„Ich bin mir sicher, du wirst schon bald die ganze Truppe kennenlernen. Teddy ist unser großer Bruder. Alle sehen zu ihm auf."

Ich versuche all die Anschuldigungen zu sortieren, die Teddy und Darius einander entgegengeschleudert haben, doch es ist zu viel. Ich drücke meine Knie an die Brust. „Vielleicht sollte ich nicht hierbleiben. Ich könnte gehen. Ich bin im Weg."

„Nein", blafft Teddy aus dem Schlafzimmer.

„Du bist nicht im Weg", beruhigt mich Matthias.

„Okay." Ich kann wenigstens noch eine Nacht hierbleiben. Ich lasse meinen Kopf nach hinten gegen die Sofakissen fallen. „Aber nach all der Aufregung muss ich mich hinlegen."

„Ruh dich aus", befiehlt Matthias und nickt zu Teddy, bevor er geht und die Hüttentür sachte schließt.

Teddy schlendert auf mich zu. Er hat sich gewaschen und ein neues weißes T-Shirt angezogen, das identisch zu dem ist, was er zuvor anhatte. Die Wunde auf seinem Gesicht heilt schnell. Die Haut war aufgebrochen, bevor er ins Schlafzimmer ging, und jetzt ist sie es nicht mehr. Sein Kopf ist gesenkt und er scheint seine nackten Füße zu mustern. Er hat barfuß gegen seinen Bruder gekämpft. Wilder Mann.

„Es tut mir leid, dass du das sehen musstest", murmelt Teddy.

„Oh nein, es war interessant. Ich habe viel gelernt."

Teddy zieht eine Braue hoch.

„Nein, im Ernst, es war eine Lehrstunde darin, wie man dich wütend machen kann." Ich halte einen Finger hoch. „Erster Schritt, nutze deinen vollen Namen." Teddy lacht nicht, weshalb ich eine neue Taktik ausprobiere. „Es ist okay. So sind Familien eben, oder? Geschwister wissen, wie sie einen zur Weißglut treiben können. Sie wissen, welche Knöpfe sie drücken müssen."

„Dennoch. Es war hässlich und ich wollte nicht, dass du es siehst."

„Ich bin okay. Danke, dass du mich verteidigt hast." Zumindest glaube ich, dass er mich verteidigt hat. Ich will mehr über Tiffany und Darius wissen, sie sind jedoch eindeutig heikle Themen. „Kämpfst du mit all deinen Brüdern so?"

„Ständig."

Meine Augen weiten sich. „Sogar mit Matthias?"

„Matthias kämpft so viel wie der Rest von uns. Er geht

es nur klüger an. Bei ihm ist der Kampf fast so schnell vorbei, wie er beginnt."

„Zwillinge und Drillinge. Mein Gott. Eure arme Mutter.

„Glaub mir, sie kam mit uns klar."

„Kam?" Ich schlucke. Hat Teddy zuvor schon in der Vergangenheitsform über seine Mutter gesprochen und es ist mir entgangen? Ist sie gestorben?

„Sie ist nicht tot. Sie… nimmt sich nur etwas Zeit für sich."

„Wohnt sie in der Nähe?"

„Wir leben alle auf dem Berg."

„Du und all deine Brüder? Oder… fast alle", rudere ich zurück, als ich mich an Darius erinnere. „Haben all deine Brüder niedliche Hütten wie diese? Sind die Drillinge auch eineiig? Wann kann ich sie kennenlernen?"

„Ja, nein und nie." Er richtet sich mit finsterer Miene auf.

6

Lana

„Bist du dir sicher, dass du dich besser fühlst?", fragt Teddy, als er mir Pfannkuchen ans Sofa bringt.

„Großartig. Viel besser. Ich sollte heute wahrscheinlich keine Hampelmänner machen, allerdings meide ich Hampelmänner sogar, wenn ich keine Kopfverletzung habe. Meine Brüste haben einmal einen Sport-BH nach nur drei Sprüngen gesprengt."

Teddy blinzelt und hält meinen Blick in einem meisterhaften Versuch, nicht auf meine Brüste zu schauen. „Hast du dich an etwas anderes von gestern erinnert?"

„Nein, ich glaube nicht. Aber wenn ich mich erhole, werde ich mich bestimmt im Nu an alles erinnern. Ich brauche nur etwas Ruhe und Frieden."

„Okay, Babygirl. Ruhe und Frieden kriege ich hin."

Ein lautes Geräusch stößt die Tür auf. Ich kreische und hebe die Hände, um mir die Ohren zuzuhalten, wobei ich vergesse, dass ich eine Gabel in der Hand halte. Sie fliegt durch die Luft. Teddy springt so schnell vom Sofa, dass es beinahe mit mir umkippt. Er trampelt zur Tür und brüllt etwas, was ich über den Lärm nicht hören kann. Was auch immer das Geräusch dort draußen macht, klingt wie eine Million Wiesel, die von einer Kirchenorgel zerquetscht werden. Es ist so laut und so schlimm, dass mir Tränen in die Augen treten.

Eine Sekunde, nachdem Teddy die Hütte verlassen hat, verstummt das Geräusch und hinterlässt wunderbare Stille. Ich wische mir die Tränen aus den Augen und laufe nach draußen, um nachzuschauen, was los ist.

Teddy steht auf der Türschwelle und ist drei jungen Männern mit zotteligen Haaren zugewandt. Der Erste und Dritte tragen passende Schottenröcke. Der Erste ist oberkörperfrei und zeigt eine dürre weiße Brust. Der Mittlere ist von Kopf bis Fuß in Schwarz gekleidet und hinter dem Vorhang aus Haaren, der über sein Gesicht fällt, werden seine Augen von einem Lidstrich gerahmt.

Sie halten alle rot karierte Säcke mit kunstvoll verzierten schwarzen Rohren hoch. Dudelsäcke. Das erklärt den Lärm.

Der Oberkörperfreie streicht sich die Haare aus dem Gesicht, legt den Kopf schief und bläst eine dröhnende Note auf seinem Instrument. Der Laut fühlt sich wie Nadeln in meinem Kopf an.

„Nein", brüllt Teddy und der Teenager senkt das Instrument.

„Komm schon, großer Bruder. Wie sollen wir Auftritte hinkriegen, die Geld in die Kasse bringen, wenn wir nicht üben?"

Teddy verschränkt seine muskulösen Arme vor der Brust. „Denkst du, die Leute stehen Schlange, um jemanden zu bezahlen, damit er auf einem Dudelsack spielt?"

„Nein", schnaubt er. „Der Plan ist, dass wir auftauchen

und spielen, sodass uns die Leute bezahlen, damit wir gehen."

Der junge, komplett in Schwarz gekleidete Mann neigt den Kopf, wodurch weitere Haare in sein Gesicht fallen. „Warum müssen wir dann üben? Wäre es nicht besser, wenn wir beschissen sind?"

„Genug", blafft Teddy. „Wir üben heute nicht. Wir gründen keine Dudelsack-Band."

„Na schön", sagt der oberkörperfreie Kerl. „Ich habe noch mehr Ideen."

„Hey", wirft der Dritte ein. „Rieche ich Pfannkuchen?"

„Nein", antwortet Teddy, doch ich schiebe mich aus der Tür, um mich neben ihn zu stellen.

„Ja", korrigiere ich. „Wir haben jede Menge. Ich werde keine fünf Pfund Speck essen."

„Speck?", sagt der Oberkörperfreie hoffnungsvoll.

Die anderen zwei starren mich an. Ihre schulterlangen Haare hängen noch immer in ihre Gesichter, aber ich kann genug von ihnen sehen, um zu erkennen, dass sie haargenau gleich aussehen.

„OMG!", sage ich. „Ihr müsst die Drillinge sein."

„Die dreisten Drillinge", murmelt Teddy leise. Ich pike ihn in die Seite.

„Wer bist du?", fragt der Junge in Schwarz.

„Ich bin Lana." Ich schaue erwartungsvoll zu Teddy, bis er seufzt und die drei vorstellt.

„Hutch, Bern und Canyon." Er deutet abwechselnd auf jeden. „Ihr könnt reinkommen und Pfannkuchen essen. Aber stört meinen Gast nicht. Und keine Dudelsäcke." Er schaut Hutch böse an, dessen Dudelsack gerade ein gedämpftes Kreischen von sich gegeben hat.

„Na schön." Der Goth, Bern, lässt seinen Dudelsack auf den Boden fallen. Die anderen zwei folgen seinem

Beispiel. Sie laufen alle hinter Teddy in die Hütte. Der Oberkörperfreie, Canyon, zwinkert mir zu.

Nachdem sie die Hütte betreten haben, verfallen sie in eine geübte Routine. Bern und Canyon streichen sich so lange die Haare aus dem Gesicht, dass sie eine lange Kiefernplatte von der Wand nehmen und als Tisch aufstellen können. Sie verschwinden nach draußen und kehren mit fünf polierten Baumstümpfen zurück, die wir als Sitzgelegenheiten nutzen. Teddy bemannt den Herd, schiebt Bleche mit Speck in den Ofen und macht Stapel aus kleinen, Sanddollar großen Pfannkuchen, während Hutch den Tisch deckt und Essen hin und her transportiert.

Ich setze mich aufs Sofa und beobachte die Aktivität, bis mich Canyon einlädt, mich zu ihnen zu setzen. Er stellt meinen Teller an ein Ende der Platte und ersetzt meine heruntergefallene Gabel so geschmeidig mit einer neuen wie ein Kellner in einem Restaurant. Die Hütte fühlt sich mit drei neuen Kerlen darin viel kleiner an, auch wenn die Kerle schlaksige Teenager sind, die sich in einem synchronisierten Frühstückstanz bewegen. Nach der Menge an Pfannkuchen zu urteilen, die sie sich in den Mund stopfen, werden sie allerdings bald muskulöser werden.

„Also, Lana." Canyon, der kokette, oberkörperfreie Drilling schiebt seinen Baumstumpf näher zu mir. „Woher kennst du Teddy?"

Ich schenke ihm ein sanftes Lächeln und versuche, mütterliche oder ältere Schwester Schwingungen auszusenden, damit dieser junge Mann nicht denkt, dass ich mit ihm flirte. „Wir haben uns gerade erst kennengelernt. Ich war wandern und schlug mir den Kopf an und er rettete mich."

„Sie hat die Nacht hier verbracht." Teddy beugt sich

über mich, um einen frischen Stapel Pfannkuchen auf meinen Teller zu legen.

„Und jetzt behauptet er, dass ich seine Gefangene bin." Ich pike ihn in die Seite, als er vorbeigeht. Er zupft an meinem Zopf, dann richtet er sich auf und wirft seinem flirtenden Bruder einen strengen Blick zu.

Canyon räuspert sich. „Also habt ihr euch erst gestern kennengelernt?"

Ich zucke mit den Achseln. „Ich dachte, niemand namens Teddy kann ein Serienmörder sein."

Bern hebt den Kopf. „Was ist mit Ted Bundy?"

Ich überlege kurz, bevor ich korrigiere: „Niemand namens Teddy, der auch ein Schlafzimmer hat, das mit niedlichen Bären dekoriert ist, ist ein Serienmörder."

Die Drillinge nicken, als sei das logisch. Teddy verdreht die Augen. „Iss", befiehlt er mir.

„Ja, Sir", rufe ich.

Canyon wendet sich an seine Brüder. „Also die Dudelsack-Band ist gestrichen. Neuer Plan. Wir schließen uns dem Militär an."

Teddy knallt den Ofen zu. „Auf keinen Fall."

„Du hast dich dem Militär angeschlossen, als du in unserem Alter warst", merkt Canyon an.

Bei dieser Bemerkung werde ich hellhörig. Ich könnte Informationen über Teddy wie die Pfannkuchen verschlingen. „Wie alt seid ihr drei?"

„Achtzehn", antwortet Hutch stolz.

Ach du Schande. Sie wirken so jung. Ich wende mich an Teddy. „Du bist dem Militär beigetreten, als du achtzehn Jahre alt warst?"

„Ja. Ich war noch ein Teenager. Es hat meiner Ma das Herz gebrochen."

Ich schlucke und erinnere mich an Darius und Teddys

Kampf. „*Du hast Ma das Herz gebrochen*", beschuldigte Teddy Darius, der zurückgab, „*Du hast es als Erster gebrochen.*"

„Ma wollte, dass ich aufs College gehe, das hat allerdings nicht geklappt."

„Teddy war bei der Spezialeinheit", erzählt mir Canyon. „Hutch denkt, dass wir von seinem Kommandanten rekrutiert werden können. Dass wir Teddys Rekorde brechen können."

Teddy knallt die Servierplatte, auf der ein Berg Speck liegt, auf die Tischmitte und deutet mit einem Finger auf jeden der dreisten Drillinge. „Kein Militär."

„Aber das Antrittsgeld…"

„Nein. Wir werden einen anderen Weg finden."

Ich muss verwirrt aussehen, weil sich Canyon zu mir beugt. „Wir brauchen Geld."

„Geld?" Ich merke auf. „Ich liebe Geld. Ich kann helfen. Ich leite meine eigene Firma."

„Warte." Hutch schnippt mit den Fingern. „Ich kenne dich. Du bist Lana. Du bist berühmt."

Teddys Brauen ziehen sich zusammen. „Was?"

„Was?", wiederholen die anderen zwei der dreisten Drillinge.

„Ich habe dich auf Instagram gesehen. Du modelst für GoddessWear."

„Ja", sage ich. „Am Anfang. Ich konnte mir keine Models leisten, also habe ich es selbst getan. Ich mache gelegentlich noch Werbekampagnen."

„Warte, dir gehört die Firma?", fragt Hutch.

Ich zucke mit den Achseln. „Das tut sie. Ich habe sie gegründet, anstatt aufs College zu gehen. Auf der Highschool verkaufte ich bereits meine eigenen Outfits."

„Hübsche Kleider für kurvige Frauen", wiederholt Hutch den Slogan meiner Firma und ich strahle.

„Das stimmt! Das hier stammt aus meiner neuen

Wanderkollektion." Ich stehe auf und deute zu meinem Zeh, um meine leichte Hose zu zeigen.

„Sehr hübsch." Hutch rückt seinen Baumstumpf näher, um mich besser zu betrachten. „Klasse Nähte. Ist es im schrägen Fadenlauf genäht?"

„Aber ja! Nähst du?"

„Ma hat uns gezwungen, es zu lernen", berichtet Bern, der Goth-Teenager, durch den Vorhang seiner Haare. „Hutch ist am besten darin."

Hutch deutet zu Teddys Schlafzimmer. „Ich habe die Vorhänge genäht."

„OMG!", kreische ich. „Ich liebe diese Vorhänge. Ich denke darüber nach, etwas mit niedlichen kleinen Bären für meine Winterkollektion zu machen."

„OMG!", wiederholt Hutch ähnlich enthusiastisch.

„Hier sind überall Bären", sage ich. „Ich habe bereits drei gesehen. Es war fantastisch."

„Ja, wir haben hier viele Bären." Hutch lacht nervös.

„Siehst du sie auch? Einer ist einfach in die Hütte marschiert und hat den Kühlschrank geöffnet."

„Ähm, nein, das ist mir noch nie passiert." Sein Blick zuckt wie verrückt umher. Die anderen zwei der Drillinge starren auf ihre Teller.

„Ich denke darüber nach, hier ein Fotoshooting zu machen. Ich könnte einige sexy Mountain Men dazu bringen, für uns zu modeln. Wer weiß, vielleicht kriegen wir ein oder zwei Fotos von den Bären!"

Eine schockierte Stille breitet sich im Raum aus. Hutchs Adamsapfel hüpft auf und ab. „Ich weiß nicht, ob das eine gute Idee ist…"

„Warum nicht?"

Teddy stößt sich vom Tisch ab. „Lana, du wirst uns entschuldigen müssen. Ich muss mit meinen Brüdern reden. Draußen."

∼

TEDDY

Ich marschiere zum Rand der Wiese und der Baumgrenze, die meine Hütte von den Bienenstöcken trennt, während mich meine Brüder mit Fragen bombardieren.

„Was ist los?", fragt Hutch.

„Sind du und Lana zusammen? Und meint sie das mit dem Fotoshooting ernst?" Canyon lässt die Muskeln an seinem dünnen Oberkörper spielen. „Ich könnte modeln."

„Weiß sie von uns?" Das kommt leise von Bern.

Ich wirble zu ihnen herum und sie verstummen. „Kein Modeln. Und was die Frage angeht, ob sie weiß, was wir sind, oder nicht… ich weiß es nicht. Sie hat womöglich gesehen, wie ich mich verwandelt habe, allerdings hat sie sich den Kopf angeschlagen und jetzt hat sie Gedächtnislücken. Ich versuche, herauszufinden, was sie weiß."

„Du könntest sie verführen." Canyon wackelt mit den Augenbrauen. „Sie dazu bringen, es dir zu erzählen."

„Wir sind nicht zusammen." *Gefährtin*, erinnert mich mein Bär. Ich knirsche mit den Zähnen. „Ist sie wirklich berühmt?"

„Äh, ja." Hutch fischt nach seinem Handy. Er klickt herum und hält mir das Display hin. Auf dem Foto lächelt Lana schläfrig in die Kamera, während ihre Haare zu einem weichen Afrolook frisiert sind. Ein gelber Bikini schmiegt sich an ihre Kurven und ihre braunen Wangen haben ein subtiles Leuchten an sich, das die Röte nach einem Orgasmus nachahmt.

Mein, knurrt mein Bär.

„Meine Fresse, Teddy, fass es nicht so fest an." Hutch versucht, mir sein Handy zu entwinden, und ich wehre ihn ab. „Du wirst es kaputt machen!"

Ich atme schwer. „Kannst du das löschen?"

„Nein, es ist auf Instagram. Es gibt einen ganzen Haufen dieser Fotos, siehst du?" Er scrollt durch den Feed und meine Körpertemperatur erreicht wahrscheinlich vierzig Grad. Da ist Lana in Jeans und einem sexy, kleinen, schulterfreien Oberteil, während sie auf einer Corvette sitzt. Lana als Pin-up-Girl, mit hüpfenden Locken und scharlachroten Lippen, die zu ihrem engen, roten Kleid passen. Sie sieht unglaublich aus. Mein Schwanz pulsiert in meiner Jeans. Ich bin wahrscheinlich einer von einer Million Männern, die sich zu den Bildern dieser Sexbombe einen runterholen.

Hutch weicht meinem Blick aus. „Falls du irgendwelche Fotos von ihr runtergeladen hast, lösch sie. Jetzt." Ich drücke ihm das Handy in die Hände.

„Also *vögelst* du mit ihr", stellt Canyon fest. „Oder du willst es tun."

„Nein. Es ist… kompliziert."

Bern neigt den Kopf, sodass ihm seine Haare ins Gesicht fallen. „Also ist es wieder so wie bei Tiffany."

„Nein", knurre ich. „Es wird nicht so sein."

„Wirst du Lana von uns erzählen?", erkundigt sich Hutch. „Darüber, was wir sind?"

„Sie weiß es vielleicht schon. Sie hat gesehen, wie sich Everest um die Bienen gekümmert hat. Und gestern hat sie Axel gesehen, der meine Gefriertruhe ausgeräumt hat."

„Ach ja", sagt Canyon. „Axel hat es uns erzählt. Er sagt, er wollte nur die Rehwürste…"

„Er hat seinen eigenen Kühlschrank", erwidere ich. „Ich weiß nicht, warum er ständig Zeug in meinem lagert."

„Aus dem gleichen Grund, aus dem wir die Hühner in deiner Nähe halten", erklärt Hutch. „Und aus dem Everest die Bienenstöcke hier hat. Wir behalten dich für Ma im Auge. Sie macht sich Sorgen."

Ich werfe die Hände in die Luft. „Ma schläft!"

„Nun, sie würde sich Sorgen machen, wenn sie keine Winterruhe halten würde. Matthias meinte, es wäre gut, wenn wir nach dir sehen."

„Matthias weiß nicht, was für alle am besten ist", blaffe ich. „Neue Regel. Niemand kommt hierher, außer er ist in Menschengestalt. Sagt das Axel und Everest."

„Aber Everest muss nach den Bienen schauen", widerspricht Hutch. „Du weißt, dass er das in Bärengestalt macht. Er sagt, dass sie ihn dann nicht so arg stechen."

„Sag ihm, er soll den Imkeranzug tragen."

„Er hasst den Imkeranzug."

Ich zwicke mir in den Nasenrücken. „Na schön. Ich werde mich darum kümmern."

Canyon tritt dicht an mich heran. „Was wirst du wegen Lana unternehmen?"

Sie ans Bett fesseln und beanspruchen, schlägt mein Bär vor. „Ich weiß es noch nicht."

„Du wirst nicht ihre Erinnerungen löschen, oder?" Canyon schaut mich böse an.

Nein! Mein Bär brüllt so laut, dass ich überrascht bin, dass ihn nicht alle hören können. „Wenn sie weiß, was wir sind, werde ich genau das tun müssen."

„Aber das ist nicht fair", stellt sich Hutch auf Canyons Seite. Jetzt hindert mich eine Mauer aus drei dürren Brüdern an der Rückkehr zur Hütte. „Sie würde es niemandem erzählen."

„Das wisst ihr nicht."

„Sie wird es nicht tun. Du kannst ihr vertrauen. Sie ist nicht Tiffany", sagt Bern und ich wirble zu ihm herum, bereit, ihm eine zu verpassen.

Drei identische Gesichter starren zu mir hoch.

Ich zügle mein Temperament. Das hier sind meine kleinen Brüder und sie meinen es nur gut. „Schaut mal, ich muss ihre Erinnerungen löschen lassen. Sie hat vielleicht gesehen, wie ich mich verwandelt habe. Sie hat sich den Kopf angeschlagen und erinnert sich nicht mehr."

Die dreisten Drei sacken in sich zusammen. „Wann wirst du es tun?", fragt Canyon.

„Bald. Ich warte, um sicherzugehen, dass ihr Kopf heilt, damit es sie nicht noch mehr durcheinanderbringt, als es das bereits tun wird." Ich verarsche mich selbst. Erinnerungen gelöscht zu bekommen, wirkt sich auf jeden Menschen aus. Ich kann nur hoffen, dass es sie nicht zu stark verändert.

Bern schüttelt den Kopf. Hutch sieht aus, als hätte ich seinen Haustierhamster gefressen.

„Es ist falsch", sagt Canyon, dessen Hände sich zu Fäusten ballen. „Kannst du nicht einfach…"

„Es gibt keine andere Möglichkeit." Ich muss das hier beenden. Jetzt. „Wir können Menschen nicht vertrauen. Das wisst ihr. Und Familie kommt zuerst." Ich schiebe mich an der Reihe meiner Brüder vorbei und gehe zur Hütte. „Ich richte Lana eure Grüße aus."

7

Teddy

Als ich die Hütte wieder betrete, läuft die Dusche. Ich schlurfe durch die Küche und räume auf.

Es heißt jetzt oder nie. Ich sollte Matthias anrufen, damit er ein Auto schickt und Lana zum nächstbesten Blutsauger bringt. Falls sie protestiert oder sich wehrt, müssen wir sie betäuben. Genau das mussten wir damals bei Tiffany tun.

Der Gedanke, Lana so zu behandeln, veranlasst meinen Magen dazu, sich zu verknoten. Aber ich kann es nicht riskieren, dass sie diesen Berg verlässt, ohne dass ich mir sicher bin, dass sie unser Geheimnis nicht kennt, und ich kann sie nicht für immer hier festhalten.

Dann ist da noch das Problem mit ihrem Stiefbruder. Wenn Rafe ihn gefunden hat, muss ich herausfinden, ob er noch eine Bedrohung für Lana darstellt.

Falls er eine ist, wird er es nicht mehr lange sein. Ich werde ihn töten.

„Teddy?", ruft sie aus dem Bad und ich renne durchs

Zimmer, wobei ich Gestaltwandler-Geschwindigkeit einsetze, um an ihre Seite zu gelangen.

In der letzten Sekunde bleibe ich im Schlafzimmer stehen. Verdammt, nicht schon wieder. Ich kann mir diese ständigen Ausrutscher nicht leisten. Es ist, als würde mein Bär wollen, dass Lana erfährt, was ich wirklich bin.

Die Badezimmertür steht einen Spaltbreit offen, aber ich klopfe trotzdem an. „Was ist los? Geht es dir gut? Bist du verletzt?"

„Nein, mir geht's gut. Komm rein." Sie begrüßt mich mit einem Lächeln, das wie eine Faust in meinem Magen einschlägt. Sie ist so wunderschön. So sonnig. Ich kenne sie weniger als einen Tag und kann mir nicht vorstellen, sie nicht in meinem Leben zu haben.

„Schau dir das an." Sie deutet auf ihre Stirn. Sie hat den Verband entfernt und die Haut darunter ist glatt und narbenlos.

Das Serum, das Matthias benutzte, hat gut funktioniert. Ich muss ihre Erinnerungen löschen lassen.

„Die Platzwunde ist komplett verheilt! Ist das nicht komisch und wundervoll?"

„Ja", murmele ich und sacke im Türrahmen zusammen.

„Es ist nicht einmal eine Narbe zurückgeblieben." Sie beugt sich zum Spiegel und untersucht ihren Kopf, wobei sie ihn in diese und jene Richtung dreht. „Und meinem Kopf geht es auch viel besser. Tatsächlich fühle ich mich besser als seit langem. Muss an der vielen frischen Bergluft liegen."

„Das muss es sein."

Sie dreht sich um und blickt durch ihre Wimpern zu mir auf, woraufhin mir zwei Dinge klar werden. Erstens, sie hat nur ein Handtuch an. Zweitens, die Art und Weise, wie sie auf ihre Lippe beißt, weckt den Wunsch in mir, sie zu beißen.

„Teddy? Hast du mich gehört?"

„Hmm?"

„Ich sagte, ich muss mein Handy zum Laufen bringen. Ich muss mich mit meiner Firma in Verbindung setzen und mein Instagram-Konto überprüfen. Seit dem Sommer, in dem mir meine Nanny das Handy weggenommen hat, weil ich in Französisch durchgefallen war, habe ich keine so lange Pause mehr von den sozialen Medien gemacht."

Nein. Ich kann nicht zulassen, dass sie an ein funktionstüchtiges Handy kommt. Ich kann sie nicht gehen lassen. „Du hast mir nicht erzählt, dass dir eine Firma gehört", schinde ich Zeit.

„Es kam nicht zur Sprache. Es ist schön, so fernab von allem zu sein." Sie fegt ihre Zöpfe nach hinten und entblößt ihre Schultern. Das Handtuch verrutscht und zeigt die lieblichen Kurven ihres Busens.

Ich trete näher, weil ich in ihrer Nähe sein muss. „Also stimmt es. Du bist berühmt."

Sie zuckt mit den Achseln und das Handtuch sinkt tiefer. „Ein bisschen."

Scheiße. Noch ein Grund mehr, ihre Erinnerungen löschen zu lassen. Sie könnte einen Anruf machen, woraufhin sie vor Kameras stehen würde und der Welt von Gestaltwandlern erzählen könnte.

Sie ist nicht Tiffany.

„Teddy? Geht es dir gut?"

Meine Stimme ist heiser. „Mir geht's gut, Babygirl." Einer ihrer Zöpfe ist schief, weshalb ich ihn gerade streiche. Ihr Honigduft füllt den Raum.

„Es war toll, die Drillinge kennenzulernen", sagt sie. „Sie wirken allerdings so jung."

„Ja. Sie sind ein bisschen behütet aufgewachsen. Sie

wurden zu Hause unterrichtet. Falls sie unreif rüberkommen, liegt das daran."

„Ich finde, sie sind süß." Sie lehnt sich beinahe unbewusst an mich. „Du warst so toll. Du hast mich gerettet und dich um mich gekümmert. Ich bin dir wirklich dankbar. Aber ich brauche keine Ruhe mehr. Es war spaßig, deine Gefangene zu sein, doch ich habe eigentlich keinen Grund mehr, hierzubleiben." Sie beißt auf eine pralle Lippe. „Außer... du gibst mir einen."

Ich spiele mit einem ihrer Zöpfe.

Sie schließt ihre Hand um meine. „Also ist es abgemacht? Ich soll gehen?"

„Nein." Ich balle meine Hand in ihren Zöpfen zur Faust und ziehe ihren Kopf sachte nach hinten.

„Teddy?" Ihre Lippen teilen sich und ich kann es nicht mehr ertragen. Ich neige den Kopf und küsse sie.

LANA

Teddy beugt sich über mich und hält mich mit seiner Hand in meinen Haaren aufrecht. Sein Mund bewegt sich auf meinem, nimmt und plündert.

„Du gehst nicht", knurrt er und der Laut vibriert durch mich hindurch und lässt mich erschaudern. Ich lasse das Handtuch fallen.

Er stemmt mich hoch und legt mich aufs Bett, ehe er seinen Körper mit meinem bedeckt. „Die ganze Nacht lang habe ich darauf gebrannt, das hier zu tun."

Uiii!

Er bäumt sich zwischen meinen Beinen auf und umfängt meine Pussy, über die er mit seinem Handballen reibt.

„Tut es hier weh, Babygirl? Willst du, dass ich dir damit helfe?"

„Ja, bitte." Meine Hüften schaukeln bereits vor und zurück. Er streicht mit einem Finger über meinen Eingang und ich schnelle vom Bett.

„Immer mit der Ruhe", raunt er.

„Was ist mit dir?" Ich lege meine Hand auf seinen Schritt. Dort verbirgt sich ein pulsierendes Monster in seiner Jeans und ich kann es nicht erwarten, es kennenzulernen. „Das fühlt sich hart und schmerzhaft an. Ich kann es küssen, damit es besser wird…"

„Später." Seine Finger erforschen meinen Eingang. „Ich werde sanft sein, Baby. Dieses Mal."

„Das musst du nicht tun."

„Führe mich nicht in Versuchung." Er reibt seine Nase über meinen Bauch und findet einige Dehnungsstreifen, die er küsst. Mir stockt der Atem.

Er fährt fort, einen Pfad nach unten zu lecken und zu küssen, wobei sein Bart meine weiche Haut neckt. Ich winde mich, da ich kitzlig bin, und er lässt seine großen Hände an der Rückseite meiner Beine hinaufgleiten, ehe er sie in meine Kniekehlen hakt und diese auseinanderzieht.

„Ja, Babygirl", haucht er und saugt den Anblick meiner gespreizten Pussy in sich auf. „Das ist es, was ich will."

Der erste sanfte Kuss auf meinen Venushügel sendet lustvolle Beben durch mich hindurch. Ich greife nach unten und packe Teddys Kopf. Er greift nach meinen Handgelenken und fixiert sie an meiner Seite.

„Sei brav", befiehlt er, „oder ich werde dich ans Bett fesseln."

„OMG", keuche ich.

Ich versuche, brav zu sein, aber nach einigen weiteren Küssen zapple ich zu stark für Teddys Geschmack. Er erhebt sich, dreht mich um und verpasst mir drei scharfe

Schläge auf meinen Hintern. Ich stöhne und biege den Rücken durch. Wenn ich schlecht darin bin, gut zu sein, werde ich eben gut darin sein, schlecht zu sein.

„Damit ist das Maß voll, Babygirl." Sein Bart kitzelt meinen Hintern, als er jede Pobacke küsst. Ich zapple absichtlich noch etwas mehr und verdiene mir eine weitere Runde eines sexy Spankings.

Die Bären sind nicht die Einzigen, die auf diesem Berg böse sind.

„So viel dazu, dass du sanft bist. Ist das alles, was du draufhast?" Ich presse meine Vorderseite ins Bett und lasse meinen Hintern höher hüpfen. Seine Handfläche versengt mich, doch der Schmerz verwandelt sich in etwas anderes, etwas Wundervolles. Ich fühle den Schock der Empfindung in meiner Pussy. „Ja, genau so. Härter."

„Wieso bist du so perfekt für mich?", brummt er und ich zergehe in einer Pfütze aus Freude. „Komm her."

Er zieht mich nach oben und positioniert mich auf meinen Knien, wobei ich dem Kopfteil zugewandt bin. Er legt sich hin und leitet mich an, damit ich mich rittlings auf ihn setze. Ich packe das Kopfteil und erhebe mich, als Teddy meinen Hintern packt und meine Pussy hoch zu seinem Gesicht zieht.

„Ich muss von dir kosten", knurrt er. „Gib es mir."

„Ich weiß nicht." Er versucht, mich nach unten zu ziehen, aber ich wehre mich. „Ich werde dich ersticken."

„Ich werde glücklich sterben."

Ich senke mich und lasse zu, dass meine Pussy Vollkontakt mit seinem Gesicht herstellt. Er reibt seine Nase in mich. „Halt dich an dem Kopfteil fest."

Ich klammere mich mit aller Kraft an das Kopfteil. Seine Zunge taucht und wirbelt in meine Falten. Ich grabe meine Nägel in das Kiefernholz, neige meine Hüften und schaukle auf seinem Mund. Seine Zunge erwischt meine Klit, woraufhin ich erschaudere und mich kurz von ihm hebe. Ich kann mich nicht weit bewegen, weil seine Finger meinen Hintern packen und mich nah bei sich halten.

„So ist's recht, Babygirl", erklingt seine gedämpfte Stimme. „Reib dich auf mir. Lass mich dir geben, was du brauchst."

Ich gebe mich der Schwerkraft und Teddys unerbittlicher Anziehungskraft hin und lasse mein Gesicht wieder nach unten sinken. Sein Bart kitzelt die zarte Haut meines Innenschenkels. Seine Zunge ist überall, schlängelt sich in meinen Eingang, wirbelt um meinen Kitzler und leckt meine Säfte auf, als wären sie Ambrosia. Als könnte er nicht genug kriegen.

Seine kräftigen Lippen und forschende Zunge in Kombination mit dem sanften Kitzeln seines Bartes schicken Lust durch mich hindurch. „Oh mein Gott", keuche ich und falle seitlich aufs Bett. Er rollt mit mir mit, wobei sein Gesicht nach wie vor zwischen meinen Beinen steckt. Er knabbert an meiner Schamlippe, gibt meiner Klit einen Kuss, setzt sich auf und leckt sich über die Lippen. Er legt eine große Hand zwischen meine Beine und drückt seinen dicken langen Finger leicht in mich, um mich zu erden. Es dauert ewig, bis die Nachbeben meines Orgasmus versiegen.

„Das war nur der Anfang", verspricht Teddy und wischt die Feuchtigkeit von seinem Bart.

„Ich bin dran", verkünde ich.

Teddys Stöhnen klingt gequält. Seine Augen sind mehr als dunkel geworden. Sie sehen fast so aus, als hätten sie ihre Farbe verändert – von grau zu einem warmen Honigbraun. „Lass mich einfach in dich dringen." Seine Stimme ist barsch und belegt. Er reißt sich das Shirt über den Kopf und knöpft seine Jeans auf. „Wäre das okay?"

Ähm, ja bitte. Ich räuspere mich und sage, was ich will. „Ich trage eine Spirale und bin sauber."

„Ich bin auch sauber", erwidert er. „Wir können ein Kondom benutzen, wenn du möchtest, aber ich habe keine sexuell übertragbaren Krankheiten."

„Ich vertraue dir."

Diese Worte scheinen etwas mit Teddy anzustellen. Seine Augen blitzen noch dunkler auf und ein eigenartiges Knurren kommt aus seiner Kehle.

„Du klingst wie einer der bösen Bären." Ich helfe ihm, seine Jeans über seine Hüfte zu schieben.

Er tritt vom Bett, um sie abzustreifen. „Dieser böse Bär braucht dich jetzt. Unbedingt."

„Ich brauche dich auch", informiere ich ihn. Es stimmt. Seinen Mund auf mir zu haben, war genial, doch da ist etwas an der Vollendung einer Penetration, wonach ich mich sehne. Dieser biologische Drang, den Akt zu vollziehen, der tatsächlich Babys macht. Nicht, dass wir das tun werden.

Doch die Vorstellung, Teddys Baby zu bekommen, setzt sich plötzlich in meinem Gehirn fest und übt einen großen Reiz auf mich aus. Er ist so ein Geber. Er wäre während einer Schwangerschaft ein Fels in der Brandung. Ich würde mein Leben darauf verwetten. Plötzlich bin ich wahnsinnig eifersüchtig auf die hypothetische Mutter seines Kindes.

Er klettert über mich, hält inne, um mich zwischen den Beinen zu küssen und zu lecken, ehe er weiter aufwärts wandert und seinen offenen Mund über meinen dicken Bauch zieht. Anschließend nimmt er einen harten, braunen Nippel zwischen seine Lippen.

Ich bäume mich auf und schreie in dem Moment, in dem er daran saugt. Das antwortende Ziehen schießt geradewegs zu meiner Mitte.

„Ich brauche dich", wiederhole ich und greife nach seinem Schwanz. Ich finde ihn, umschließe die Wurzel mit der Faust und bringe ihn erneut zum Knurren, als er in meiner Hand zuckt und länger wird. Ich liebe es, dass er knurrt. So ein perfekter Wikinger.

Sein Schwanz ist dick und hart, länger, als ich es jemals gesehen habe – sogar in einem Porno. „Ich muss es dir besorgen", antwortet er, erhebt sich über mich und erlaubt mir, ihn an meinen Eingang zu führen.

„Ja, bitte."

„Aw, Babygirl. Ich habe versucht, sanft zu sein. Aber du bringst mich um den Verstand." Er spießt mich mit einem kraftvollen Stoß auf und ich keuche wegen der tiefen Penetration.

„Oh Gott!"

Er erstarrt und seine Finger fegen die Zöpfe aus meinem Gesicht. „Bist du okay, Babygirl? Ist es zu viel?"

Ich schüttle den Kopf, denn mein Körper gewöhnt sich bereits an seine Größe. „Nein, es ist perfekt. Gib es mir."

„Fuck", flucht er. Seine Hüften schnellen nach vorne, als er sich in mich treibt.

Ich bin weder klein noch leicht, doch er nutzt so viel Kraft, dass ich die Matratze hinauf zum Kopfteil rutsche. Er fängt mich dort ab, wo mein Hals in die Schulter übergeht und hält mich für seine Stöße fest.

Er ist grob.

Leidenschaftlich.

Sehr, sehr hart.

Und ich kann nicht genug davon kriegen. Jeder Stoß in mich scheint etwas über mich zu bestätigen, von dem ich nicht wusste, dass es mir fehlte.

Das Gefühl, gewollt zu werden.

Ich weiß nicht, ob mir bis jetzt klar war, wie ungewollt ich mich wirklich fühlte. Von meinen Eltern, von Bentley.

Ich habe nie reingepasst. Nicht in meine Familie. Nicht in meine Gemeinde. Während meiner Kinder- und Jugendzeit wusste niemand, was er mit mir tun sollte – ein reiches schwarzes Mädchen in Los Angeles, die Stieftochter eines Regisseurs.

Doch Teddy weiß es.

Teddy weiß genau, was er mit mir tun soll. Für mich.

Er hämmert sich in mich, als hinge unser Leben davon ab. Als wäre das hier für ihn genauso lebensbejahend und seelenerfüllend wie für mich.

Ich schaukle mit den Hüften, um ihm entgegenzukommen und ihn tiefer aufzunehmen. Ich spanne meine inneren Muskeln um seinen Schwanz herum an, um ihm mehr Empfindungen zu schenken, und er knurrt schauerlich. Ehrlich, es ist ein eigenartiger Laut, der die Hütte zu erschüttern scheint.

„Ja!", brülle ich, als wäre mir dieser Laut so vertraut wie mein Name, obwohl ich diese Töne noch nie zuvor in meinem Leben gehört habe.

Er knurrt erneut.

Ich greife nach oben und zwicke seinen flachen Nippel. Daraufhin dreht er durch, wirft den Kopf hin und her und rammt sich mit solcher Wucht in mich, dass meine Augen in den Kopf zurückrollen.

In dem Moment, in dem er kommt, lasse ich los und komme mit ihm. Meine Muskeln drücken seinen Schwanz und melken ihn. Ich schwöre, ich spüre sein Sperma in mir, das mich mit Hitze versengt und mit Liebe tauft.

Teddy lässt seinen Kopf auf meinen Hals fallen und ich spüre das Kratzen von etwas Scharfem. Daraufhin zieht er seinen Oberkörper hastig zurück und hält sich den Mund mit der Hand zu.

Ich bin zu sehr neben der Spur, um zu verstehen, was

gerade passiert. Vielleicht schämt er sich für sein Orgasmusgesicht.

Der Gedanke bringt mich zum Lachen, woraufhin ich meine Beine in seinem Rücken verschränke und ihn kichernd erneut auf mich ziehe.

„Lana", keucht er. „Oh beim Schicksal. Du wirst mein Untergang sein."

～

TEDDY

Ich habe sie fast markiert.

Heilige Scheiße – mein Bär ist vollkommen außer Kontrolle. Ich hatte keine Ahnung, dass ich das tun würde. Ich verdränge alle Konsequenzen, die auf mich zu kämen, wenn mein Bär ein Menschenweibchen markieren würde.

Ich kann jetzt nicht darüber nachdenken.

Als wir wieder zu Atem gekommen sind und sie zu lachen aufgehört hat, ziehe ich mich aus ihr heraus.

„Ich brauche einen Moment." Ich ziehe los, um ihr ein Glas Wasser zu holen und bleibe im Wohnzimmer stehen. Meine Eingangstür ist schief. Es sind keine Bären in meiner Küche, es liegt nichts auf den Küchenarbeitsflächen und im Wohnzimmer wurde nichts bewegt, auf dem Esstisch liegt jedoch ein Zettel unter einem Stein. Die Ecke der Nachricht flattert in der Brise, die durch die offene Eingangstür hereinweht.

„Hey, großer Bruder, danke fürs Frühstück. Wir haben uns den Hubschrauber für eine Besorgung ausgeliehen, aber bringen ihn heute Abend zurück. xoxo, DDD."

DDD steht für ‚Die dreisten Drei'. So unterschreiben die Drillinge ihre Werke. Die kleinen Mistkerle müssen sich reingeschlichen haben, als ich bei Lana war.

An dem versteckten Schlüsselbrett in meinem Küchenschrank fehlen die Helikopterschlüssel.

„Gottverdammt", knurre ich. Sie könnten die Schlüssel gestohlen haben, während ich bei Lana war oder vorhin, als sie mir beim Frühstück geholfen haben.

Ich habe meine Brüder zuvor schon in meinem Helikopter mitgenommen. Sie haben Fallschirmsprünge gemacht und ich habe sogar angefangen, ihnen das Fliegen beizubringen. Bern zeigt die größte Begabung, ist allerdings noch nicht für Einzelflüge freigegeben worden. Nicht auf lange Sicht.

Wenn sie meinen Hubschrauber zerstören, sollten sie darauf hoffen, dass sie bei dem Absturz sterben. Ich werde sie nämlich wünschen lassen, sie wären tot.

„Ist alles okay?", ruft Lana. Sie ist noch immer im Bett und ihre Augen blicken müde drein. Ich schlüpfe in meine Stiefel und stapfe an ihre Seite, um mich für einen Kuss nach unten zu beugen.

„Es ist alles gut, Babygirl. Es gibt einen... Familiennotfall. Ich muss mich darum kümmern, bin jedoch gleich wieder zurück."

Ihre Stirn legt sich in Falten und sie setzt sich auf. „Willst du, dass ich..."

„Nein. Bleib. Ich meine es ernst. Ich will, dass du hier – in diesem Bett – bist, wenn ich zurückkomme."

„Okay." Sie entspannt sich mit einem Seufzen. „Ich mache vielleicht ein Nickerchen und bereite mich auf Runde zwei vor."

Mein Schwanz pocht und ich krieche fast zurück ins Bett, um sie erneut in die Arme zu nehmen und richtig zu beanspruchen.

Stattdessen muss ich losziehen und die dreisten Drei vor sich selbst retten.

~

LANA

Ich liege in einem Sexnebel auf dem Bett und denke über das Brennen nach, das Teddys Bart auf meinen Innenschenkeln hinterlassen hat, als jemand ans Fenster klopft.

„Lana?"

Ich rolle mich herum, wobei ich mich vergewissere, dass ich in die Tagesdecke gewickelt bin. „Wer ist da?" Ich spähe durch die Vorhänge, gerade als einer der dreisten Drei sein Gesicht ans Glas presst. Ich kann unmöglich sagen, welcher der Drillinge er ist. Er trägt keinen Lidschatten und er hat ein Oberteil an, weshalb ich auf Hutch tippen würde.

„Ich bin's, Hutch", bestätigt er flüsternd. „Ich bin hier, um dich zu retten."

„Was?"

„Schnell, zieh dich an." Er deutet auf den Klamotten-berg und huscht davon.

Ich beeile mich, zu tun, was er sagt, und ziehe alles in Rekordzeit an. Er kommt mir im Wohnzimmer entgegen.

„Ist alles okay?", frage ich. Aus irgendeinem Grund flüstere ich auch.

„Alles ist gut. Lass uns gehen. Wo sind deine Schuhe?" Er holt sie und hält sie dicht an sich, damit ich meine Füße in sie schieben kann. „Komm schon. Wir müssen los."

„Was? Wo ist Teddy?"

„Er ist beschäftigt. Wir haben ihn abgelenkt, aber es wird nicht lange dauern."

„Wovon redest du?"

„Schnell, bevor er zurückkommt." Er ergreift meine Hand und zerrt mich aus der Hütte.

„Hutch, stopp." Ich schwanke, da ich versuche, mit ihm mitzuhalten. „Was ist los? Warum beeilen wir uns so?"

Auf halbem Weg über die Wiese veranlasst mich ein lauter Freudenschrei dazu, nach oben zu schauen. Ein Helikopter schwebt über uns und ein oberkörperfreier Teenager brüllt „Yeehaw!", während er von den Kufen baumelt.

Ich bleibe stehen und glotze, obwohl mich Hutch weiterschiebt. „War das Canyon?"

„Jepp. Er und Bern haben Teddys Hubschrauber gestohlen, um ihn abzulenken, damit du fliehen kannst."

Fliehen?

„Hutch, ich weiß, dass ich Witze darüber gemacht habe, dass ich Teddys Gefangene bin, aber ich habe nur gescherzt…"

Hutch zerrt mich in den Wald. „Bitte, Lana, vertrau mir. Du musst jetzt von hier weg."

„Okay", lenke ich ein. Er scheint super erpicht darauf zu sein, ,mich zu retten'. Ich habe keine Ahnung, was Hutch plant, es wird jedoch nicht schaden, einfach mitzumachen. Ich werde mit ihm gehen und schauen, ob ich mein Handy reparieren oder laden kann, damit ich mich bei meiner Firma melden kann. Vielleicht werde ich in einem Laden frische Kleider kaufen, damit ich länger bei Teddy bleiben kann. „Kann ich wenigstens eine Nachricht oder so etwas für Teddy hinterlassen?"

„Ich werde ihm erzählen, dass du gleich wieder zurückkommst." Hutch führt mich an den Bienenstöcken vorbei. „Hier. Ich muss zurückgehen. Folge dem Pfad hinab zum Bach. Mein Bruder Everest trifft sich dort mit dir. Er hat deinen Mietwagen gefunden."

Ich merke auf. Ich hatte den Mietwagen ganz vergessen. „Das hat er?"

„Ja, heute Morgen. Er wird dich dorthin bringen. Hast du die Schlüssel?"

„Ich glaube schon…" Ich wühle in meinem pinken Rucksack herum. Jetzt, da ich mich an das Auto erinnert habe, erinnere ich mich auch daran, dass Bentley mir damit auf die Nerven gegangen ist, sicherzustellen, dass ich nichts ‚Dummes tue' und die Autoschlüssel verliere. „Ich habe sie in die spezielle Innentasche gesteckt. Hier." Ich halte sie hoch und Hutch nickt.

„Gut. Folge dem Pfad." Er deutet auf den ausgetretenen Pfad zwischen den Bäumen. „Everest wird sich mit dir am Bach treffen."

„Okay." Ich will fragen, woran ich Everest erkennen kann, doch Hutch eilt schon davon. Ich schultere meinen Rucksack und wandere nach unten. Ich schmiede bereits Pläne, was ich meinem Team erzählen soll, damit ich meinen Urlaub verlängern kann. Vielleicht kann ich Teddy heute Nacht im Bad verführen… und am Morgen kann ich ihm Frühstück im Bett machen.

Ich schätze, ich sollte versuchen, in Erfahrung zu bringen, was Bentley zugestoßen ist. Teddy sagte, dass er ein Team engagiert hat, das versucht, ihn zu finden. Allerdings fällt mir kein Grund ein, warum sie ihn noch nicht lokalisiert haben. Es macht keinen Sinn. Aus irgendeinem Grund habe ich nicht das Gefühl, als wäre er allein und hätte sich auf dem Berg verirrt. Mein Bauchgefühl sagt mir, dass er mich zurückgelassen hat und den Berg hinabgewandert ist. Natürlich hatte er nicht die Schlüssel für das Auto – aber er ist die Sorte Mensch, die sich in jeder Situation zu helfen weiß.

Wenn ich mein Handy zum Funktionieren gebracht habe, kann ich versuchen, ihn anzurufen.

Ich marschiere den Pfad hinab, summe vor mich hin

und bemerke den stummen Schatten nicht, der neben mir dahingleitet.

~

TEDDY

Ich stapfe den Berg hinauf zur Hütte.

Hutch wartet auf der Türschwelle auf mich. „Sei nicht sauer." Er steht mit erhobenen Händen da, der universellen Geste der Kapitulation.

„Zu spät", blaffe ich. „Ich habe eine halbe Stunde damit verbracht, deine idiotischen Brüder aufzuspüren."

„Geht es ihnen gut?"

„Sie haben fast eine Bruchlandung mit dem Hubschrauber hingelegt." Ich dränge mich an ihm vorbei und erfasse die ruhige Hütte. Meine Schlafzimmertür öffnet sich knarzend. Das Bett ist leer. Ich wirble zu Hutch herum.

„Wo ist Lana?"

Sein Adamsapfel hüpft. „Fort."

„Was?"

Er nimmt Haltung an. „Ich konnte nicht zulassen, dass du ihre Erinnerungen löschst."

Ich schäume vor Wut, doch mein Handy vibriert. Nur wenige Leute haben meine Nummer und sie rufen bloß an, wenn es dringend ist. „Rühr dich nicht vom Fleck", befehle ich Hutch und nehme den Anruf an.

„Teddy." Es ist Rafe. „Wir haben einen Treffer für den Kerl, den wir aufspüren sollten. Bentley Dupree."

„Ja?"

„Es ist schlimm, Bruder. Er hat ein Kopfgeld auf dein Mädel ausgesetzt, Lana Langmeyer. Zehn Millionen, damit sie kalt gemacht wird."

Die ganze Welt verlangsamt sich und hält an. Zehn

Millionen sind genug, um einen Attentäter in Versuchung zu führen. Für diese Summe könnte Bentley die Besten der Besten anheuern. Ein ganzes Team aus Attentätern.

„Sag mir, dass der Auftrag noch nicht vergeben wurde", sage ich.

„Ich wünschte, das könnte ich tun. Es sieht so aus, als hätte ihn jemand angenommen. Du musst Lana sofort an einen sicheren Ort bringen."

Ich lege auf und drehe mich zu Hutch um. Sein Gesicht ist weiß.

„Hast du das gehört?"

Er nickt.

„Jemand versucht, Lana zu töten. Wir müssen sie finden. Jetzt."

$\sim$

LANA

Ich höre den Bach, bevor ich ihn sehe. Er liegt vor mir und funkelt zwischen den Kreosotbüschen, es ist jedoch weit und breit niemand zu sehen, der auf mich wartet. Kein muskulöser Mountain Man oder ein respektabel aussehender Arzt oder ein eineiiger Drilling. Wie wird Everest aussehen?

Ein riesiger Schatten bewegt sich zwischen den Bäumen, weshalb ich herumwirble und meine Tasche an meine Brust drücke. „Everest?"

Ein langer haariger Kopf mit einer schwarzen Schnauze taucht zwischen zwei Espen auf. Ich erstarre, da ich mich dem größten Bären gegenüber finde, den ich jemals gesehen habe. Er sieht vertraut aus. Langsam bewegt er sich zu einem Fleck, der von der Sonne beleuchtet wird, und sein weißes Fell ist deutlich zu sehen.

Oh mein Gott. Es ist der gleiche Bär, der bei den

Bienenstöcken war. Dort konnte ich sein Fell nicht sehen, doch jetzt kann ich es erkennen. Es hat von Kopf bis Fuß eine gelblich weiße Farbe. Ein Eisbär. Kein Pizzly-Bär.

Er geht auf die Hinterbeine und ich starre ihn mit offenem Mund an. Er winkt mit einer Tatze.

Ist das hier echt?

Ich sehe mich um, doch es ist weit und breit kein Zeichen von Hutchs Bruder Everest zu sehen. Stattdessen ist da ein riesiger Eisbär, der ungeduldig schnaubt und mit dem Kopf ruckt, als wollte er mir bedeuten, ihm zu folgen. Er fällt auf alle viere und trottet den Pfad hinab, dann bewegt er sich, als würde er mich erneut mit seiner großen Tatze zu sich winken.

Na gut. Ich nicke und folge der schwerfälligen Gestalt des Eisbären durch ein Kiefernwäldchen.

Ich brauche eine Weile, um nach unten zu wandern, aber der Bär ist geduldig. Ab und zu bleibt er stehen und hebt eine Tatze, um mich dazu zu ermutigen, weiterzugehen. Ich habe den Eindruck, dass er mir einen Ritt auf seinem Rücken anbieten würde, wenn er mich besser kennen würde.

Ich kann nicht fassen, was auf diesem Berg vor sich geht. Wer trainiert all diese fantastischen Bären? Vielleicht ist es dieser mysteriöse Bruder Everest. Wenn ich zurück zu Teddy gelange, werde ich ihn darüber ausfragen, bis er es mir erzählt.

Ich habe keine Ahnung, wo Teddys Hütte in Bezug zu dem ursprünglichen Wanderweg zum Gipfel liegt. Irgendwann bleibt der Bär jedoch stehen und schnaubt, ehe er mit dem Kopf von mir zu etwas vor sich deutet. Ich schleiche an ihm vorbei und schaue durch die Kiefern den Hügel hinab. Unter mir befindet sich der Parkplatz mit dem schwarzen gemieteten SUV.

„OMG", kreische ich und drehe mich zu dem Eisbären

um. „Dankeschön." Teddy hat mit dem Bären in seiner Küche gesprochen, weshalb es sich natürlich anfühlt, auch mit diesem Bären zu reden.

Der Bär neigt seinen großen, zotteligen Kopf. Er hebt eine Tatze und ich winke und schaue zu, wie er zurück in den Wald trottet, wobei er alle Blätter am Boden aufwirbelt.

Abgesehen von einer feinen Pollenschicht, die die Windschutzscheibe überzieht, sieht der SUV genau so aus, wie ihn Bentley und ich zurückgelassen haben. Ich stolpere den Abhang hinab zu dem Wangen und ziehe den Schlüssel aus meinem Rucksack. Ich komme noch immer nicht über meine erstaunliche Wanderung mit einem Bärenführer hinweg. Doch je schneller ich meine Besorgungen erledigen kann, desto schneller kann ich zurück zu Teddy.

Ich drücke auf den Knopf, um das Auto aufzuschließen, und der SUV piept. Auf dem Beifahrersitz liegt mein Ladegerät. Perfekt. Ich kann mein Handy zum Laufen bringen und einige Anrufe machen. Anschließend kann ich den Weg in die Stadt suchen, um mir neue Unterwäsche zu kaufen, ehe ich mir den Weg zu Teddys Hütte beschreiben lasse.

Ich bin noch einen halben Meter von der Vordertür des SUVs entfernt, als jemand über mir aus den Bäumen hervorbricht und brüllt.

„Lana!" Es ist Teddy. Erschrocken beobachte ich mit offenem Mund, wie er den Abhang hinabbrennt und zu mir eilt. Dabei bewegt er sich schneller, als möglich sein sollte. In der letzten Sekunde beugt er sich nach vorne und rammt mich wie ein Linebacker, wobei er mich auf seine Schulter wirft. Mein Rucksack segelt durch die Luft.

„Teddy, was zum Kuckuck?" Ich hänge mit dem Hintern nach oben und dem Gesicht nach unten über seiner Schulter und meine Zöpfe prasseln auf seinen Po, der in einer Jeans steckt. „Ich wollte nicht für immer wegfahren. Ich wollte nur mein Handy aufladen!" Ich halte mich an Teddys T-Shirt fest, um mich zu stützen, als er herumwirbelt und von dem Mietwagen weg marschiert. „Kannst du mich bitte absetzen?"

Keine Antwort. Das ist ein entschlossener Wikinger.

„Lass mich wenigstens die Tür abschließen." Ich grunze und kämpfe darum, den Kopf zu heben, um mich zu vergewissern, dass die Lichter aufblitzen, wenn ich die Tür verriegle. Wir sind nur wenige Meter vom SUV entfernt. Ich hebe den Schlüssel und beginne, auf die Knöpfe zu drücken in dem Versuch, den SUV wieder abzuschließen. Mein Finger rutscht ab und die Hupe erklingt. Das wäre leichter zu bewerkstelligen, wenn ich aufrecht wäre und nicht von einem verrückten Wikinger getragen werden würde. Ich probiere es noch einmal und drücke auf einen anderen Knopf, den runden, der den Motor anlässt.

Die Welt löst sich in einer Explosion aus Licht und Hitze auf.

8

Teddy

Der Feuerball, der sich aus den Resten von Lanas Mietwagen erhebt, versengt meine nackten Arme und meinen Nacken.

Ich lasse mich auf den Boden fallen, wobei ich Lana so drehe, dass mein Körper sie von der Explosion abschirmt. Ich verdecke sie mit meiner Masse und meine Hände drücken ihren Kopf gegen meine Schulter. Die Bewegung dämpft ihre Schreie.

Feurige Metallstücke regnen auf uns herab. Eines trifft mich im Rücken und ich bäume mich auf und zische, ehe ich es auf den Boden werfe. Meine Gestaltwandler-Heilkräfte kommen mit Fleischwunden zurecht. Lanas Schutz ist meine höchste Priorität.

Jemand muss eine Autobombe an Lanas Zündung befestigt haben. Entweder ihr Bruder oder der Attentäter, den er angeheuert hat. Die Explosion ist vorbei und hinterlässt nichts, als das Feuer, das entlang der zerstörten Karosserie des SUVs knistert, sowie ein scharfes Klingeln in meinen Ohren.

Ich habe sie gerade noch rechtzeitig gepackt. Da war ein Moment, kurz bevor ich zwischen den Bäumen hervortrat, in dem ich bemerkte, dass das Auto merkwürdig roch. Meine Instinkte setzten ein und ich bewegte mich mit Gestaltwandler-Geschwindigkeit, um sie zu retten. Es spielt keine Rolle, dass sie meine übernatürlichen Gaben am helllichten Tag gesehen hat. Das Einzige, das zählt, ist sie am Leben zu halten.

„OMG." Lana packt zitternd mein T-Shirt. Sie hyperventiliert.

„Es ist okay. Ich hab dich." Ich stemme mich von ihr und umfange ihr Gesicht. „Du bist okay."

„Was ist gerade passiert?"

„Eine Bombe."

Das Sirren einer Kugel ist meine einzige Warnung. Ich beuge mich über Lana und versteife mich, um mein Gewicht von ihr zu halten, als wir uns an den Boden schmiegen. Ein schwarzes Objekt erscheint am Himmel und schwebt über eine Espe. Eine Drohne. Sie schießt auf uns.

Verdammt, ihr Stiefbruder zieht wirklich alle Register. Falls die Bombe sie nicht erwischt hat, soll die Drohne des Scharfschützen ihr den Rest geben.

Ein Querschläger streift meinen Rücken. Ich brülle.

Und mein Bär beschließt, dass er genug hatte. In einem Atemzug bin ich ein Mensch. Im nächsten bin ich ein zottliges Monster mit genug Gewicht und Umfang, um Lana vom Sonnenlicht und der brennenden Luft abzuschirmen. Mein Schrei wird in meiner Kehle verzerrt und kommt als ein unmenschliches Brüllen heraus.

Meine Jeans und T-Shirt werden zu Stofffetzen reduziert, die in einem kreisförmigen Muster um uns herum verstreut sind. Unter mir wimmert Lana.

Die Drohne ist noch geladen und feuert willkürlich. Zeit, von hier zu verschwinden.

Ich hebe Lana auf meine Schultern und renne in Höchstgeschwindigkeit los. Ich bin ein Werbär und in Bärengestalt schneller als jedes Lebewesen. Ich habe ihre verletzlichsten Stellen – ihren Kopf und Oberkörper – vor mich gezogen, sodass ich sie vor Kugeln schützen kann.

Ich springe in den Wald und walze durchs Unterholz. Die Drohne folgt uns und eine zweite schließt sich ihr an. Sie sausen durch die Bäume, schießen auf uns und versuchen, mich zu fixieren. Kugeln summen wie wütende Hornissen über unsere Köpfe. Ich ziehe Lana enger an mich und setze Gestaltwandler-Geschwindigkeit ein. Ich muss sie hier wegbringen. Ich muss sie beschützen.

Alles andere ist bedeutungslos.

LANA

Die Haut in meinem Gesicht fühlt sich an, als hätte ich zu lange in der Sonne gelegen. Der Gestank von verbranntem Metall hängt noch in meiner Nase. Ich huste und spucke Rauch aus. Ich erschaudere und drücke mich fester an das große zottelige Wesen, das mich trägt.

Mein Mietwagen ist gerade explodiert. Ich bin mir ziemlich sicher, dass das die Reiseversicherung nicht abdeckt. Das ist jedoch das Geringste meiner Probleme.

Jemand schießt auf mich und Teddy. Ich recke den Hals, kann den Scharfschützen allerdings nicht sehen. Eine Kugel schlägt in den Baumstamm neben mir ein. Ich wimmere und ziehe den Kopf ein. Bäume, Felsen und Büsche verwandeln sich in eine grünbraune Mischung.

Das haarige Monster grunzt, spannt sich an und beugt sich über mich, als es seine Geschwindigkeit beschleunigt.

Der Wind rauscht an mir vorbei. Wir bewegen uns so schnell, dass meine Augen tränen. Ich wimmere, senke den Kopf und halte mich mit aller Kraft an dem Fell fest. Ich presse mein Gesicht in den weichen Schutz seines Halses und atme tief ein. Teddys Geruch trifft meine Lunge.

Irgendwie ist dieses Wesen Teddy. Ich sah es mit meinen eigenen Augen. In der einen Minute war er mein mürrischer Wikinger, der aus dem Wald gerannt kam, um mich zu retten. In der nächsten verwandelte er sich in ein Wesen. Und nicht einfach irgendein Wesen: einen Bären. Der gleiche Braunbär, den ich auf dem Gipfel sah. Mir fällt alles wieder ein.

Schließlich wird der Bär langsamer. Die Welt rückt wieder in den Fokus. Wir befinden uns in einer felsigen, schmalen Schlucht, die von Kiefern in Schatten gehüllt wird. Es ist ruhig und wunderbar frei von Kugeln und Explosionen. Sicher.

Teddy setzt mich ab und stellt sich auf seine Hinter-beine. Und dann schrumpft seine Gestalt, bis mich Teddy anstarrt. Ein sehr nackter Teddy, dessen Muskeln und farbige Tattoos alle zur Schau gestellt werden.

„Teddy." Ich deute mit einem zitternden Finger auf ihn. „Du bist ein…"

„Ein Bär", bestätigt er. Seine Stimme erklingt wie ein Knurren, das beinahe zu tief ist, um menschlich zu sein. Er räuspert sich und sein Blick liegt eindringlich auf mir. Normalerweise sind seine Augen grau, doch jetzt blitzen sie in einem gruseligen Gold auf, als das Licht in sie fällt. „Geht es dir gut? Wurdest du getroffen?"

Ich spreize meine Hände auf meiner Brust und schaue an mir hinab, um eine Bestandsaufnahme zu machen. „Nein, ich wurde nicht getroffen." Ich berühre meine Stirn, da ich halb damit rechne, einen Verband zu ertasten.

Vielleicht bin ich im Krankenhaus und halluziniere das alles nur. „Was war das?"

„Jemand hat auf uns geschossen. Derjenige hat Drohnen verwendet."

„Mein Auto ist explodiert."

„Es ist okay, Babygirl. Wir sind entkommen. Du bist jetzt in Sicherheit."

Ich sacke zusammen, denn plötzlich bin ich erschöpft. Teddys Stirn legt sich in Falten, als ich mich zu Boden sinken lasse und an einen Felsen lehne. „Jemand versucht, mich zu töten. Und du bist… Teddy… du bist ein Bär."

Teddy geht vor mir in die Hocke und wirkt wachsam. „Ein Werbär", korrigiert er mich.

Werbär. Ein Mensch, der zu einem Bären wird. Ein echter Bär. Zotteliges Fell, niedliche kleine Ohren.

„OMG", flüstere ich.

Teddy beobachtet mich eindringlich. Die scharfen Kanten seiner Wangenknochen, seine blonden Brauen und kurz geschnittenen Haare, sein wilder Bart – es ist alles so menschlich. Er ist der gleiche Teddy, ein gut aussehender, griesgrämiger Wikinger.

Doch in ihm lauert ein Wesen. Der Bärteil von ihm. Es ist unmöglich, dennoch ist es real. Ich spüre die Wahrheit in mir. Ich denke an all die Bären, die ich gesehen habe, seit ich ihm begegnet bin, und es ergibt alles Sinn. Seine Brüder – sie alle – sie müssen auch Werbären sein.

Sein Blick sinkt zu Boden und er wirkt… traurig.

Mir auf die Lippe beißend, erhebe ich mich auf die Knie und rutsche näher zu ihm. Ich strecke die Hand aus und lasse sie zwischen uns schweben, da ich sein Gesicht berühren will, mich allerdings nicht traue.

„Bist du okay?", flüstere ich. „Tut es weh? Wenn du…"

„Ich mich verändere", hilft er mir mit den Worten aus.

„Oder mich verwandle." Er schüttelt den Kopf. „Nein, es tut nicht weh."

Ich überwinde die Distanz zwischen uns und umfange seine Wange mit einer Hand. Seine Haut ist heiß, fiebrig. Sie versengt meine Handfläche, fühlt sich jedoch so gut an. Er lebt. Das hier ist echt.

„Teddy", wispere ich. Er drückt sich in meine Hand, weshalb ich meine andere auf seiner gegenüberliegenden Wange platziere und ihn nach vorne dränge. Sein Geruch trifft mich, Kiefern und Ackerminze und ein bisschen Rauch. Berauschend wie ein Glas Whisky. „Du hast mich gerettet." Ich lege meine Stirn an seine, da ich mehr von seiner Haut an meiner spüren muss. Mehr von seinem Geruch und seiner Hitze brauche. Meine Lippen streifen seine und er stöhnt.

„Lana", sagt er rau, umfängt meinen Hinterkopf und vergräbt eine Hand in meinen Zöpfen, um mich näher zu ziehen. Daraufhin befinden wir uns in einer Umklammerung, wobei ich auf seinem Schoß sitze und versuche, mich um ihn zu wickeln. Er zieht unterdessen meinen Kopf nach hinten und küsst mich so heftig, dass sein Bart über meine Haut kratzt.

Er dreht sich und drückt mich auf den Rücken, ehe er in all seiner nackten Pracht über mir aufragt.

Ich greife nach ihm und winde mich aus meiner Wanderhose. „Teddy." Ich packe seine Schultern und bäume mich ihm entgegen, während ich ihn zu mir ziehe. Meine Brüste sind geschwollen und schmerzen. Ich reibe mich an ihm und versuche, Erleichterung zu erhalten. Überall auf meinem Gesicht sind aufgeriebene Stellen und es ist mir egal. Ich will, dass sein Bart jeden Zentimeter meiner Haut verkratzt. Ich will, dass er an meinen Zöpfen zieht, bis meine Schädeldecke schmerzt. Bis ich weiß, dass wir beide am Leben sind.

TEDDY

Lana seufzt in meinen Mund. Ich versuche, etwas Raum zwischen uns zu bringen, woraufhin sich ihre Nägel in meinen nackten Hintern bohren. „Vorsicht, Babygirl. Ich vergewissere mich nur, dass du es bequem hast."

„Ich brauche dich jetzt in mir", beschwert sie sich. Sie scheint nicht übermäßig schockiert von der Entdeckung zu sein, dass ich ein Bär bin. Genauso wenig hat sie das durchtriebene Funkeln in den Augen wie Tiffany damals. Nein, Lana wirkt einfach nur *angetörnt*.

Was es unmöglich macht, ihr zu widerstehen. Ich sollte die Tatsache betrauern, dass sie es weiß. Dass ich jetzt definitiv ihre Erinnerungen löschen lassen muss. Stattdessen kann ich nur an Sex denken.

Ich bin splitterfasernackt und sie ist auf halbem Weg dorthin. Sie liegt auf dem Boden und Blätter haben sich in ihren Haaren verfangen. Ich habe nicht einmal eine Decke oder eine Jacke, die ich unter ihr ausbreiten könnte.

Sie knurrt mich so laut an, dass es jeden Werbären beeindrucken würde. Ich entscheide mich dafür, ihr mein Karohemd auszuziehen, das sie sich heute Morgen ausgeliehen hat. Der Stoff riecht bereits nach ihr – Honig und Lorbeer vermischt sich mit meinem Geruch. Der beste Duft in der ganzen Welt.

Sie packt mich begierig und ich nehme ihre kleinen Handgelenke in eine Hand und umfange die weiche Stelle zwischen ihren Beinen mit der anderen. Das leise Murmeln, das sie von sich gibt, steigert mein Verlangen.

„Ich muss dich vorbereiten." Ich tauche zwei Finger in ihre süße Pussy und krümme sie, um ihren G-Punkt zu suchen. „Fuck, Babygirl, du bist tropfnass." Ihre Säfte rinnen auf meine Handfläche. „Ich will, dass du für mich

RENEE ROSE & LEE SAVINO

kommst." Ich zerre ihr Unterhemd nach unten und entblöße ihre Brüste. „Hände über den Kopf", befehle ich. Sobald ich ihre Handgelenke loslasse, streckt sie ihre Arme nach oben und legt ihre Hände so hin, als hätte ich sie dort gefesselt. Ihr Rücken biegt sich durch und ihre Brüste heben sich, wodurch sie atemberaubend zur Schau gestellt werden.

„Du bist verdammt perfekt." Ich belohne sie, streichle einen Busen und reibe mit dem Daumen über ihren aufgerichteten Nippel, während ich sie mit den Fingern vögle. „Du wirst kommen, Baby. Jetzt. Komm auf meiner Hand. Lass mich dich spüren."

Ihre Hüften rucken und kreisen, als sie sich auf meinen Fingern stimuliert. Ich zwicke ihren Nippel und senke den Kopf, um den Schmerz mit meiner Zunge zu lindern. Ich kratze mit meinem Bart über das Tal zwischen ihren Brüsten und sie verkrampft sich und kommt auf meiner Hand.

„Fuck, ja, Baby. Das ist es." Ich streichle sie und reize sie immer mehr.

„Braves Mädchen. Jetzt. Auf Hände und Knie für mich." Ich helfe ihr, sich umzudrehen, und vergewissere mich, dass sie auf meinem Karohemd kniet. „Ich bin dran."

Ich schiebe meinen Schwanz in ihre seidige Hitze und halte ihre Hüften fest. Sie beugt sich nach vorne und wappnet sich, während ich mich immer härter in sie stoße. „Du bist mein braves Mädchen", lobe ich sie, während ich ihren Körper mit jedem Stoß nach vorne schiebe. „Du nimmst meinen Schwanz so gut auf."

„Ja, ja, ja", wimmert sie. Sie öffnet ihre Knie weiter und biegt ihren Rücken noch mehr durch.

Ich greife um sie herum und umfasse die weiche Rundung ihres Bauches, ehe ich eine Hand nach unten gleiten lasse, bis ich die feuchte Stelle zwischen ihren Beinen finde. Ich massiere ihre Klit. „Du wirst noch einmal kommen", informiere ich sie. „Hast du das verstanden?"

„Ja, Teddy."

„Greif zwischen deine Beine und stimulier dich selbst."

Mit einem leisen Keuchen tut sie, was ich befehle.

„Komm noch einmal. Jetzt."

Ich begrapsche ihren Busen, necke, zwicke und lausche darauf, wann ihr Atem stockt. Ich bewege mich unablässig in dem gleichen Rhythmus in sie rein und raus, bis ihre inneren Muskeln um meine Länge zucken. Ihre Pussy verkrampft sich so fest um meinen Schwanz, dass ich Sterne sehe.

Ihr zittriger Schrei ist das Süßeste, was ich jemals gehört habe. Ich packe ihre Zöpfe mit meiner freien Hand, um ihren Kopf nach hinten zu ziehen. „Ich werde dich jetzt hart ficken. Und du wirst kommen. Immer wieder." Ich ziehe sie hoch auf ihre Knie. Im Grunde genommen sitzt sie auf meinem Schoß und wird auf meinem Schwanz vor und zurück bewegt, als ich mich in sie ramme und sie nach vorne beuge. Ihre Brüste hüpfen bei jedem harten Stoß.

Ich lasse ihre Haare los und ihr Kopf rollt von allein nach hinten auf meine Schulter, wodurch die süße Stelle zwischen ihrer Schulter und Hals entblößt wird. Ich neige den Kopf und knabbere an ihrer Haut, bringe sie jedoch nicht zum Bluten. *Ja*, brüllt mein Bär. Fuck, ich hätte sie fast schon wieder markiert. Es wäre so natürlich, meine Fangzähne in ihrem Fleisch zu versenken und sie für immer zu beanspruchen. Meinen Geruch dauerhaft in ihrer Haut einzubetten, damit ihn alle anderen Gestalt-wandler erkennen.

Stattdessen bewege ich meine Hüften und stoße mich immer wieder hart und tief in sie, bis sie so oft kommt, dass ich nicht sagen kann, wann ein Orgasmus aufhört und der andere anfängt.

Schließlich ergieße ich mich mit einem Brüllen tief in ihr. Mein Schwanz entleert sich und pumpt sie voll. Da ist so viel Sperma, dass ich wette, dass kein Wasser mehr in meinem Körper übrig ist, wenn ich fertig bin. Und es reicht nicht. Ich will sie hier und jetzt markieren und sie noch einmal ficken, bis ihre Gebärmutter auf meinen Schwanz geprägt ist.

„Lana." Ich neige sie so, dass ich ihr Gesicht sehen kann. Sie liegt schlaff in meinen Armen, lächelt jedoch leicht. Ich küsse ihre glühenden Wangen und ziehe mich aus ihr heraus. Anschließend drapiere ich sie auf mir, sodass ihre weiche Haut vor dem blanken Boden geschützt ist. Die Sonne über uns ist hinter einer Wolke versteckt und die Temperaturen kühlen ab. Wir liegen mit ineinander verschlungenen Armen und Beinen da und lassen die Hitze des Moments verfliegen, während unsere Herzen wie eines schlagen.

Ich bin so weit und so schnell gerannt, dass uns die Drohnen nicht finden können. Für den Augenblick sind wir hier sicher. Irgendwann werden wir uns bewegen müssen, doch vorerst will ich einfach nur mit diesem perfekten Menschen in meinen Armen hier liegen.

Eine Brise zieht herauf und Lana kuschelt sich an mich.

„Ist dir kalt?" Ich streiche ihr die Zöpfe aus dem Gesicht und zupfe einige braune Blätter aus den glänzenden schwarzen und pinken Haaren.

„Ich bin okay."

„Wir werden uns bald bewegen."

„Teddy", murmelt sie. „Ich hasse es, die Stimmung zu ruinieren, aber ich muss es wissen. Wann wolltest du mir erzählen, dass mein Stiefbruder versucht, mich umzubringen?"

Meine Brust fällt in sich zusammen. „Also erinnerst du dich."

„Ich denke schon", antwortet sie. „Er hatte ein Messer und bedrohte mich. Ich warf die Urne auf ihn, wäre allerdings nicht entkommen. Und dann…"

„Kam ein Bär aus dem Wald", beende ich den Satz für sie.

Sie rutscht in meiner Armbeuge herum, bis sie mir zugewandt ist. „Das warst du, oder?"

„Ich nahm deinen Geruch im Wald wahr und konnte nicht zulassen, dass er dich verletzte. Ich werde niemals zulassen, dass dich jemand verletzt."

„Warum?"

Anstatt ihr zu antworten, senke ich meinen Kopf und küsse sie. Die Berührung ihrer Lippen sorgt dafür, dass mein Schwanz aufmerkt, weshalb ich aufhöre, bevor ich sie auf den Rücken rolle und wund vögle.

Eine kleine Falte formt sich auf der Stelle zwischen ihren Augenbrauen. Ich reibe mit meinem Daumen darüber, bis sie verschwindet.

„Warum hast du mir nicht erzählt, was mit Bentley passiert ist?"

„Ich wollte sehen, ob du dich daran erinnerst. Und ich wusste nicht, wie ich es erklären konnte, ohne meinen Teil zu verraten."

„Dass du dich in einen Bären verwandeln kannst?"

Ich bin gleichermaßen begeistert und entsetzt, Lana die Worte laut aussprechen zu hören. „Es ist ein Geheimnis, Babygirl. Eines, das dieser Berg schon ewig bewahrt und für immer bewahren muss."

„Ich kann es nicht fassen." Sie starrt ins Leere. „Werbären sind echt. Du bist superschnell", fügt sie geistesabwesend hinzu.

„Und stark. Und ich heile schnell."

„Wie nach dem Kampf mit deinem Bruder. Oder das eine Mal, als du dich so schnell durchs Zimmer bewegt hast. Oder dass dich die Kugeln getroffen und nicht verletzt haben."

Mann, ich habe so viele Fehler gemacht. Mein Bär hat sich immer wieder vor ihr gezeigt – der Mistkerl. Er wollte, dass sie ihn sieht. Er wollte, dass sie weiß, was ich bin.

Gefährtin, erinnert mich mein Bär.

„Was ist mit dem Bären in deiner Küche?", will Lana wissen. „Und der Eisbär, der an den Bienenstöcken gearbeitet hat?"

Mir sinkt der Magen, der Empfindung folgt jedoch Erleichterung. Lana ist klug. Sie wird alles herausfinden, weshalb ich ihr genauso gut alles erzählen kann. Ich weiß nicht, was die Zukunft bringen wird, doch im Moment will ich keine Geheimnisse zwischen uns haben.

„Sie sind meine Brüder. Der in der Küche war Axel. Der Eisbär ist Everest."

„Everest", haucht sie. „Hutch sagte, sein Bruder Everest würde mich zu meinem Auto bringen. Ein Eisbär tauchte auf und benahm sich sehr menschlich."

„Ja. Das ist Everest."

Lana greift nach oben und streicht die Falten auf meiner Stirn mit dem Daumen glatt. Sie zeichnet meine Gesichtszüge nach und mustert sie, als würde sie versuchen, Beweise für meinen Bären zu finden.

„Und was ist mit den Drillingen? Hutch und Canyon und Bern? Matthias?"

„Sie sind auch Gestaltwandler. Werbären. Sie hast du noch nicht in Bärengestalt gesehen." Das Problem damit, Lana alles zu erzählen, liegt darin, dass es nicht nur mein

Geheimnis ist. Es wirkt sich auf alle aus, wenn sich einer von uns vor einem Menschen offenbart. Falls dieser Mensch beschließt, uns zu verraten, sind alle in Gefahr.

„*Sie würde es niemandem erzählen*", hatte Hutch argumentiert. Ich muss ihm zustimmen. Allerdings ist nichts gewiss.

„Das ist unglaublich", sagt Lana gerade. „Als wäre ich in einer völlig neuen Welt. Eine, die von Bären regiert wird. Ich dachte, die Bären in dieser Gegend wären besonders. Und das sind sie." Sie kichert. „Ihr seid alle Werbären."

„Nichts an uns ist besonders." Sie ist so niedlich, dass ich mir das Lächeln nicht verkneifen kann.

„Da bin ich anderer Meinung. OMG!", kreischt sie und schlägt sich die Hand vor den Mund. „Du hast Vorhänge mit Bären drauf. Ich hielt es für niedlich, dass ihr Jungs euch an ein Thema haltet. Überall putzige kleine Bären."

„Hutchs Vorstellung von einem Witz. An mir ist nichts klein." Ich ziehe sie eng an mich und drücke meinen Schwanz an ihr Hinterteil, um sie daran zu erinnern.

„Nein, an dir ist wirklich nichts klein", murmelt sie. „Aber dein Bär ist wirklich goldig."

Ich drücke sie und lege meinen Kopf in den Nacken, um in den Himmel zu blinzeln. Mein Bär ist stolz.

Sie redet noch immer und sinniert schläfrig: „Acht Brüder, alle Werbären. Deine Mom muss die besten Weihnachtskartenfotos gemacht haben."

Eis rieselt über mein Rückgrat. „Nein", sage ich und spanne mich erneut an. „Keine Fotos. Das ist ein Geheimnis und niemand darf es wissen."

Sie rollt sich von mir und verändert ihre Position so, dass sie mir zugewandt ist. „Ich verstehe", schwört sie und ihre Augen heften sich auf meine.

Ich starre sie an und blicke suchend in ihr Gesicht.

„Sie würde es niemandem erzählen", hatte Hutch gesagt.

„Das weißt du nicht", hatte ich geantwortet.

Lana sieht ernst aus. „Teddy, ich verspreche es."

Ich sollte glücklich sein. Lana ist mein. Doch ein paar Zweifel bleiben bestehen. Ich war schon einmal an diesem Punkt und es hat nicht gut geendet.

Ich nicke und greife nach ihr. Der Moment ist jedoch zerstört und sie schlüpft in ihre Wanderhose. Ich seufze und erhebe mich. Ich werde splitterfasernackt zurücklaufen müssen.

Ich helfe Lana beim Anziehen. Sie bietet mir ihr Karohemd an und ich wickle es mir um die Taille. „Was werden wir wegen Bentley unternehmen?"

„Ich habe ein Team auf ihn angesetzt. Sie werden ihn finden. In der Zwischenzeit ist es hier draußen nicht sicher für dich. Komm." Ich hebe sie in meine Arme. Meine Hütte wurde womöglich kompromittiert, die Hütten meiner Brüder sind jedoch noch besser versteckt. Was bedeutet, dass wir bei ihnen schlafen werden, bis wir den Attentäter ausgeschaltet haben.

9

Lana

„Wir müssen aufhören, uns so zu treffen." Matthias betrachtet meinen Schädel. Ich sitze auf einem Sofa in einer neuen, größeren Hütte, die den dreisten Drei und dem mysteriösen Bruder Axel gehört. „Das ist die Hütte, in der wir aufgewachsen sind", erzählte mir Teddy. Er wirkte abgelenkt, weshalb ich ihn nicht um eine Führung bat. Von meinem Platz auf dem Sofa sieht die Hütte ähnlich wie Teddys aus. Sie ist aus bearbeitetem Kiefernholz gemacht und mit abgenutzten, vielgeliebten Möbelstücken gefüllt. Der größte Unterschied besteht in dem größeren Kamin und den zusätzlichen Räumen, die vom Hauptraum abgehen.

Teddy ist jetzt draußen und telefoniert. Ich hörte ihn mit jemandem namens Deke sprechen, den er bat, ‚alles verschwinden zu lassen', woraufhin ich beschloss, dass ich nicht mehr hören musste. Dann kam Matthias mit seiner schwarzen Tasche herein und untersuchte mich.

„Ich bin okay." Ich lächle Matthias an. „Nur ein wenig erschüttert."

„Das ist zu erwarten." Er steckt seine Instrumente zurück in die schwarze Tasche und schält die Handschuhe von seinen Fingern. „Dein Kopf sieht gut aus. Keine neuen Verletzungen. Ich würde die nächsten Tage Ruhe und wenig Stress verschreiben, aber etwas sagt mir, dass dir das womöglich schwerfallen wird."

„Es ist okay. Es hat noch nie zuvor jemand versucht, mich zu töten, allerdings hat mich auch noch nie zuvor ein Werbär beschützt."

„Es ist ein gutes Zeichen, dass du all deine Erinnerungen zurückhast. Wir haben uns gefragt, woran du dich erinnern würdest." Matthias wirft mir einen bedeutungsvollen Blick zu.

„Ich werde es niemandem erzählen. Ich verspreche es."

„Das ist gut, Lana. Es ist nicht nur Teddys Geheimnis. Die Sicherheit unserer gesamten Familie hängt von deinem Schweigen ab."

„Das verstehe ich. Ich würde niemals etwas sagen. Ich weiß, wie man ein Geheimnis bewahrt." Ich verschränke die Hände ineinander wie ein braves kleines Mädchen, das alles wiederholt, was die Erwachsenen hören wollen. Teddy wirkt viel angespannter, seit wir in die Hütte zurückgekehrt sind, und etwas verrät mir, dass es nicht nur daran liegt, dass er versucht, den Attentäter aufzuspüren. Jemandem ein lebenslanges Geheimnis anzuvertrauen, ist eine große Sache.

„Gut." Matthias verlagert seine Brille und durch den Winkel werden die Gläser blickdicht und verbergen seine Augen. „Denn wenn du es tust, hat das Konsequenzen."

Ich schlucke.

„Ich will dir keine Angst machen", Matthias spricht in einem sanfteren Tonfall, „aber wir müssen unsere Privatsphäre ernst nehmen."

„Natürlich. Ich nehme sie auch ernst. Ich verspreche

es." Ich lege meinen Mittelfinger über den Zeigefinger. Ich dachte, Teddy und seine anderen Brüder wären knallharte Typen und Matthias der kluge Gelehrte, doch ich winde mich unter seinem strengen Blick. Er könnte einen Terroristen innerhalb von zwei Minuten knacken und müsste dabei keine Gewalt anwenden. „Gibt es noch andere Menschen, die Bescheid wissen?"

„Eine kleine Handvoll. Die meisten von ihnen sind Gefährtinnen von Gestaltwandlern."

„Gefährtinnen?"

„Gestaltwandler haben Gefährten."

„So was wie Seelenverwandte?"

„Ähnlich. Das Konzept eines Seelenverwandten ist in der Menschenwelt eine nette Idee für Romantiker, für uns Gestaltwandler ist es jedoch das Wichtigste auf der ganzen Welt. Der Gefährte eines Gestaltwandlers ist die eine Person in der Welt, die für ihn oder sie bestimmt ist. Wenn ein Gestaltwandler einen Gefährten findet, akzeptiert das Tier die Person sofort. Sie sind füreinander bestimmt. Lebenslang. Es ist Schicksal."

„Schicksal", wiederhole ich flüsternd.

Hatte Teddy beim ersten Mal, als wir Sex hatten, nicht etwas über das Schicksal gemurmelt?

Ich schlinge meine Arme um mich, um die Freudengefühle zurückzuhalten, die in mir aufwallen. Bin ich Teddys Gefährtin? Die Eine in der Welt, die für ihn bestimmt ist? Das wäre das Wunderbarste, was mir jemals passiert ist. Ich will, dass es wahr ist.

Ich will eine Million Fragen stellen, sie können allerdings auf Teddy warten.

„Alles erledigt?" Teddy steht im Türrahmen und hält das Handy in der Hand, das er sich von Matthias geliehen hat.

„Die Patientin ist untersucht. Alles gut."

Ich winke Teddy leicht und bedeute ihm, an meine Seite zu kommen. Seine Schultern sind steif, doch er marschiert sofort zu mir und geht in die Hocke, um mich an seine Seite zu ziehen. Augenblicklich entspannen wir uns beide.

Gefährtin. Das Wort hüpft durch meine Gedanken und füllt mich mit Wärme und betrunkenen Schmetterlingen. Ich spürte von Anfang an eine Verbindung zu Teddy. Funktioniert das Gefährten-Ding in beide Richtungen?

„Ich habe gute und schlechte Nachrichten", verkündet Canyon. „Die gute Nachricht ist, dass wir die Drohnen gefunden und zerstört haben."

Teddy stöhnt. „Ist wenigstens eine von ihnen noch in einem Stück?"

„Nein", antwortet Hutch. „Canyon hat ein neues Spiel erfunden, das ‚schlag die Drohne mit einem Ast gegen einen Felsen' heißt."

„Es ist wie Baseball, aber der Ball schießt auf dich", fügt Canyon hinzu.

„Sorry." Hutch reicht Teddy einen Leinenbeutel voll klirrender Teile. „Wir haben es ein wenig übertrieben."

Teddy greift in den Beutel und zieht einen glänzenden schwarzen Splitter heraus, der kleiner als ein Handy ist. Die traurigen Überreste der Drohne. „Verdammt. Damit hätten wir den Attentäter aufspüren können." Teddy fährt sich mit einer Hand über seinen kurzgeschorenen Kopf. „Ich werde das hier dem Black Wolf Rudel geben und schauen, was sie tun können." Teddy wirft das Stück zurück in den Beutel. „Waren das die schlechten Nachrichten?"

„Äh, nein", erwidert Canyon, „da ist noch mehr."

„Wo ist Bern?"

„Er ist bei Everest. Hast du das Black Wolf Rudel wegen den Aufräumarbeiten angerufen? Denn ich habe noch ein paar andere Koordinaten für sie. Längen- und Breitengrade."

„Was habt ihr getan?", knurrt Teddy.

„Es war Everest", erzählt Hutch. „Er hat es gut gemeint. Er ist derjenige, der uns zu den Drohnen geführt hat. Er hörte die Explosion und sah, dass sie euch jagten. Wir schalteten sie aus."

„Ja", unterbricht ihn Canyon. „Es war genial. Sie surrten herum und wir waren alle wie…" Er durchpflügt die Luft mit einem Karatesprung und macht ,bang, bang' Schießgeräusche.

„Canyon." Hutch zieht seine Hand in einer schneidenden Bewegung über den Hals.

Canyon unterbricht seine dramatische Erzählung der Ereignisse und lässt seine Hände sinken, als er Teddys finsteren Blick bemerkt. „Sorry."

„Jedenfalls", fährt Hutch fort, „hat uns Everest von der Explosion erzählt. Er schaute vom Wald aus zu. Tatsächlich ist er derjenige, der sagte, dass der SUV ein wenig komisch roch, als er Lana dorthin brachte."

„Warum hat er sie dann dorthin gebracht und dort zurückgelassen?", regt sich Teddy auf.

Ich lege eine Hand auf seinen Rücken, streichle ihn und er verstummt, schließt die Augen und zwickt sich in den Nasenrücken. „Vergesst es."

„Nun", sagt Hutch, „Everest zog los und folgte der Geruchsspur. Während der Attentäter euch die Drohnen auf den Hals hetzte, jagte Everest also ihn."

„Bitte sagt mir, dass ihr ihn erwischt habt."

„Irgendwie." Hutch wirft einen schuldbewussten Blick in meine Richtung.

Teddy sieht es, lehnt sich zurück und legt seinen Arm um mich. „Du kannst vor Lana freisprechen. Sie weiß jetzt alles."

„Ach ja?" Canyon und Hutch grinsen identisch. „Willkommen in der Familie."

„Danke." Ich erwidere das Lächeln. Teddy spannt sich neben mir an, was vollkommen normal ist nach allem, was wir durchgemacht haben. Ich nehme seine Hand und drücke sie, woraufhin die Anspannung in seinen Schultern nachlässt.

„Jedenfalls verfolgte Everest ihn. Und der Attentäter drehte bereits durch oder so…"

„Falls er durch die Drohne Bilder sah, beobachtete er, wie ich mich verwandelte", erklärte Teddy.

Es entsteht eine Pause, in der die Brüder das verarbeiten. „Dann ist das, was passiert ist, ja irgendwie gut", stellt Hutch fest. „Everest rannte dem Attentäter hinterher und jagte ihn aus Versehen über eine Klippe."

Teddy lässt den Kopf hängen und verdeckt das Gesicht mit der Hand.

„Hat er überlebt?", fragt Matthias.

„Nein, er ist mausetot", antwortet Hutch.

Ich kreische und schlage mir eine Hand auf den Mund. Alle Brüder sehen mich an. „Nun", sage ich, als ich meine Stimme wieder finde. „Es hätte keinen Besseren treffen können."

„Ha, ja." Hutch nickt eifrig und blickt zu Teddy. „Deswegen muss ich dir die Koordinaten von der Stelle geben, wo er ist. Everest und Bern warten bei der Leiche."

„Richtig." Teddy reicht Canyon sein Handy. „Drück auf Wahlwiederholung und bitte um weitere Aufräumarbeiten."

„Genial!" Canyon packt das Handy und verschwindet nach draußen.

„Habt ihr noch andere Ausrüstung gefunden?", fragt Teddy Hutch.

„Nein, aber wir können nachschauen gehen."

„Alles, was wir finden, können wir dem Black Wolf Rudel geben für den Fall, dass es ihnen hilft, den Attentäter aufzuspüren."

Ich atme geräuschvoll aus. Das ist das bizarrste Gespräch, das ich jemals hatte, und das schließt ein Gespräch mit einem Filmproduzenten und meiner Verkaufsleiterin ein, die eine GoddessWear Werbung mit dressierten Pfauen, einem Raketenstart und Models machen wollten, die in einem Pool voll rotem Wackelpudding trieben. So verrückt es auch sein kann, Mode zu vermarkten, dieser Tag voller Attentäter und der Entdeckung von Bärengestaltwandlern übertrifft sie alle.

„Denkt ihr, der Attentäter hat mit einem Team gearbeitet?", fragt Matthias.

„Vielleicht", erwidert Teddy. „Mein Bauchgefühl sagt mir jedoch, dass die Drohnen wahrscheinlich sein Team waren."

„Heißt das, dass es vorbei ist?", frage ich.

Stille. Teddys Arm spannt sich um mich herum an. „Das könnte sein. Meine Freunde – das Black Wolf Rudel – sind Experten. Sie versuchen, Bentley aufzuspüren."

Bentley. Ich verdrehe meine Finger ineinander. „Weißt du mit Sicherheit, dass er dahintersteckt?"

„Lana." Teddy nimmt mein Kinn und dreht es, damit ich ihn anschaue. „Abgesehen von dem Attentäter ist dein Stiefbruder die einzige Person, die versucht hat, dich in den vergangenen achtundvierzig Stunden zu töten. Ich würde sagen, das ist seine Steigerung."

Verdammt. Es ist eine Sache, Teil einer zerrütteten Familie zu sein. Es ist eine andere, sich mit der Tatsache abzufinden, dass dein Stiefbruder versucht, dich wegen deines Erbes umzubringen.

Ich schlucke.

Teddys Daumen streichelt über meine Wange. „Ich werde dich beschützen, Babygirl."

„Ich weiß, dass du das tun wirst", erwidere ich flüsternd.

Er drückt seine Stirn an meine. Sein Geruch trifft mich und sämtlicher Stress in meinem Körper zergeht.

„Du riechst so gut." Ich hebe meinen Kopf zu seinem Hals, um an ihm zu schnuppern. „Wenn das alles vorbei ist, werde ich diesen Geruch in Flaschen abfüllen und ihn in eine Kerzenkollektion verarbeiten."

„Lana."

„Keine Sorge." Ich drücke ihn fester an mich. „Es werden sehr männliche Kerzen sein. Und ich würde niemals mein Betriebsgeheimnis preisgeben."

Ich kann sein Gesicht nicht sehen, spüre jedoch, dass sich seine Wange zu einem Lächeln biegt.

„Alles erledigt." Canyon stürmt wieder in die Hütte und hält Teddys Handy hoch. „Deke sagt, sie kümmern sich darum."

„Deke ist so ein harter Typ", meint Hutch und Canyon stimmt ihm zu.

„Wer ist Deke?", frage ich.

„Ein Freund aus meiner Einheit", antwortet Teddy.

„Beim Militär."

„Ja. Er ist ein Wolfgestaltwandler", bricht es aus Canyon hervor. „Teil des Black Wolf Rudels. Sie leben oben in Taos."

„Es gibt Wolfgestaltwandler?" Ich richte meine großen Augen auf Teddy. „So was wie… Werwölfe?"

„Sie verwandeln sich in Wölfe anstatt in Bären, also ja." Teddy streichelt die Seite meines Schenkels.

„Wow." Ich rutsche auf meinem Platz hin und her. Hitze durchflutet mich jedes Mal, wenn Teddys neckende Finger über mich streichen. Er betrachtet mich, als würde er mich gerne von seinen Brüdern weg zu einem abgeschiedenen Ort tragen. Ich will das auch, doch in diesem Moment überwiegt meine Neugier. „Das ist alles so unglaublich. Es gibt dort draußen eine ganze Welt, von der ich nie wusste. Wie konntet ihr das geheim halten?"

Teddys Finger erstarren.

„Wir sind ziemlich gut darin, uns bedeckt zu halten", erklärt Matthias. „Und wenn ein Mensch etwas herausfindet, was er nicht wissen soll, gibt es Möglichkeiten, sicherzustellen, dass er es vergisst."

Nun, das klingt überhaupt nicht bedrohlich.

Ich schmiege mich an Teddy und gebe diese Fragerichtung auf.

„Das Wichtige ist, dass der Attentäter aus dem Weg geräumt wurde", sagt Teddy. „Und wir überlebt haben."

Hutch räuspert sich. „Tatsächlich haben wir dir noch nicht alle guten und schlechten Nachrichten erzählt. Das waren alle guten Nachrichten. Wir sind noch nicht zu den schlechten Nachrichten gekommen."

Teddy massiert sich erneut die Stirn. „Was ist jetzt noch?"

„Die wirklich schlechte Nachricht ist, dass Daisy zu deiner Hütte kam, kurz nachdem du gegangen warst. Sie beruft eine Krisensitzung ein. Darius wird dort sein."

„Darius?", wiederhole ich. Ein Knurren vibriert in Teddys Brust.

„Ja. Daisy sagt, Darius wird eine Idee vorstellen, wie die Stadt gerettet werden kann. Wir sollen alle unsere Meinung dazu äußern."

„Wann?", blafft Teddy.

„Heute Abend."

„Ich werde mit ihr reden", sagt Matthias. „Schauen, ob sie es aufschieben kann."

Hutch kratzt sich am Kopf. „Ich weiß nicht, großer

Bruder. Daisy ist ziemlich entschlossen. Sie sagt, es ist an der Zeit, etwas zu tun oder die Klappe zu halten. Und Darius ist extra hergeflogen."

„In Ordnung", grollt Teddy. „Eins nach dem anderen. Wir sprechen uns mit dem Black Wolf Rudel ab. Wir stellen sicher, dass wir unser Chaos beseitigen."

„Was ist mit der Krisensitzung?", fragt Canyon. „Willst du, dass Darius gewinnt?"

„Na schön", schimpft Teddy. „Wenn in den nächsten Stunden alles gut geht, werden wir alle dorthin gehen und abstimmen. Aber ich denke, wir können uns alle darauf einigen, dass es eine Priorität ist, Lana zu beschützen."

Seine Brüder stimmen alle zu und das warme Flattern, das mich erfüllt, droht, mich in Tränen ausbrechen zu lassen.

10

Lana

Nach einigen kostbaren Minuten, in denen ich mit Teddy auf dem Sofa kuschelte, erhält er eine Nachricht vom Black Wolf Rudel.

„Sie brauchen mich bei einer Einsatzbesprechung." Er steckt sein Handy seufzend ein. „Ich muss gehen. Du musst hierbleiben, wo es sicher ist."

„Okay", stimme ich zu. „Ich werde schon klarkommen."

„Ich bin so bald wie möglich zurück, Babygirl." Teddy küsst mich einmal auf die Lippen und einmal auf die Stirn.

„Ich werde einfach ein kleines Nickerchen machen." Ich halte mir den Mund zu, um ein Gähnen zu verbergen. „Ich bin müde." Und überwältigt. Nicht einmal wegen all der Informationen, die alles auf den Kopf stellten, was ich von der Welt zu wissen meinte, oder wegen des Anschlags auf mein Leben, sondern wegen der Art und Weise, wie mich Teddy und seine Brüder in ihrer Mitte willkommen geheißen haben. Nach Jahren, in denen mich meine unmittelbare Familie ausgeschlossen hatte, habe ich das Gefühl, als würde ich aus der Kälte in eine warme Hütte treten. Als wäre ich aufgenommen worden.

„Du kannst hier dein Nickerchen machen. Hutch und Canyon werden in der Nähe sein. Sie werden dir holen, was du brauchst." Teddy küsst mich noch einmal und dreht sich um, um mit einem Finger auf die zwei der dreisten Drei zu deuten. „Ich vertraue darauf, dass ihr Lana beschützt."

Hutch und Canyon richten sich auf. „Zu Befehl, Sir!" Canyon salutiert. „Wir werden sie mit unserem Leben schützen."

„Eine Armee könnte hier auftauchen, um sie zu holen, und wir würden sie alle abwehren."

„Sieg oder Tod!"

„Okay. Gut", sagt Teddy. „Ich verlasse mich auf euch." Er verlässt die Hütte und ich tupfe Tränen aus meinen Augen, bevor Hutch und Canyon sie sehen.

Am Ende schlafe ich auf dem Sofa ein. Als ich aufwache, bin ich mit einer Decke zugedeckt. Hutch bewegt sich durch die Küche, doch sonst ist niemand in der Nähe.

Hutch hört, dass ich mich rege, und kommt mit einem Glas Wasser. Ich nehme es mit einem gemurmelten „Danke" entgegen und neige das Glas, um mein Lächeln zu verbergen. Diese Bad Bear Brüder sind solche Gentlemen.

Hutch drückt sich an meiner Seite herum. „Hast du gut geschlafen?"

„Das habe ich. Habe ich etwas verpasst?"

„Nein. Teddy ist noch nicht zurück, aber er sollte bald hier sein. Canyon und ich werden das Abendessen machen. Gegrillter Lachs und Salat mit Ziegenkäse und Heidelbeeren."

„Das klingt gut."

„Das ist Teddys Lieblingsessen. Nach dem Essen werden wir alle zur Bürgerversammlung gehen. Matthias konnte Daisy nicht dazu überreden, sie zu verschieben, weshalb Teddy alle zusammengetrommelt hat. Wir werden alle da sein, um Darius aufzuhalten. Jede Stimme zählt."

Ich setze mich auf und schiebe meine Zöpfe nach hinten. „Und bei diesem Treffen geht es darum, den Berg zu retten?"

„Jepp." Canyon steckt den Kopf vom Flur herein.

„Also, wegen all der Aufregung hatte ich keine Gelegenheit, zu fragen. Warum ist es so wichtig, Darius aufzuhalten? Ihr sagt, ihr müsst den Berg retten, aber warum? Wer bedroht ihn?"

„Es ist eine lange Geschichte." Canyon trottet herbei und lässt sich auf einen zerschlissenen Sessel fallen, der dem Sofa zugewandt ist. „Es geht alles darauf zurück, dass der Stadtrat Geld brauchte, um einige Dinge zu tun. Sie wollten neue Straßen bauen, den Wasserturm reparieren, das Abwassersystem erneuern, solche Dinge. Dafür haben sie Kredite aufgenommen."

„Eine Anleihe aufgelegt", korrigiert Hutch. „So haben sie es ausgedrückt."

„Egal." Canyon wedelt mit einer Hand. „Leider wurde die Anleihe von irgendwelchen gerissenen Hedgefond-Typen gekauft. Und jetzt wollen sie alle ihr Geld zurück."

„Und eine irrsinnige Zinssumme", erklärt Hutch. „Daisy sagt, sie würde lieber einem Kartell etwas schulden als einem Hedgefond."

„Oje. Ich weiß, was das heißt", sage ich. GoddessWear erhält regelmäßig Angebote von interessierten Anlegern, einschließlich Hedgefonds. Gerissen ist eine höfliche Art, diese Leute zu beschreiben. „Also wie viel müsst ihr zurückzahlen?"

„So was wie zehn Millionen", berichtet Hutch. „Für eine Kleinstadt ist das eine riesige Summe."

„Aber es ist okay." Canyon schiebt sich nach hinten und legt seine Stiefel auf den Wohnzimmertisch. „Wir können das Geld erarbeiten. Ich habe haufenweise Ideen."

Hutch schnaubt. „Wir haben alles versucht. Wir haben angefangen, Hühner zu halten, damit wir Eier verkaufen können. Doch wir haben die meisten selbst gegessen."

Canyon klopft auf seinen nackten Bauch. „Ich bin ein wachsender Bär."

„Klar bist du das." Hutch verdreht die Augen.

Canyon setzt sich auf und schnippt mit den Fingern. „Was ist mit den Bienenstöcken? Wir könnten den Honig verkaufen."

„Oh, das wäre niedlich", werfe ich ein. „Ich kann die Logos schon vor meinem inneren Auge sehen: Bad Bear Imkerei."

„Nein", widerspricht Hutch. „Everest lässt uns keinen Honig holen. Er hängt zu stark an den Bienen. Außerdem wie sollen wir zehn Millionen verdienen, indem wir Essen auf einem Bauernmarkt verkaufen? Wir müssen uns etwas anderes überlegen." Er stützt sein Kinn in die Hände und sieht niedergeschlagen aus. „Teddy hat ein Helikoptergeschäft, will allerdings noch nicht expandieren."

„Und nach der heutigen kleinen Spritztour lässt er mich wahrscheinlich nicht mehr so bald in die Nähe seines Hubschraubers." Canyon sieht genauso niedergeschlagen aus.

„Ein Jammer", sage ich. „Ich könnte euch aufeinander abgestimmte Arbeitskleidung nähen."

„Aufeinander abgestimmte Arbeitskleidung?", sagt Hutch. „Aww, Mann. Wir müssen Teddy überzeugen."

„Viel Glück damit", erwidert Canyon. „Der Punkt ist,

wir müssen eine Möglichkeit finden, schnell an das Geld zu kommen."

„Verstanden. Und wo kommt da Darius ins Spiel?"

„Er hat Pläne, wie die Schulden zurückgezahlt werden können, aber bei allen wird Land verkauft, um darauf Eigentumswohnungen zu bauen."

Ich denke darüber nach. „Das ist nicht zwangsläufig etwas Schlechtes. Es herrscht eine Wohnungsknappheit und wenn sie nachhaltig gebaut werden…"

Canyon verzieht das Gesicht. „Teddy sagt, dass sich Darius nur dafür interessiert, Geld zu machen. Ich würde nicht darauf wetten, dass er irgendetwas tut, was seinem Profit schadet."

„Kapiert."

„Darius wird seine Pläne zur Zurückzahlung der Schulden heute Abend präsentieren", fährt Canyon fort. „Und wir werden alle darüber abstimmen. Die Sache ist die, wir müssen uns eine Alternative überlegen, ansonsten entscheiden sich die Leute womöglich für das, was Darius will. Außerdem denkt Teddy, dass Darius das alles so gedeichselt hat, damit er die Stadt dazu bringen kann, seiner Wohnungsidee zuzustimmen. Und rate mal, wem das Immobilienunternehmen gehört, das die Wohnungen bauen würde?"

„Darius?"

„Darius."

„Verstanden." Jetzt ergibt alles Sinn. Teddys Hass auf seinen Zwilling und dass er Darius für die Probleme des Bergs verantwortlich macht. „Teddy denkt, dass Darius das alles eingefädelt hat, damit die Stadt in eine Position gerät, in der sie zustimmen muss, Wohnungen zu bauen?"

„So was in der Art. Eins muss ich Darius lassen… sein Plan ist besser als das, was die Hedgefonds-Typen tun wollen", sagt Hutch. „Wenn wir zahlungsunfähig sind, werden sie wahrscheinlich übernehmen, Sparmaßnahmen ergreifen und Teile des Berges an Holzfirmen verkaufen."

Ich verziehe das Gesicht. „Das ist nicht gut."

„Nein. Das wird unseren Lebensraum zerstören."

Hutch und Canyon sehen so deprimiert aus, dass ich in die Hände klatsche, was sie beide zusammenzucken lässt. „Jungs! Wir können diese Krise noch abwenden. Wir können das Geld zusammenkriegen."

„Aber zehn Millionen Dollar?"

„Wir können es schaffen. Wir können uns etwas überlegen. Ich kann mir ein paar Ideen einfallen lassen, aber zuerst und am wichtigsten, brauche ich eure Hilfe bei etwas."

Die zwei Drillinge blicken mich aufmerksam an.

„Selbst wenn mir eine Möglichkeit einfällt, Geld für den Berg zu beschaffen und Teddy zu überzeugen, mich mitzunehmen, was soll ich anziehen?"

„Dabei kann ich dir helfen", springt mir Hutch zur Seite. „Warte hier." Er kehrt mit einer uralten schwarzen Nähmaschine zurück, auf deren Seite das Singer-Logo prangt.

„OMG." Ich rutsche zur Sofakante. „Funktioniert die?"

„Oh ja. Sie gehört Ma. Sie hat uns beigebracht, wie man sie benutzt." Er stellt die schwere Maschine vor mich auf den Wohnzimmertisch. „Jetzt brauchen wir nur noch Stoff."

Ich lächle. „Ich habe schon ein paar Ideen."

TEDDY

„Das wäre geschafft." Lance, einer der Gestaltwandler des Black Wolf Rudels und ein ehemaliges Mitglied meiner

Einheit, packt die hintere Tür des Vans, aus dem heraus wir gearbeitet haben, und knallt sie zu. „Keine Leiche mehr. Und bei meinem nächsten Trick werde ich das zerbombte Auto verschwinden lassen."

„Dankeschön." Mein Bär brennt darauf, an Lanas Seite zurückzukehren.

Lance sieht, wie ich herumzapple, und auf seinem Gesicht breitet sich ein Grinsen aus. „Oh, und willkommen im Club."

„Club?"

„Dem Club der verpaarten Gestaltwandler. Lana ist deine Gefährtin, oder?"

Ich zögere. Ich habe sie nicht markiert. Der Drang ist allerdings da. Ich kann nicht mehr so tun, als würde das nicht stimmen. Sie ist definitiv meine Gefährtin.

„Ja." Es fühlt sich gut an, das zuzugeben. Aber verdammt, es erfüllt mich mit Angst.

„Ja", wiederholt Lance und nickt wegen meines Gesichtsausdrucks. „Glaub mir, ich weiß genau, wie du dich jetzt fühlst. Glücklich und zugleich verrückt."

Ich zwicke mir in den Nasenrücken. „Es ist einfach… sie ist so zerbrechlich."

„Du würdest sie beschützen wollen, selbst wenn sie kein Mensch wäre. Ein Attentäter hat sie aufs Korn genommen. Und selbst wenn das nicht der Fall wäre, würdest du sie in einen Bunker einschließen und vor der Welt verstecken wollen."

„Klingt ungefähr richtig. Apropos, welche Infos habt ihr zu Lanas Stiefbruder gefunden?"

Lances fröhliche Laune verpufft. „Wir verfolgen Bentley Dupree noch. Er ist klug. Er ist untergetaucht. Ich wette, er tut das, bis er weiß, dass Lana tot ist."

„Wir können ihm das glauben machen." Rafe nähert sich gefolgt von Deke. Deke trägt eine dunkle Fliegersonnenbrille und wickelt ein Seil auf. Ich habe keine Ahnung, wofür er das Seil gebraucht hat, und will es auch gar nicht wissen.

Rafe nickt mir zu. „Unser nächster Schritt besteht darin, Dupree glauben zu machen, dass Lana tot ist."

„Wie?"

„Channing und einige Insider arbeiten daran, sich in die Kommunikationskanäle des Attentäters zu hacken. Wir können von dem Attentäter eine Nachricht an Dupree senden, in der wir die Bezahlung verlangen und behaupten, dass die Mission erledigt sei. Das sollte ihn aus seinem Versteck locken. Dann schnappen wir ihn uns."

„In Ordnung. Das ist ein Plan."

„Es wird alles gut werden, Bruder." Lance klopft mir auf den Rücken und beugt sich für eine halbe Umarmung zu mir. Ich remple ihn mit meiner Schulter an, erwidere den Rückenklopfer und tue das Gleiche bei Rafe.

„Danke, Bruder." Ich hebe die Finger zum Gruß an Deke, der nickt.

„Und wir werden dich und Lana bald auf einen Besuch einladen", ergänzt Rafe. „Adele und die Frauen wollen sie kennenlernen. Sie können mit ihr reden und ihr helfen, sich schneller daran zu gewöhnen, die Gefährtin eines Gestaltwandlers zu sein."

„Das klingt gut. Ihr gefällt das bestimmt."

„Sie wird es brauchen", erwidert Lance. „Unsere Gefährtinnen sind taff, daran besteht kein Zweifel. Eine menschliche Gefährtin zu haben, bringt allerdings auch seine Komplikationen mit sich."

„Das ist eine verdammte Untertreibung", brummt Deke.

„Menschen verkomplizieren alles." Lance zuckt mit den Achseln. „Doch das ist es wert. Du schaffst das schon."

Mit einem letzten Klaps auf meinen Rücken klettern Rafe und der Rest in ihre Fahrzeuge und fahren davon.

Ich hebe die Hand, um ihnen zum Abschied zu winken. Lance, Deke und Rafe haben menschliche Gefährtinnen und bei ihnen hat es super funktioniert. Sie vertrauen. Sie wissen allerdings nicht, dass ich diesen Weg schon einmal beschritten habe.

Tiffany war ein Mensch. Und sie verriet mich.

Lana ist nicht Tiffany. Bei Tiffany habe ich mich nie so gefühlt.

Mein Bär ist zufrieden mit dem Wissen, dass Lana unsere Gefährtin ist. Ich kann das auch sein.

LANA

Eine Stunde später habe ich einen provisorischen Rock aus einer gespendeten Jeans genäht. Hutch blickt mir über die Schulter, während ich alles feststecke und ihm Tipps gebe.

„Darf ich dir eine persönliche Frage stellen?", frage ich Hutch um die Nadeln in meinem Mund herum und warte auf sein Nicken und Achselzucken. „Wo ist eure Mom?"

„Ma? Ihr geht's gut. Sie hat jetzt ihre eigene Hütte, damit sie mehr Privatsphäre hat. Sie hält Winterruhe."

„Winterruhe? Jetzt?"

„Einige Tage, nachdem wir achtzehn Jahre alt wurden, sagte sie, sie würde uns lieben, aber sie hätte sieben Jungs großgezogen, acht, wenn man Everest mitzählt, und sie bräuchte eine Pause. Seitdem schläft sie fast die ganze Zeit."

„Oh, wow." Das klingt tatsächlich nett. Ich hätte nichts dagegen, ab und zu Winterruhe zu halten. „Warte, warum zählst du Everest nicht als einen Jungen, den sie großgezogen hat?"

„Sie hat ihn nicht richtig adoptiert. Er trottete eines Tages aus dem Wald und setzte sich an unseren Picknicktisch, um mit uns zu essen. Everest ist so. Er kommt, wann er will, und wenn er sich fernhält, kann ihn niemand finden. Aber er ist trotzdem Teil der Familie."

„Familie", murmle ich. Ich liebe ihre Familie. Meine war kein Vergleich dazu.

„Hey Leute, seid ihr bald fertig?", ruft Canyon aus der Küche. „Teddy hat geschrieben, dass er auf dem Weg ist. Ich habe den Grill vorbereitet und brauche Hilfe. Wir müssen jetzt essen, wenn wir rechtzeitig zur Bürgerversammlung wollen."

„Ich bin gleich so weit." Ich ziehe meinen neuen Jeansrock unter der Nähmaschine hervor und halte ihn hoch. „Gib mir nur eine Sekunde, damit ich mich umziehen kann."

Anstatt bei der fehlerlosen Choreographie für die Abendessensvorbereitung nur zuzuschauen, bin ich dieses Mal Teil des Ganzen. Die zwei Bad Bear Brüder und ich arbeiten im Einklang daran, den Salat zu schneiden und den Lachs auf den Grill zu bringen. Hutch und ich laufen zwischen der Küche und den Picknicktischen hin und her, verteilen Teller, Besteck und Servietten.

Matthias und Bern tauchen als Erste auf. Der Goth-Drilling nimmt mir einen schweren Stapel Teller aus den Armen und trägt sie zu den richtigen Plätzen.

„Du solltest dich ausruhen." Matthias blickt zu mir.

„Ich habe ein Nickerchen gehalten", erkläre ich. „Ich fühle mich gut, ich verspreche es."

„Hey, Lana, setz dich hier drüben hin." Canyon winkt mir. „Du wirst neben Teddy und mir sitzen."

Ich strahle ihn an und nehme Platz. Es ist, als hätte ich vier neue Brüder. Eine komplett neue Familie.

Sei vorsichtig, ermahnt mich eine leise Stimme in mir. *Vielleicht dauert es nicht an.* Doch ich verdränge diese Stimme. Ich muss positiv denken.

Matthias wirft einen Blick auf sein Handy und steckt es ein. „Teddy kommt. Er sagt, dass wir ohne ihn mit dem Abendessen anfangen sollen."

„Er sollte sich beeilen", warnt Canyon. „Ansonsten hat er vor der Bürgerversammlung keine Zeit mehr zum Essen."

„Außerdem wird Everest seinen ganzen Lachs essen." Bern steckt die Zange in den Salat und bedient mich.

„Everest kommt?" Ich werde munter. „Ich wollte ihn kennenlernen. Außerhalb seiner Bärengestalt meine ich."

„Er ist klasse." Hutch stellt einen Brotkorb in meine Nähe. „Wirklich ruhig. Irgendwie schüchtern. Er wird mit uns zur Versammlung gehen. Mit ihm und Teddy an deiner Seite wirst du absolut sicher sein, Lana."

„Was ist mit uns?", protestiert Canyon.

„Und uns. Wir werden dich beschützen."

Matthias legt seine Gabel ab. „Du kommst zur Versammlung mit?"

„Ich möchte mitkommen", erwidere ich. „Falls Teddy es für sicher hält."

Canyon stupst mich an. „Da ist Everest."

Ein Schatten fällt auf den Tisch. Ich schirme meine Augen ab, damit ich in die untergehende Sonne und auf den Riesen schauen kann, der sie verdeckt.

Everest ist ein Hüne mit gebräunter Haut und einem Vollbart, der Teddys Konkurrenz macht. Er nickt mir ernst zu und hebt eine Hand. Sofort sehe ich die Ähnlichkeit zu dem riesigen Eisbären, der mir hinter den Bienenstöcken schüchtern zugewinkt hat.

Das wütende Brummen eines Motors veranlasst die Vogelschwärme, aus den Bäumen zu fliegen. Ein schwarzes Geländemotorrad rast auf uns zu und bremst abrupt. Dreck spritzt gegen die Hüttenwand. Der Fahrer nimmt seinen Helm ab und verbringt eine Sekunde damit, seine schwarzen Haare zu einer Irokesenfrisur zu formen, bevor er zu den Picknicktischen schlendert.

„Und das ist Axel", stellt mir Matthias den letzten der Bad Bear Brüder vor. „Ich glaube, ihn hast du auch schon in Bärengestalt kennengelernt."

„Er war der Schwarzbär in der Küche", raunt Hutch.

„Oh", sage ich und richte mich auf. „Hallo. Ich bin Lana."

Axel zieht seine Lederjacke aus und enthüllt zwei Arme voller Tattoos. Er ist so hochgewachsen wie die Teenager, jedoch muskulöser. Mit seiner hohen Stirn und seinen vollen Lippen sieht er wie ein schwerfälliger James Dean aus, falls der Rebell aus …*denn sie wissen nicht, was sie tun* von Daniel Henney gespielt werden würde. „Hey." Er reckt das Kinn zum Gruß und macht Anstalten, sich neben mich zu setzen.

„Nein, Alter. Das ist Teddys Platz", erklärt Hutch. Canyon streckt die Arme aus, um Axel daran zu hindern, sich hinzusetzen.

„Lana ist Teddys Mädel", erklärt Bern.

„Ach ja?" Axel betrachtet mich verschlafen und schlendert ans andere Ende des Tisches, um sich in die Nähe von Everest zu setzen. „Noch ein Mensch?"

Hat er gerade… *noch ein Mensch* gesagt?

Stille breitet sich am Tisch aus. Der Lachs in meinem Mund wird plötzlich trocken. Ist es tabu, einen Menschen zu daten?

„Was meinst du mit *noch einer*?", frage ich, doch niemand antwortet.

„Der beste Mensch", verteidigt mich Hutch.

„Sei nicht unhöflich", rügt Matthias Axel, der mit den Schultern zuckt. „Sorry."

„Es ist okay. Ich bin ein Mensch." Ich zucke ebenfalls leicht mit den Schultern.

„Es ist cool. Du kannst nichts dafür", sagt Bern, woraufhin ich mich nicht besser fühle.

„Sie hat Ideen, wie man den Berg retten kann", wirft Hutch ein.

„Oh?" Matthias blickt über den Rand seiner Brille zu mir.

Ich schlucke rasch meinen Lachs. „Ähm, ich habe ein paar, aber ich arbeite noch an ihnen."

„Es wird eine Überraschung werden", rettet mich Canyon. „Hutch und ich werden ihr helfen, sie zu präsentieren."

„Das ist gut", ermutigt uns Matthias.

Ich schaue hinab auf meinen Teller. Ich hoffe es. Ich will niemanden enttäuschen.

Abgesehen von Geschirrklappern und einigen gemurmelten *Gib mir mal das Salz* vergehen die nächsten Minuten schweigend, als die Bad Bear Brüder über ihr Essen herfallen. Lachs und Salat und ganze Brotlaibe verschwinden so schnell, wie Hutch und Canyon sie auffüllen können. Ich stochere in meinem Essen herum. Axels Bemerkung erinnert mich daran, wie wenig ich über die Gestaltwandler-Kultur weiß. Ein Gestaltwandler zu sein, ist ein gut gehütetes Geheimnis. Teddy und Matthias haben das klargemacht. Es macht Sinn, dass Gestaltwandler-Mensch-Beziehungen selten sind. Als mir Matthias erzählte, dass manche Gestaltwandler menschliche Gefährten haben, gab mir das Hoffnung, doch vielleicht habe ich mich zu früh gefreut.

Was, wenn ich nicht Teddys Gefährtin bin? Was, wenn dort draußen eine Gestaltwandlerin für ihn ist?

Und wenn ich Teddys Gefährtin bin, kann es zwischen uns klappen? Oder wird es eine Kluft zwischen uns schaffen, dass ich ein Mensch bin, die immer größer werden und uns voneinander trennen wird?

Ich hätte Teddy jetzt wirklich, wirklich gerne bei mir. Wenn ich bei ihm bin, denke ich nicht nach. Ich gerate nicht in Stress. Ich fühle einfach nur. Ich kann ich selbst sein und ich bin genug.

Teddys Geruch steigt mir in die Nase, bevor ich seine Stimme höre. „Da ist mein Mädchen."

Teddy. Ich drehe mich erleichtert um und schließe die Augen, als er meine Stirn küsst.

„Behandeln dich diese bösen Bären gut?"

„Ja." Ich stemme mich nach oben, um ihm einen anständigen Kuss zu geben.

„Du bist spät dran." Hutch spießt ein Lachssteak auf, klatscht es mit zwei Brotstücken auf den Teller und reicht ihn Teddy. „Iss auf. Wir müssen gehen, wenn wir rechtzeitig bei der Bürgerversammlung sein wollen."

Teddy fällt über sein Lachssandwich her. „Du siehst hübsch aus", informiert er mich zwischen zwei Bissen.

„Dankeschön", erwidere ich strahlend. Ich lehne mich nach hinten, um ihm meinen neuen Jeansrock und das T-Shirt von Teddy zu zeigen, das ich umgenäht habe, sodass der Kragen über eine Schulter fällt.

„Sie wollte ein neues Outfit für die Versammlung", erklärt Hutch.

Teddy erstickt beinahe an seinem Sandwich. „Baby, nein", widerspricht er. „Das ist nicht sicher."

„Warum nicht?", will Canyon wissen. „Der Attentäter liegt tot am Fuß einer Schlucht. Wenn er als Zombie ins Leben zurückkehrt, bringen wir ihn einfach wieder um."

Er schlägt in die Luft. Bern weicht der Faust seines Bruders aus und nimmt sich das letzte Brotstück.

Am gegenüberliegenden Tischende hebt Everest seine Hände und lässt die Knöchel seiner riesigen Faust knacken. Der Laut klingt wie ferne Gewehrschüsse.

„Siehst du?" Canyon deutet auf den Größten der Bad Bear Brüder. „Everest würde den Attentäter gerne noch einmal plattmachen. Er ist bereit."

„Was hat das Black Wolf Rudel zu der Situation gesagt?", erkundigt sich Matthias.

„Sie versuchen, sich in die Kommunikation des Attentäters zu hacken, damit sie Lanas Stiefbruder eine Nachricht schicken können", berichtet Teddy. „Er ist derjenige, der den Auftrag rausgegeben hat. Sie wollen schauen, ob sie ihn so aus seinem Versteck locken können."

„Dann ist es ja in Ordnung", argumentiert Canyon. „Es ist nur eine kleine Bürgerversammlung. Es wird kaum jemand da sein. Wir werden bei ihr sein. Sie wird absolut sicher sein."

„Jetzt ist die sicherste Zeit für sie", ergänzt Hutch. „Ihrem Bruder ist noch nicht klar, dass sie am Leben ist."

Ich realisiere, dass ich am Ausschnitt meines neu veränderten Shirts herumspiele, und lasse meine Hand sinken. „Was denkst du, wird Bentley tun, wenn er herausfindet, dass ich nicht tot bin?"

„Spielt keine Rolle. Wir werden uns darum kümmern", sagt er.

„Was mich an eine meiner Ideen erinnert, wie man Geld für den Berg sammeln könnte. Lana, ich habe dir vorhin nicht davon erzählt, weil ich dachte, es wäre strenggeheim, aber jetzt bist du Teil der Familie." Canyon wartet, bis er die Aufmerksamkeit aller hat und verkündet dann: „Stellt euch das vor: Werbär-Attentäter."

„Zur Hölle, ja." Bern klopft auf den Tisch.

„Klasse", murmelt Axel mit vollem Mund. Everest lässt erneut seine Knöchel knacken.

„Nein", sagen Teddy und Matthias wie aus einem Mund. „Auf keinen Fall."

„Ach kommt schon", jammern die Drillinge. „Es wird so cool sein. Wir können an unseren Kampfkünsten arbeiten."

„Bern kann besser darin werden, den Helikopter zu fliegen", sagt Hutch. Bern nickt so heftig mit dem Kopf, dass ihm die Haare ins Gesicht fallen.

„Denk doch mal darüber nach", drängt Canyon.

„Ich muss nicht darüber nachdenken", sagt Teddy. „Wenn ich euch erlaube, Auftragsmorde auszuführen, würde mich Ma umbringen."

Canyon lässt sich auf seinen Platz fallen. „Ma hält Winterruhe. Sie muss es nicht wissen."

Ich beiße mir auf die Lippe, damit ich nicht lächle.

„Lasst uns aufräumen." Teddy lässt seinen Finger über den Resten des Abendessens kreisen. Sein eigenes Sandwich ist verschwunden. „Wir müssen zu dieser Versammlung."

„Also warte mal." Canyon springt erneut von seinem Platz auf. „Werden wir Lana einfach zurücklassen?"

Teddy zögert. „Ich werde bei ihr bleiben."

„Als ich mich mit Daisy unterhalten habe, machte es den Eindruck, als wären die Stadtbewohner zwiegespalten, ob sie in Darius' Plan einwilligen sollen oder nicht", berichtet Matthias. „Ungefähr eine Hälfte der Stadtbewohner ist dafür und die andere dagegen. Es wird vermutlich um wenige Stimmen entschieden werden, welche Richtung wir einschlagen."

„Jede Stimme zählt", sagt Hutch. „Wir müssen alle gehen. Es ist unsere letzte Gelegenheit, den Berg zu retten."

Ich schiebe meine Unterlippe vor. „Bitte?"

Teddy massiert sich die Stirn.

Ich schlucke. „Vergiss es. Es ist okay." Ich nehme einen leeren Brotkorb und eile in die Hütte.

„Lana... Lana, warte." Er holt mich ein, bevor ich hineinhusche und blockiert die Tür. Der Rest seiner Brüder strömt an uns vorbei und deckt den Tisch ab. Ich halte den Kopf gesenkt, um meine Tränen zu verbergen.

„Komm." Teddy führt mich zur Seite der Hütte, wo wir etwas Privatsphäre haben. „Ich muss dich beschützen."

„Ich wäre sicher. Ich wäre bei euch allen. Werde ich allein in der Hütte wirklich sicherer sein? Und sag nicht, dass du jemanden zurücklässt, der auf mich aufpasst. Ihr müsst alle bei der Versammlung sein."

Teddy knurrt. „Diese verdammte Versammlung..."

„Es ist wichtig. Es ist dir wichtig. Ich weiß, ich bin eine Bürde..."

„Fuck, Lana, du bist keine Bürde. Das wollte ich damit nicht sagen."

„Ich weiß. Ich weiß, es ist nicht ideal. Ich wollte nur h-helfen." Meine Stimme stockt.

„Komm her." Er nimmt mir den Brotkorb ab, den ich noch in der Hand halte, wirft ihn weg und nimmt mich in die Arme.

Ich presse mich an ihn und bin dankbar für seine Umarmung. „Ihr Jungs habt mir so viel geholfen und jetzt kann ich euch unterstützen. Das Ganze ist dir wichtig und ich will Teil davon sein. Es ist schön, Teil von etwas zu sein."

Teddy packt mich fest und flucht.

„Ihr Jungs seid eine Familie. Es ist genial. Genau so sollte eine Familie sein. Zumindest sollte eine Familie meiner Meinung nach so sein. Meine war nie so, ganz gleich, wie sehr ich es mir gewünscht habe."

„Baby. Es tut mir leid."

„Es ist okay."

„Nein, das ist es nicht." Er lässt mich los, um mein Gesicht zu umfangen. „Du bist ein kleiner Sonnenschein und du wurdest nicht so behandelt, wie du es verdient hättest. Es tut mir leid, dass deine Eltern gestorben sind, und dass sich dein Bruder um den Posten des mörderischsten Arschlochs im ganzen Land bewirbt."

„Danke."

„Du verdienst die Familie deiner Träume."

„Ich denke, ich habe sie gefunden", flüstere ich an seinen Lippen und er neigt den Kopf, um mich zu küssen. Seine großen Hände gleiten um mich herum, um meinen Hintern zu packen. Ich stelle fest, dass ich vom Boden gehoben und rittlings auf Teddys Schenkel gesetzt werde. Ich schlinge meine Beine um seine Hüften und erlaube ihm, meinen Mund zu plündern.

Meine Nippel werden dort heiß und kribblig, wo sie sich an seine Brust pressen.

„Bist du dir sicher?", fragt er, als wir uns voneinander lösen. Er stellt mich ab und ich schiebe meine Zöpfe nach hinten. „Es ist für dich in Ordnung, meine Brüder zu dulden, wenn du dafür mit mir zusammen sein kannst?"

„Ich mag deine Brüder."

„Damit sind wir schon einer." Teddy sieht meinen Gesichtsausdruck und fügt hinzu: „Ich mache Witze. Ich mag meine Brüder. Besonders Everest. Er kaut mir nicht das Ohr ab. Ich weiß nur nicht, warum er seine Bienenstöcke ausgerechnet neben meiner Hütte aufstellen musste, obwohl der Berg so groß ist."

„Ich vermute, dass er es aus dem gleichen Grund getan hat, aus dem Axel seine Würste in deinem Kühlschrank aufbewahrt und aus dem die dreisten Drei dich mit Dudelsackspielen nerven. Sie mögen dich. Sie sind deine Familie.

Sie wollen dir nah sein. Das tun Familien." Mist, ich werde wieder weinen. Urplötzlich rührt mich der Gedanke, einer von ihnen zu sein, und zugleich bin ich traurig, weil Bentley und sogar meine Eltern nie etwas mit mir zu tun haben wollten, egal, wie sehr ich mich anstrengte. Ich blinzle hektisch.

„Babygirl." Teddy wickelt mich abermals in seine Arme. „Es tut mir leid. Ich werde aufhören, mich über sie zu beschweren. Ich liebe meine Brüder… sie treiben mich einfach in den Wahnsinn."

„Soweit ich gehört habe, ist das ebenfalls etwas, was Familien tun." Ich drücke ihn fester. „Wikingerumarmungen machen alles besser." Meine Brüste schmerzen und wollen sich an seiner harten Brust reiben. Stattdessen löse ich mich von ihm, ziehe mein Shirt gerade und zupfe den U-Boot-Ausschnitt zurecht. „Aber lass uns zu dieser Versammlung gehen."

Teddy stöhnt. „Ich will dich zu einer abgeschiedenen Hütte tragen und dich dort eine Woche lang festhalten."

„Das klingt gut."

„Heute Nacht werfe ich die Drillinge aus ihrer Hütte und du und ich werden allein hier sein."

„Okay", flüstere ich. „Solange die Drillinge damit einverstanden sind."

„Sie haben keine Wahl."

„Das ist okay", erklingt eine gedämpfte Stimme. Ich schaue mich um, kann die Quelle der Stimme allerdings nicht finden. Über unseren Köpfen knarzt ein Fenster und Hutchs Kopf wird nach draußen gestreckt. „Wir können einige Nächte im Wald schlafen."

Ich keuche und packe Teddy, der mich eng an sich drückt und seinen Bruder anbrüllt: „Das ist ein Privatgespräch!"

„Wir sind Gestaltwandler, schon vergessen?", ertönt

Canyons Stimme hinter Hutch. „Wir können alles hören, was ihr sagt."

„Wirklich?", forme ich an Teddy gewandt mit den Lippen.

Er nickt und sieht müde aus. „Verstehst du jetzt, warum ich dich für mich allein haben will?"

Über unseren Köpfen tobt ein Streit. Hutch verschwindet und Bern streckt seinen Kopf raus. „Hey, Lana, ich habe eine Idee. Hier." Er wirft einen schwarzen Hoodie nach unten. „Sie kann das hier tragen. Kein pink." Er deutet auf mich. „Schieb deine Haare unter die Kapuze." Als ich das tue, nickt er anerkennend. „Heimlichkeitsmodus."

„Siehst du." Canyon quetscht sein Gesicht neben Bern. „Jetzt ist sie getarnt. Es wird vollkommen sicher sein."

„Niemand filmt die Präsentation", fügt Hutch hinzu. „Sie wird nicht im Fernsehen ausgestrahlt werden. Und Daisy zwingt zu Beginn einer Versammlung alle, ihre Handys auszuschalten."

Teddy verschränkt die muskulösen Arme vor seiner Brust. „Es gefällt mir trotzdem nicht."

„Bitte, Teddy." Ich trete vor ihn, beuge mich vor und schaue durch meine Wimpern zu ihm auf. „In der Sekunde, in der du denkst, dass eine Gefahr besteht, kannst du mich dort rausschaffen. Ich werde deiner Führung folgen."

„Du bleibst dicht bei mir", sagt er.

„Ja." Über mir haben die Drillinge eine Möglichkeit gefunden, ihre Köpfe gemeinsam durch den Rahmen zu quetschen. Wir warten mit angehaltenem Atem.

Teddy grunzt: „Na schön."

„Juhu!" Ich klatsche in die Hände. „Seid ihr Jungs bereit?"

„Zur Hölle ja", rufen die Drillinge.

„Scheißt ein Bär im Wald?", ergänzt Canyon.

Ich lege den Kopf schief und ziehe die Augenbrauen hoch.

„Das tun wir", bestätigt Hutch. Neben ihm nickt Bern: „Das tun wir definitiv."

11

Teddy

Ich ergreife Lanas Hand und führe sie zurück zu den Picknicktischen. Alle haben beim Aufräumen geholfen und sämtliche Spuren des Abendessens beseitigt.

Lana pfeift. „Eure Ma hat euch Jungs gut trainiert."

„Jepp." Ich verabschiede mich mit zwei Fingern von Matthias und Everest, die mit den Bäumen verschmelzen. Lana macht Anstalten, ihnen zu folgen, doch ich halte sie auf.

„Hier lang, Babygirl."

Sie kräuselt die Nase und trottet neben mir her. „Werden wir nicht nach unten wandern?"

„Nein." Ich gehe zum Schuppen, wobei ich an Axel vorbeikomme, der seine Geländemaschine anlässt. Er nickt uns zu und saust davon. Ich finde die Spuren, nach denen ich Ausschau halte, und folge ihnen hinter die Hütte, wo ein Quad wartet, das mit einer Plastikplane bedeckt ist. „Wir werden mit dem hier fahren. Es ist ziemlich gut in Schuss."

„Ist es das?" Lana sieht skeptisch aus. Das Quad ist

eine Frankenstein-Maschine mit riesigen, matschver-
spritzten Rädern, einem Überrollkäfig, einer Sitzbank und
anderen Teilen, die von einem Golfwagen genommen
wurden.

Ich hebe sie auf den Sitz und küsse sie auf die Lippen.
„Kannst du dich festhalten, Babygirl?"

„Natürlich."

Ich kann nicht ihre Hand halten und lenken, aber der
Sitz ist so klein und die Nebenstraße so holprig, dass Lana
eng an mich rutscht und sich an mich klammert. Mein Bär
findet das gut. Er will sie ständig in den Tatzen halten. Er
will auch, dass ich dieses Quad wende und eine sichere
Höhle suche, in der wir uns das nächste Jahrzehnt verstecken
können. Es hilft nicht, dass ich es für eine gute Idee halte.

Schließe einen Kompromiss.

„Bist du okay?" Lana hat ihre Hand auf mein Knie
gelegt. Mein ganzer Körper ist steif.

Ich nicke, da ich meine Stimme nicht finden kann, um
ihr zu antworten. Als wir die Straße hinabrollen, suche ich
den Weg nach Bedrohungen ab. Jedes Geräusch und flat-
ternde Blatt sorgt bei mir für Schweißausbrüche.

Lana muss meine Anspannung spüren, denn sie fragt:
„Machst du dir wegen Darius Sorgen?"

„Ein wenig."

Sie massiert mein Knie. „Es wird alles gut werden. Die
Versammlung wird gut ablaufen."

Ich nehme ihre Hand und drücke einen Kuss auf die
Handfläche. „Das wird es. Dankeschön, Babygirl. Nach
diesem Ausflug werden wir allerdings untertauchen", sage
ich bestimmt.

„Einverstanden. Aber… für wie lange? So gerne ich
mich irgendwo einen Monat lang mit dir einigeln würde,
irgendwann muss ich meinem Team Bescheid geben, wo

ich bin und wie meine Pläne für meine Rückkehr aus dem Urlaub aussehen."

Richtig. Lana ist keine Wikinger-Einsiedlerin wie ich. Sie ist berühmt und leitet eine Firma.

„Wir werden uns etwas überlegen." Es wird ein weiterer Kompromiss sein, der meinem Bären nicht gefallen wird. *Menschen verkomplizieren alles, aber das bedeutet nicht, dass es nicht funktionieren kann.*

Lana wird ganz still. „Denkst du, deine Freunde können Bentley aufhalten?"

Ich halte das Quad, drehe mich um und nehme ihr Gesicht in die Hände. Ich küsse sie, als wollte ich ihren Mund markieren. „Sie werden nicht eher ruhen, bis sie es tun. Ich werde nicht zulassen, dass dir irgendetwas zustößt. Das verspreche ich dir. Ich werde dich vor ihm und allen beschützen. Du bist nicht allein."

LANA

Ich bin zwei Sekunden davon entfernt, die Nerven zu verlieren und Teddy zu bitten, mich zurückzubringen und Liebe mit mir zu machen, bis wir die Stadt, seinen Bruder und meinen vergessen. Das ist allerdings nicht fair. Teddy hat mir so viel geholfen. Jetzt bin ich damit dran, ihm zu helfen.

„Dankeschön." Ich balanciere mein Gewicht aus. „Packen wir das Ganze an."

Teddy will gerade den Gang des Quads einlegen, als jemand rechts von uns in den Bäumen jauchzt und brüllt. Ich zucke an Teddy zusammen, doch es sind nur die Drillinge. Sie springen aus dem Wald, rennen an uns vorbei und klopfen auf den Golfwagen.

„Vollidioten", schimpft Teddy, in seiner Stimme schwingt jedoch ein Lächeln mit.

„Ich finde sie süß."

Teddy grunzt und dreht den Kopf. „Geh runter, Canyon!", brüllt er.

Der oberkörperfreie Teenager packt das Hinterteil des Quads. Er gackert, schwingt sich vom Überrollbügel und flitzt davon. Die Sonne geht gerade unter und in dem schwachen Licht sprinten zwei Kilt tragende Gestalten und eine komplett schwarze vor uns über die Straße bis hinab in die Stadt Bad Bear.

Vor dem Hintergrund der untergehenden Sonne ist die kleine Stadt hübscher als seine Postkarte. Durch die Stadtmitte verläuft eine einzige Hauptstraße, die von Gehwegen und altertümlichen Gebäuden gesäumt wird, die seit dem 19. Jahrhundert nicht renoviert wurden. Es gibt keine Ampeln, aber die Straßenoberfläche ist hübsch und neu. Vermutlich wurde sie von der Anleihe bezahlt.

Wir passieren eine Kneipe im Stil eines Saloons mit einem großen Holzschild, auf dem der Name ‚The Leaky Bucket' steht. Es sieht aus, als könnte sie der Hintergrund für eine Schießerei in einem Westernfilm sein. Es gibt sogar einen verstaubten Wassertrog neben der langen Eisenbrüstung, die sich perfekt dazu eignet, einige Pferde anzubinden.

Auf der anderen Seite ist der ‚Handelsposten', ein Gemischtwarenladen mit einer überdachten Veranda, auf der Schaukelstühle stehen. Wie beim Leaky Bucket sieht das Schild des Handelsposten alt aus.

„Das ist niedlich. Warum hast du mir nicht erzählt, dass die Stadt so ist? Sie ist so malerisch. Kein Wunder, dass es meiner Mom hier gefallen hat."

Teddy zuckt mit den Achseln. „Der Handelsposten war eine Station des Ponyexpress. Er wird noch immer von

Nachfahren der ursprünglichen Familie geleitet. Hier hat sich nicht viel verändert."

„Ernsthaft." Die ganze Stadt hat moderne Aspekte, aber ansonsten ist es, als wäre die Zeit angehalten worden. Sie würde ein ziemlich gutes Filmset abgeben. Und das bringt mich auf eine Idee…

Als Nächstes rollen wir an einigen breiten offenen Feldern vorbei, die zu einem Hügel mit einer großen Felszunge führen, die wie eine Bühne aus der Seite hervorragt.

„Was ist das?" Ich deute auf die Bühne.

„Daisy ließ das bauen. Eine Freiluftbühnen-Idee, die sie hatte. Wir bauten sie und an dem Abend, an dem das erste Theaterstück aufgeführt werden sollte, zog plötzlich ein Gewitter herein und wir mussten alles nach drinnen verlegen. Und das war das Ende dieser Idee."

„Hmmm." Die Bühne ist nicht riesig, aber die umliegenden Felder bieten genügend Platz. Ich habe mit den Drillingen über einige Methoden gesprochen, wie man Geld sammeln und Zuschüsse beantragen könnte, doch jetzt habe ich sogar noch mehr Ideen. Ich weiß, dass ich heile, weil mein Gehirn wieder schneller arbeitet.

Die Bürgerversammlung findet in einem alten Backsteingebäude statt, das laut Teddy früher eine Schule war, bevor es zu einem Freizeitzentrum umgebaut wurde. Es gibt einen langen Gang, der mit Stühlen gefüllt und der Bühne zugewandt ist. Unter dem Geruch von Reinigungsmitteln riecht das Gebäude alt.

Teddy führt mich mit einer Hand in meinem Rücken hinein und nickt den Stadtbewohnern zu, an denen wir vorbeigehen. Alle kennen ihn und mustern mich neugierig. Ich will winken und sie begrüßen, habe jedoch die Kapuze über meine Haare und die Hälfte meines Gesichtes gezogen. Ich soll mich tarnen, weshalb ich mich von Teddy zu den ersten Sitzreihen führen lasse.

Die Bad Bear Brüder haben die erste Reihe für sich beansprucht. Everest sitzt an einem Ende und ist viel zu groß für seinen Stuhl, der unter seinem Gewicht knarzt. Sogar Matthias und die schlaksigen Teenager wirken, als hätte man sie an den Kindertisch gesetzt. Ich habe mich so lange unter Werbären aufgehalten, dass menschengroße Dinge winzig aussehen.

Teddy setzt sich vorsichtig auf seinen Stuhl und legt seinen Arm um mich. Auf der anderen Seite, am gegenüberliegenden Ende steht Darius in einem Anzug vor der Bühne. Er nickt Teddy zu und zwinkert mir zu.

In Teddys Brust rumpelt ein Knurren. Ich beuge mich zu ihm und lege eine Hand auf sein Knie, um ihn abzulenken. „Danke, dass ich mitkommen durfte."

Er legt seine Hand auf meine, die Spannung weicht jedoch nicht aus seinen Schultern.

Canyon sitzt links von mir. „Da ist die Bürgermeisterin." Er deutet auf die weißhaarige Dame, die langsam die Bühne erklimmt.

„Daisy, stimmt's?", flüstere ich.

„Jepp." Er gluckst. „Sie passt zu der Rolle, oder?"

Daisy trägt ein Kleid mit Blumenmuster und einen großen Haarreif, an dem künstliche Blumen befestigt sind. Es sieht aus, als würden auf ihrem ganzen Kopf Gänseblümchen wachsen. An ihren Füßen trägt sie Flipflops mit Keilabsatz, auf deren Riemen ein großes einzelnes Gänseblümchen geklebt wurde. Ich liebe es, dass sie sich an das Thema hält.

Daisy schlurft zum Podium. Sie schwankt leicht, als sie die erhobene Plattform betritt, die ihr dabei helfen wird, das Mikrofon zu erreichen. Ich halte die Luft an, doch sie schafft es.

Als sie schließlich das Mikrofon eingestellt hat, ist es im Saal leise geworden.

„Willkommen zu dieser Krisensitzung der Stadt Bad Bear. Wie ihr wisst, stecken wir ein wenig in Schwierigkeiten."

„Das ist eine Untertreibung", brüllt jemand hinten im Raum.

Daisy blickt von oben herab auf den Mann in einem staubigen Stetson, der sie unterbrochen hat. „Das habe ich gehört, Abraham Benson. Ich sehe, du hast dich kein bisschen verändert, seit ich dich in der Middleschool Mathe gelehrt habe. Und hat dir deine Mutter nicht beigebracht, deinen Hut in guter Gesellschaft abzunehmen?"

„Ja, Ma'am", murmelt er und zieht sich den Hut vom Kopf.

„Das ist Abe", flüstert Canyon. „Ihm gehört der Leaky Bucket. Nur Daisy nennt ihn ‚Abraham'."

„Sie hat unterrichtet?", erwidere ich flüsternd.

„Dreißig Jahre lang siebte Klasse Mathe. Wenn sie ein Bär wäre, würde sie noch immer Winterruhe halten."

Daisy spricht nach wie vor mit Abe. „Ich wäre dir sehr dankbar, wenn du dich jetzt beruhigen würdest. Und wenn jemand anfängt, Papierkügelchen zu werfen, weiß ich, dass du das warst."

Abe lehnt sich auf seinem Stuhl zurück, der daraufhin ächzt. „Sie wusste es immer", brummt er den Leuten um sich herum zu und sie nicken mitfühlend.

„Wie ich bereits sagte, stecken wir ein wenig in Schwierigkeiten, genauer gesagt sind wir in Geldnot. Zum Glück ist Mr. Medvedev hier, um uns damit zu helfen. Ihr kennt ihn als Darius, als einen der ‚Zerstörerischen Zwillinge'."

Ich drehe mich, um zu Teddy aufzuschauen. „Zerstörerische Zwillinge", forme ich mit den Lippen. Teddy verdreht die Augen.

„Oh ja", sagt Canyon freudig. „Teddy und Darius waren die ursprünglichen Bad Bears."

„Schhh", sagt Hutch.

Auf der Bühne ist Daisy dazu übergegangen, die ‚Schwierigkeiten' als eine ‚missliche Lage' zu beschreiben und Darius als CEO von Medvedev Enterprises vorzustellen. Anscheinend hat seine Firma in Albuquerque und Santa Fe erfolgreich Bauprojekte beendet, indem sie in Gebiete mit Wohnungs- und Supermarktmangel investierte. Sie ersetzte Essenswüsten mit Mehrzweckgebäuden, die Läden beinhalten, sowie mit Reihenhäusern, Gehwegen und geschmackvoll angelegten Gärten, um Leute anzulocken, damit sie dort bis ans Ende ihrer Tage leben.

Zumindest Daisy zufolge, die sich anhört, als würde sie aus einer Medvedev Enterprises Werbebroschüre vorlesen. Je mehr sie von Darius schwärmt, desto steifer werden Teddys Schenkelmuskeln.

„Bitte heißt Darius Medvedev willkommen", beendet Daisy ihren Vortrag und die Leute klatschen höflich.

Darius betritt die Bühne mit dem Lächeln eines Politikers. Er hat seine Anzugjacke ausgezogen und seinen Kragen aufgeknöpft, wodurch er den aalglatten CEO-Look mit einer entspannteren, bodenständigeren Fassade ausgeglichen hat. Er küsst Daisys Wangen und hilft ihr die Stufen hinab zu ihrem Platz, bevor er wieder hoch zum Mikrofon springt.

„Hallo, liebe Bürger von Bad Bear. Zuerst einmal würde ich gerne ein Geständnis ablegen", sagt Darius. „Ich war es, der dem alten Luther in meinem ersten Jahr auf der Highschool die Boxershorts vom Wäscheständer gestohlen und am Fahnenmast hochgezogen hat."

„Ich wusste es!", kräht ein altersgebeugter Mann hinten im Saal, vermutlich der alte Luther.

Auf ihrem Platz schüttelt Daisy an Darius gewandt den Finger.

Darius senkt den Kopf in vorgetäuschter Scham, wodurch ihm seine Haare ins Gesicht fallen, was ihn wie einen Jungen und ein Jahrzehnt jünger aussehen lässt. „Ich habe im Handelsposten einen Kredit auf Ihren Namen ausgestellt, Mr. Luther, Sir."

„Das wird reichen", lenkt der alte Luther ein.

Das Lächeln verblasst von Darius' Gesicht. „Aber im Ernst Leute, ich muss mich entschuldigen. Als ich dem Stadtrat die Idee vorschlug, eine Anleihe aufzulegen, dachte ich, es wäre die Antwort auf unsere Probleme. Und es ist meine Schuld, dass sich Adalwulf Hedgefond dafür interessierte, in uns zu investieren. Ich bin nach New York geflogen und habe mich persönlich mit den Adalwulfs unterhalten. Sie sind großartige Leute, ein Familienunternehmen, aber sie leiten ein Geschäft und brauchen wie jeder andere einen Gewinn von einer Investition. Zum Glück", er hebt seine Stimme, „sind sie jedoch gewillt, uns etwas mehr Zeit zu geben, damit wir unsere Schulden abzahlen können. Vor allem, als ich ihnen von dem Interesse berichtete, das an der Bebauung des Landes und dem Bau von erstklassigen Wohnhäusern und Läden besteht, die die Schönheit unseres Berges zur Schau stellen."

Ab da erklärt Darius seinen Plan. Seine Präsentation ist modern und auffällig. Mit der Hilfe von einigen Bühnenarbeitern, die wie Teenager aussehen, die aus der Theatergruppe der Highschool rekrutiert wurden, stellt er einige Dreifußstative auf. Jeder Ständer zeigt eine Moderationswand, die ihm hilft, sein Projekt zu umreißen. Es gibt nur wenig Text, aber jede Menge Bilder von glücklich aussehenden Leuten, die auf Bänken sitzen oder mit ihren Hunden spazieren gehen, natürlich vor den Reihenhäusern, die vor dem Hintergrund des Bad Bear Mountain Gipfels gebaut wurden. So wie es aussieht, wird die Immobilienentwicklung die Schuldenprobleme der Stadt lösen, mit null CO_2-Ausstoß operieren und vermutlich auch noch die Rate an Krebspatienten und Herzkrankheiten senken.

„Werden die Leute wirklich darauf reinfallen?", flüstere ich Canyon zu, der mit den Achseln zuckt.

„Es sieht ziemlich gut aus."

Klar, es sieht hübsch aus. Aber was für eine Art von Infrastruktur ist nötig, um so viele neue Heime zu versorgen? Und wenn der Zustrom neuer Stadtbewohner mehr Läden anlockt, werden dann Handelsketten übernehmen und die urigen einheimischen Geschäfte vom Markt verdrängen?

Ich beiße mir auf die Lippe. Ich werde nichts sagen, bis ich mir sicher bin, dass es berechtigt ist.

Wie sich herausstellt, hat Teddy die Rolle des Teufels Advokat übernommen.

Darius wendet sich mit ausgebreiteten Händen von seiner Präsentation ab und fragt: „Irgendwelche Fragen?"

Teddy erhebt sich und hakt die Daumen in seine Jeans. „Ich habe einige."

„Schieß los." Darius macht eine Handbewegung, als würde er Teddy die Bühne überlassen. Auf seinem Gesicht liegt ein breites Lächeln, die Geste ist jedoch ein wenig sarkastisch.

Teddy stellt seinen Zwilling auf die Probe, springt auf die Bühne und nähert sich ihm mit einem breiten Lächeln. „Von mir aus gerne." Er nimmt das Mikrofon und schiebt Darius aus dem Weg. „Ich bin Teddy", sagt er und als kreischend ein wenig Rückkopplung erklingt, zuckt er nicht einmal mit der Wimper. „Ich würde euch gerne daran erinnern, was Darius selbst zu Beginn seines Vortrags gesagt hat. Er ist ein Teil des Grundes, aus dem wir uns in diesem Schlamassel befinden. Und ich denke nicht, dass wir uns darauf verlassen können, dass er uns aus diesem zieht."

~

TEDDY

Ein Meer aus Gesichtern starrt zu mir hoch, als ich meine Augen abschirme. Die Lampen auf der Bühne sind voll aufgedreht. War ja klar, dass Darius so richtig im Rampenlicht stehen will. Er mochte schon in der Highschool Drama.

Wenn er Drama will, werde ich es ihm geben. Heute Abend werde ich ihn fertigmachen. Unser letzter Kampf ging unentschieden aus, dieses Mal werden wir sehen, wer am Ende noch steht.

Ich räuspere mich und fahre fort: „Ja, diese Präsentation sieht hübsch aus. Die Idee einer Anleihe, die all unsere Probleme löst, sah jedoch genauso hübsch aus. Fragt euch, ob ein Mann, der mit den Hedgefonds-Geiern so dicke ist, wirklich unser Bestes im Sinn hat."

„Das ist ein gutes Argument", sagt der alte Luther.

„Sehr richtig", ruft Canyon. Darius starrt ihn finster an.

„Ich denke, dieses Bauprojekt sieht hübsch aus." Ich tigere auf der Bühne hin und her und wedle zu den Werbeplakaten glücklicher Leute vor ihrem glücklichen Eigenheim. „Damit werden allerdings auch Infrastrukturkosten einhergehen. Wie viel mehr werden wir für Straßen und Abwassersysteme ausgeben müssen?" Ich mache eine Pause, damit mein Argument sacken kann. Ich muss das hier aufschlüsseln, damit es alle verstehen können. „Ich behaupte nicht, dass es nicht getan werden kann. Viele Außenbezirke begegnen diesem Problem und sie verkaufen einfach mehr Land, um für die vergangenen Bauarbeiten zu bezahlen. Das Ergebnis? Ständige Erweiterungen der Stadt und mehr Schulden. Das ist richtig, Leute, mehr Schulden. Neue Häuser brauchen neue Infrastruktur und wir werden dafür bezahlen müssen. Damit wir dafür bezahlen können, müssen wir eine weitere Anleihe auflegen. Wir werden erneut in der gleichen Situation stecken."

„Das ist ein gutes Argument", ruft jemand hinten im Saal.

Darius wischt sich den Schweiß von der Stirn. Die heißen Lichter tun ihm gerade keinen Gefallen. „Die neuen Unterkünfte werden für neue Steuermöglichkeiten sorgen, mit denen…"

„Es wird nicht reichen", falle ich ihm ins Wort. Darius kann Dinge so gut vortragen wie jeder Schauspieler, der Hamlet spielt, aber ich habe noch das Mikrofon. „Außerdem, wer wird unsere Anleihen kaufen, wenn wir bereits im Zahlungsverzug sind?"

Darius blinzelt mich an. Ich lasse meine Eckzähne aufblitzen. *Ganz recht, Bruder. Du bist nicht der Einzige, der kommunale Anleihen versteht. Ich brauche keinen hochtrabenden MBA, um über Geschäftliches sprechen zu können.*

„Ich habe die Versicherung der Hedgefonds-Leute, dass sie das nicht tun würden. Sie würden gute Bedingungen stellen…"

„Dann werden wir für immer bei ihnen in der Schuld stehen." Ich stehe Darius jetzt direkt gegenüber. Es ist, als würde ich im Spiegel eine metrosexuelle Version meiner Selbst betrachten. Eine Version, die Haargel und Rasierwasser trägt. „Ich würde es zu schätzen wissen, wenn du deine guten Beziehungen zu diesen Leuten nutzt, um ein weiteres Meeting mit ihnen zu organisieren. Sag ihnen, sie sollen sich verpissen." Ich gehe zu Darius, um ihm das Mikrofon zurückzugeben, und er greift danach. In der letzten Sekunde lasse ich es fallen.

„Ooh", machen einige Klugscheißer in der vorderen Reihe. Jemand anderes beginnt, zu klatschen. Lana. Ich nicke ihr zu.

„Du bist dran", sage ich unhörbar zu Darius.

„Nun, ich habe genug gehört." Abe, der Eigentümer des Leaky Bucket, steht auf und zieht seine Hose hoch. „Und das Einzige, was ich zu sagen habe, ist, wenn das Bauprojekt so schlecht ist, wie lautet dann deine Idee?" Er dreht sich langsam im Kreis, um sich an alle um ihn herum zu wenden. „Teddy hat uns alle Gründe genannt, warum wir Darius' Angebot nicht annehmen sollten. Doch was ist die Alternative? Alle Dienstleistungen aufgeben? Sparmaßnahmen? Das haben uns die Hedgefonds-Leute vorgeschlagen, als wir die Schulden nicht mehr bezahlen konnten. Sie wollen zuerst ihr Geld. Und vergesst nicht, wir haben die neue County-Klinik als Sicherheit gebaut. Der Hedgefonds wird sie konfiszieren und die Leute werden für ärztliche Betreuung den weiten Weg nach Santa Fe auf sich nehmen müssen."

Das war überraschend gut ausgedrückt für Abe. Ich blicke mit schmalen Augen zu Darius, der seine Augenbrauen hochgezogen hat. Anscheinend hat er seine Züge im Voraus geplant.

„Ich sage, wir stimmen für die Wohnungen", verkündet Abe.

Einige Reihen entfernt von ihm lehnt sich eine schlaksige Frau in einer Wildlederweste auf ihrem Stuhl nach hinten. „Ich sage, du solltest zurück nach Virginia gehen, wo deine Familie herkam!"

Lanas Mund hat sich zu einem kleinen ‚O' gerundet. Mit meinem Gestaltwandlergehör höre ich Canyons geflüsterte Erklärung. „Das ist Terri. Ihr gehört der Handelsposten gegenüber des Leaky Bucket. Sie und Abe hassen einander. Lange Geschichte."

Abe wirbelt zu der Frau herum. „Halt die Klappe, Terri. Mein Ururopa hat sich hier vor deiner Familie niedergelassen! Er hatte genauso viel Recht, hier zu sein…"

„Und als seine Quelle versiegte, stahl er von unserer!" Terris Cowboystiefel schlagen mit einem Knall auf dem Boden auf. Sie und Abe werden jetzt jeden Moment aufeinander losgehen und sich die Seele aus dem Leib schreien. Ihre Fehde geht weit zurück.

Darius und ich wechseln Blicke und rollen mit den Augen. Er hat das Mikrofon aufgehoben, doch als ich danach greife, blockt er mich ab. Wir ringen miteinander, woraufhin eine kreischende Rückkopplung in dem großen Saal erklingt. Die Hälfte der Menge erschaudert und hält sich die Ohren zu. Die andere Hälfte stachelt Abe und Terri an. Der alte Luther steht ebenfalls auf und erzählt allen, die zuhören, von den Schandtaten der Boxershorts-stehlenden Brüder, Hedgefonds und der Nixon-Präsidentschaft.

Alle mit Ausnahme von Daisy sind aufgebracht. Sie hat ihr Hörgerät rausgenommen und scheint ein Nickerchen zu machen. Neben ihr versucht ihre Enkelin, eine Zwanzigjährige mit einem passenden Gänseblümchen-Haarreif, sie aufzuwecken.

„Sie hat eine Idee!" Hutch springt auf die Bühne und deutet auf Lana. Sie schüttelt den Kopf, doch Canyon drängt sie zum Aufstehen. Er und Bern scheuchen sie gemeinsam auf die Bühne.

„Nein." Ich hindere sie daran, ans Podium zu treten, aber Darius packt meinen Arm.

„Theodore, lass sie in Ruhe. Ich will hören, was sie zu sagen hat."

Ich knurre ihn an und meine Abgelenktheit ermöglicht es Hutch, Lana an mir vorbeizuschieben. Ehe ich mich versehe, steht Lana auf dem Podium und Darius ist neben ihr.

„Hallo", sagt sie mit einem freundlichen Lächeln zu ihm und deutet auf das Mikrofon. „Darf ich das haben?"

„Lasst sie reden", brüllt Bern. Mit einem Haifisch-grinsen reicht Darius Lana das Mikrofon. Die Leute lassen sich auf ihren Plätzen nieder. Abe und Terri streiten sich noch lautstark, doch Everest erhebt sich von seinem Stuhl am Ende der Reihe und schlendert zu ihnen. Er sagt nichts, um sie zu beruhigen, aber das muss er auch nicht tun. Er ragt einfach bedrohlich über ihnen auf, woraufhin Terri und Abe den Mund schließen und sich setzen.

„Hallo, alle miteinander. Ich bin Lana L… ähm, das heißt, eine Freundin von Teddy." Sie schluckt und blickt zu mir. Ich nicke ihr zu. Das hier ist ihr wichtig. Sie wollte helfen. Das Mindeste, was ich tun kann, ist, ihr das zu erlauben.

Dann werde ich sie von der Bühne ziehen, zu einer abgeschiedenen Unterkunft bringen und dort an mein Bett gefesselt festhalten, bis Bentley keine Bedrohung mehr ist.

„Ich habe einige Ideen, wie ihr die Zahlungsraten einhalten und die Schulden abbezahlen könnt. Endgültig." Lana räuspert sich. „Doch das Wichtigste zuerst. Die Hedgefonds-Leute können ohne einen Gerichtsbefehl keine Sparmaßnahmen erzwingen oder Aktivposten konfiszieren, also habt ihr Zeit. Und ich wette, sie würden viel lieber mit euch verhandeln, um das Geld zu kriegen."

„Wie bezahlen wir sie?", brüllt Abe. „Es gibt kein Geld."

„Es gibt mehrere Möglichkeiten! Zuerst einmal sah ich eine wunderschöne freie Fläche auf meinem Weg hierher. Aktuell wird ein neues Musikfestival aufgezogen und sie sind auf der Suche nach einem Veranstaltungsort. Dieser Ort ist genau das, wonach die Organisatorin sucht. Es würde nicht viel brauchen, um sie dazu zu bewegen, hier-herzukommen."

„Wie?" Das kommt von Terri, die wie Abe die Arme vor der Brust verschränkt hat.

„Ich bin mit Anara befreundet", antwortet sie und bezieht sich damit auf einen berühmten Popstar. „Sie ist in einer Kleinstadt wie dieser rausgekommen und will den angehenden Künstlern ihres Labels etwas zurückgeben. Sie wird als Headliner auftreten."

Der Name Anara lässt die Leute aufhorchen.

„Ich mag Anara", sagt Terri. „Gute Musik."

Abe schnaubt. „Was wird uns das kosten?"

„Oh, ihr werdet sie nicht bezahlen, damit sie singt. Sie investiert in das Event. Sie wird euch für den Veranstaltungsort bezahlen. Im ersten Jahr werdet ihr die Bezahlung dafür verwenden müssen, den Veranstaltungsort auszubauen, indem ihr öffentliche Toiletten und dergleichen baut. Aber das wird nicht allzu teuer sein. Und es wird andere Projekte unterstützen wie Kunstfestivals oder weitere Konzerte. Künstler werden womöglich hierherkommen, anstatt im Kit Carson Park in Taos aufzutreten. Holt das Coachella hierher!" Sie stößt die Faust in die Luft. Ihr Enthusiasmus ist ansteckend. Die Stadtbewohner unterhalten sich untereinander und besprechen die Idee. „Für das Event wird Personal notwendig sein, das sie teilweise hier in der Gegend anheuern werden. Also gibt es mehr Jobs vor allem für Studenten, die in der Highschool das Theater liebten." Sie grinst den Bühnenarbeitern zu, die aussehen, als wollten sie gleich in Jubel ausbrechen. „Und es wird Touristen anlocken, was mehr Kunden für die einheimischen Geschäfte bedeutet." Diese Bemerkung bringt auch Abe und Terri dazu, sich mit einem zufriedenen Lächeln auf ihren Stühlen zurückzulehnen.

„Die meisten Konzertbesucher werden die Nacht nicht auf dem Berg verbringen, aber es könnte ein gutes Geschäft sein, auch hier Unterkünfte anzubieten. Die Stadt könnte eine autorisierte Website erstellen, über die Buchungen für Privatunterkünfte und Ferienwohnungen gemacht werden können. So ähnlich wie AirBnB, aber die Stadt überprüft die Unterkünfte und erhält einen Prozentsatz der Gewinne."

„Ich könnte die Website erstellen", bietet Hutch an. Weitere Leute nicken. Lana gewinnt sie für sich.

„Übrigens stimme ich Darius zu. Ein wenig. Um die Anleihe vollständig abzubezahlen, denke ich, dass ihr darüber nachdenken solltet, Unterkünfte zu bauen. Jedoch nicht zwangsläufig das, was Medvedev Enterprises anbietet. Ihr könntet verschiedene Unternehmen Angebote machen lassen und festlegen, dass das Projekt zukunftsfähig sein und ausgewiesene Wildnisgebiete erhalten muss. Die Gewinnerfirma müsste in ihre eigenen Straßen und die zusätzliche Kanalisation investieren. Und ihr könnt die Satzung der Stadt verändern, damit einheimische Geschäfte unterstützt werden und es großen Kaufhäusern erschwert wird, sich hier niederzulassen."

„Aber was ist mit der nächsten Zahlungsrate?", ruft Daisy so laut, dass sie über das Gemurmel aller anderen hinweg gehört wird. „Die Stadt braucht sofort Geld."

Lana legt den Kopf auf die Seite. Ihre Kapuze ist nach hinten gefallen und die pinken Spitzen ihrer Haare lugen daraus hervor. „Es gibt viele Möglichkeiten, wie ihr mit dem, was ihr bereits habt, mehr verdienen könnt. Mein Onkel Benny sucht beispielsweise nach neuen Drehorten für Filme. Ich wette diese Stadt wäre perfekt dafür. New Mexico ist auf dem besten Weg, eine der angesagtesten Gegenden zum Filmen zu werden."

„Ich denke, das hört sich alles wundervoll an", sagt Daisy. Ihre Enkelin hat ihr die Stufen hinaufgeholfen. „Wir werden schnell handeln müssen. Der Sommer liegt vor der Tür."

„Ich werde meine Kontakte anrufen!", verspricht Lana. „Sobald ich mein Handy reparieren kann. Und ich kann Anara hierher einladen, damit sie sich den Ort ansieht. Wenn alles gut aussieht, wird sie die Ankündigung sofort machen. Sie kann den Werbefilm auf der Main Street drehen."

Canyon springt wieder auf die Bühne und beugt sich zum Mikrofon. „Ich… äh… kenne auch jemanden, dem ein Modelabel gehört. Sie würde hier ebenfalls gerne einige Werbefilme drehen." Er und Lana grinsen sich an.

„Nun, das wird Bad Bear sicherlich bekanntmachen", sagt Daisy. „Dankeschön, meine Liebe, dass du die Nachricht verbreitest."

Lana strahlt. „Die Presse wird begeistert sein! Glaubt mir, wir werden kein Problem damit haben, der ganzen Welt davon zu erzählen."

Ich hätte es kommen sehen sollen, war jedoch zu fasziniert von Lanas Brillanz. Plötzlich trifft mich die Realität dessen, was sie vorschlägt. Ich schaukle auf meinen Fersen nach hinten und die Luft rauscht aus meinen Lungen wie nach einem Faustschlag in den Solarplexus.

Kameras. Filmcrews. Paparazzi.

Darius beugt sich nah zu mir. „Im Ernst, das ist die Idee deines Mädels? Das ist das Gleiche wie bei Tiffany."

Kälte schwappt über mich hinweg. Er hat recht und er irrt sich.

Das hier ist nicht das Gleiche wie bei Tiffany.

Es ist viel, viel schlimmer.

12

Lana

Das ist gut gelaufen. Zumindest hoffe ich das. Öffentliche Reden sind nicht meine Lieblingsaktivität, ich kann jedoch eine gute Show abziehen. Meine Wangen tun vom Lächeln weh, doch ich winke und bedanke mich bei allen, ehe ich vom Podium trete und Daisy das Mikrofon reiche.

Daisy drückt im Vorbeigehen meinen Arm. „Nun, es ist noch nichts in Stein gemeißelt, allerdings sieht es so aus, als hätten wir doch einige Optionen. Geben wir Lana eine Runde Applaus für ihre Ideen!" Die Leute klatschen nicht nur, sondern manche – hauptsächlich die Drillinge – stampfen auch mit den Füßen und jubeln, was mir das Herz wärmt.

Ein Schatten fällt auf mich. Teddy. „Hier lang." Er legt eine Hand in meinen Rücken, um mich hinter die Bühne zu führen. Wir gehen an Darius vorbei, der feixt. Ich schaue ihn finster an.

„Das war großartig!" Canyon taucht neben mir auf. „Du hast es geschafft! Du hast die Stadt gerettet! Kennst du Anara wirklich?"

„Canyon." Teddys Stimme ist angespannt. „Geh zurück zu deinem Platz."

Der Teenager bleibt wie angewurzelt stehen, als er Teddys Gesichtsausdruck sieht. Sein Adamsapfel hüpft und er verschwindet zur ersten Reihe.

Meine Augen haben sich noch immer nicht von den hellen Lichtern auf der Bühne an die Dunkelheit gewöhnt, doch ich bemerke die Anspannung in Teddys Haltung. „Teddy? Was ist los?"

„Es ist nichts." Seine Stimme klingt barsch. Er nimmt meine Hand und bringt mich weiter hinter die Bühne in einen Aufenthaltsraum voller Holzstücke, einiger Perücken und einem alten Klavier.

Als ich einen Blick auf seine grimmige Miene erhalte, wird mein ganzer Körper kalt.

Ich entziehe ihm meine Hand. „Es ist nicht nichts. Du bist aufgebracht."

„Wir werden später darüber reden."

Auf der Bühne ruft Daisy die Stadt dazu auf, für Darius' Vorschlag abzustimmen.

Ich schlucke und lege eine Hand auf meine Brust. „Du musst gehen und abstimmen."

Teddy flucht. „Bleib hier. Ich bin gleich wieder da. Geh nirgends hin, zeig dein Gesicht nicht. Und bedeck deine Haare."

Ich ziehe die Kapuze hoch. Irgendetwas stimmt ganz und gar nicht. „Es tut mir leid. Ich hätte nicht auf die Bühne gehen sollen. Ich dachte, ich würde helfen. Es ist alles so schnell gegangen…"

Mit einem weiteren Fluch wirbelt Teddy herum und zieht mich eng an sich. Er drückt mich fest und küsst meine Stirn. „Warte hier auf mich. Pass auf dich auf. Ich bin gleich zurück."

Ich berühre die Stelle, die er geküsst hat, als er geht.

Das fühlte sich nicht wie eine Wikinger-Umarmung an. Es fühlte sich wie ein Abschied an.

～

LANA

Ich warte in dem Aufenthaltsraum, beiße mir auf die Lippe und halte nach Teddy Ausschau, als eine junge Frau mit einem Blümchen-Haarreif wie Daisys hereinkommt.

„Entschuldige bitte, bist du Lana Langmeyer?"

„Ja?" Falls ich unsicher klinge, liegt das daran, dass ich nicht weiß, ob ich meine Identität preisgeben soll. Deswegen ist Teddy wahrscheinlich so aufgebracht. Ich hätte nicht vor allen auf die Bühne gehen sollen... ich wurde einfach von dem Moment davongefegt.

„Ich habe gehofft, dass du es bist! Ich bin keine Anwohnerin, weshalb ich nicht abstimme, und ich dachte, ich könnte dich hier hinten erwischen. Ich bin ein riesiger, riesiger Fan von GoddessWear." Sie spreizt die Hände und präsentiert das enganliegende Kleid, das sich an ihre Kurven und weichen Bauch schmiegt. Das Design ist mein beliebtestes.

„Das kann ich sehen. Du siehst wundervoll aus. Das Lavendellila steht dir."

„Dankeschön!" Sie berührt ihre Haare, verzieht das Gesicht und zieht ihren Haarreif aus. „Ich weiß, dass es sich mit den künstlichen Blumen beißt. Meine Oma sieht mich wegen ihrem Namen gerne in Gänseblümchen."

„Ich finde es niedlich. Wie heißt du?"

„Maisy. Nun, eigentlich Daisy, aber alle nennen mich Maisy. OMG", sagt sie und legt ihre Hände auf ihre rosa Wangen. „Ich kann nicht fassen, dass ich wirklich mit dir spreche! Ich war mir nicht sicher, ob du es bist, aber dann habe ich es auf Instagram gesehen. Ich bin ein riesiger Fan deiner Firma."

„Das ist wundervoll…" Mein Magen verkrampft sich, als mir bewusstwird, was sie gesagt hat. „Was hast du auf Instagram gesehen?"

„Oh!" Maisy hält ihr Handy hoch. „Jemand hat dort etwas gepostet und dich markiert."

Eis rieselt mir übers Rückgrat. Jemand hat meine spontane Präsentation gefilmt. Da bin ich, auf der Bühne, und meine pinken Haare sind gut zu sehen. Der Kommentar darunter sagt: „Bei einer Bürgerversammlung und das Mädel sieht aus wie Lana. @GoddessLana, bist du das?" Weil ich markiert wurde, haben bereits ein Haufen Leute Kommentare hinterlassen. „Mädel, ich liebe deine Haare!" Jemand anderes hat Anara markiert und jetzt kommentieren auch ihre Fans. Der Post hat bereits über eintausend Likes.

„Oh nein…" Ich ziehe die Kapuze um meine Haare herum fest, als würde das etwas nützen. „Kannst du das löschen? Ich soll eigentlich nicht hier sein."

„Nein, tut mir leid, ich habe es nicht gepostet."

„Mist." Ich schwanke auf den Beinen und schließe die Augen.

„Ist das schlimm? Bist du auf der Flucht vor etwas?"

Maisy klingt besorgt, weshalb ich die Augen öffne und mir ein Lächeln abringe. Mir ist schlecht.

„Irgendwie schon. Es ist nicht gut, wenn die Leute wissen, dass ich hier bin." Oder dass ich noch lebe. „Hat dieses Gebäude eine Hintertür?" Ich sehe mich um und bin bereit, sofort nach draußen zu eilen. Ich werde es natürlich nicht tun, ich werde auf Teddy warten.

„Ja, sie liegt in dieser Richtung."

„Dankeschön. Ist die Abstimmung fast fertig?"

„Sie ist vorbei", verkündet Teddy, der in der Tür steht, und ich renne zu ihm. „Wir müssen gehen."

Ich winke Maisy und versuche, mich normal zu benehmen. „Es war schön, dich kennenzulernen."

„Komm." Teddy führt mich zum hinteren Bereich. Wir kommen an Darius vorbei, der gerade die Plakate seiner Präsentation an der Wand stapelt.

„Tschüss, Lana", ruft er. Mir gefällt sein Tonfall nicht.

„Was ist passiert?", frage ich Teddy. „Hat er die Abstimmung gewonnen?"

„Nein. Deine Präsentation hat ihren Zweck erfüllt. Genug Leute waren davon überzeugt, dass sie andere Optionen haben und nicht gleich Darius' Plan zustimmen müssen."

Ich schlucke. Das ist gut, oder? Teddy sieht aus, als wollte er in etwas reinschlagen.

„Teddy." Ich packe seinen Arm. „Daisys Enkelin hat mir ihr Handy gezeigt. Jemand hat mich gefilmt und es auf Instagram hochgeladen. Es tut mir so leid."

„Es ist nicht deine Schuld, Babygirl." Etwas von Teddys Sanftheit schleicht sich in seine ansonsten angespannte Stimme. „Ich habe die Nachricht bereits von meinen Militärkumpeln erhalten – sie überwachen deinen Namen und können das Video löschen lassen."

„Besteht eine Möglichkeit, dass es der Attentäter nicht gesehen hat?"

„Das werden wir noch rauskriegen. Im Moment müssen wir dich einfach in Sicherheit bringen."

LANA

Sicherheit entpuppt sich als eine weitere Hütte tief im Wald. Diese liegt in der Nähe eines Wasserfalls.

„Das hier ist Matthias' Hütte. Sie sollte sicher sein."

Ich sinke auf das Sofa. Teddy tigert hin und her. Er hat auf der gesamten Fahrt hierher geschwiegen.

Etwas stimmt ganz und gar nicht.

„Du wirst hier sicher sein." Er läuft zur Tür.

„Wohin gehst du?"

„Ich muss meine Freunde zurückrufen und etwas mit Matthias besprechen."

Ich erhebe mich und wringe die Hände. „Teddy, bitte rede mit mir. Du bist aufgebracht, das merke ich."

Er bleibt mit der Hand auf dem Türknauf stehen und sein Kopf senkt sich.

„Es tut mir leid, dass ich auf die Bühne gestiegen bin", sage ich. „Ich habe nur versucht, zu helfen."

„Ja. Helfen." Er reibt sich über die Augen. „Hast du deinen Plan im Voraus mit Hutch und Canyon besprochen?"

„Wir haben über einen Teil davon geredet. Mein Onkel Benny, das Filmen der Werbung. Die Konzertidee hatte ich, als wir an dem Feld mit der Bühne vorbeigefahren sind."

„Ich verstehe."

„Habe ich etwas falsch gemacht?"

Er hat sich noch immer nicht umgedreht, um mich anzuschauen. „Das hier wird nicht funktionieren."

„Was?"

„Du bist berühmt."

„Nicht so berühmt."

„Jemand hat dich sofort erkannt. Und all deine Ideen, an Geld zu kommen... bei allen sind eine Menge Presse und neue Menschen auf dem Berg involviert. Du solltest eigentlich tot sein, Lana. Du kannst dein Handy nicht aufladen und anfangen, Leute anzurufen."

„Mist", flüstere ich. „Ich habe nicht nachgedacht."

„Nein, das Problem ist, dass du gedacht hast. Du hast wie ein Mensch gedacht."

Ich zucke zusammen.

Teddy fährt fort: „Hast du wirklich gedacht, dass es unsere Probleme lösen würde, die Presse und einen Haufen Kameras zum Berg zu bringen?"

„Ich dachte, es würde helfen."

„Ich habe dir ein Geheimnis erzählt. Und das Erste, was du tust, ist, auf eine Bühne zu steigen und allen zu erzählen, wie du unserem Berg haufenweise Medienaufmerksamkeit bringen wirst. Unsere Privatsphäre ist uns wichtiger als alles andere. Wir können nicht zulassen, dass die Welt von uns erfährt. Wir müssen uns verstecken. Das bedeutet keine Kameras und keine Menschenmengen."

Ich blinzle schnell und meine Augen brennen. „Ich kann das in Ordnung bringen", flehe ich. „Sag mir, was ich tun kann, um es geradezubiegen, und ich werde es tun."

„Nein. Der Schaden wurde angerichtet. Daisy und die anderen können es nicht erwarten, einen Haufen Touristen hierher zu locken. Ihr Menschen seid alle gleich." Sein Gesicht ist kalt geworden. Er schaut mich so an, wie er Darius ansieht – als hätte ich ihn verraten.

Er dreht sich wieder zur Tür um.

„Wohin gehst du?" Meine Stimme erreicht schrille Gefilde.

„Ich brauche etwas Luft. Du musst hierbleiben."

Mein Magen verknotet sich. „Teddy, bitte." Ich will nicht, dass er geht. Es geht weniger um meine Sicherheit und mehr darum, dass ich das Gefühl habe, ich würde ihn verlieren. Er ist wirklich aufgebracht.

„Ich muss mir überlegen, was ich tun werde. Gib dir nicht die Schuld, Lana."

„Es ist meine Schuld." Ich blinzle und schaue zur

Decke hoch, um die Tränen zu zwingen, dorthin zurück-
zurollen, wo sie herkamen. „Ich wollte das nicht tun."

„Ich weiß. Vielleicht ist es besser, dass wir das jetzt
herausgefunden haben."

„Was willst du damit sagen?"

„Das hier wird nicht funktionieren. Du bist ein
Mensch. Ich bin ein Werbär. Wir leben in unterschiedlichen Welten."

Ich presse eine Hand auf mein Brustbein, wo es sich
anfühlt, als würde mein Herz aus meiner Brust bluten.

Ich habe endlich eine Familie gefunden. Ein Jammer,
dass ich der falschen Spezies angehöre.

Als er dieses Mal die Tür öffnet, halte ich ihn nicht auf.
Er murmelt leise etwas, was sich anhört wie: „Ich hätte
diesen Fehler nicht noch einmal machen dürfen."

TEDDY

Ich fühle mich, als würde ich mich unter Wasser bewegen. Meine Sinne sind gedämpft, stumpf. In meiner Brust
beißt und brüllt mein Bär.

Ich ignoriere ihn.

„Es ist noch Zeit", sagt Matthias. Wir stehen zwischen
dem Wasserfall und der Hütte hinter dem Quad. Ich habe
das Geräusch des rauschenden Wassers schon immer
geliebt. Es ist friedlich, musikalisch. Heute Abend höre ich
allerdings nichts.

Als mich Tiffany verriet, tat es nicht so weh. Es ist
jedoch meine Schuld, dass ich erneut einem Menschen
vertraut habe.

„Der Blutsauger hält sich noch immer bereit. Du
kannst sie zu ihm bringen und ihre Erinnerungen löschen
lassen." Matthias hält inne und wartet auf meine

Antwort. Nach einer Minute der Stille räuspert er sich. „Du kannst ihr noch helfen, Teddy. Nur weil sie sich nicht an dich erinnern wird, heißt das nicht, dass du sie vergessen musst. Du kannst ihren Stiefbruder nach wie vor aufspüren und sicherstellen, dass er sie nicht verletzt."

„Ja", krächze ich. Doch sie wird ihre Erinnerungen an die Zeit auf dem Berg verlieren. Ihre Erinnerungen an die Wanderung, auf der sie die Asche ihrer Eltern verstreut hat. Sie wird sich nicht daran erinnern, dass Bentley versucht hat, sie zu ermorden, was ein Segen sein könnte. Allerdings wird sie sich auch nicht an Bad Bear Mountain oder meine Brüder erinnern. Oder an mich.

Mein Bär brüllt und versucht, hervorzubrechen. Ausnahmsweise habe jedoch ich die Kontrolle.

Matthias wartet geduldig. Ich erinnere mich daran, dass wir vor Jahren das gleiche Gespräch führten. Ich war ein Häufchen Elend. Ich schrie ihn an – verschloss die Augen vor der Wahrheit. Es waren er und Darius nötig, um mich zu beruhigen.

Jetzt bin ich kalt. All meine Emotionen sind tief in mir verschlossen bei meinem tobenden Bären. „Wenn wir das tun… wenn wir ihre Erinnerungen löschen… kannst du mir versprechen, dass es sie nicht ruinieren wird? Sie wird noch in der Lage sein, ihre Firma zu leiten und ein langes Leben zu führen?"

„Es gibt keine Garantie, aber es besteht eine große Wahrscheinlichkeit, dass es ihr gut gehen wird." Er hält inne. „Tiffany hat sich daran gewöhnt. Sie hat eine Weile dazu gebraucht, doch damals mussten wir auch mehr Erinnerungen löschen. Monate an Erinnerungen. Bei Lana müssen wir nur wenige Tage löschen."

Waren es nur wenige Tage? Es fühlt sich an, als würde ich Lana seit einer Ewigkeit kennen. In mancherlei

Hinsicht stimmt das auch – ich habe mein ganzes Leben lang auf sie gewartet.

Lana aus meinem Leben auszuschließen, wird damit vergleichbar sein, mir ein Körperglied abzuschneiden. Zur Hölle, ich könnte mir genauso gut das Herz rausreißen.

Allerdings ist es die einzige Möglichkeit. Ich muss meine Familie beschützen. Die Drillinge werden mich dafür hassen, dass ich das Lana antue, aber sie werden es verstehen. Irgendwann.

„Ich schätze, wenn wir ihre Erinnerungen löschen, ist es besser, das jetzt zu tun, als noch länger zu warten." Meine Brust verkrampft sich, als würde mein Herz verkümmern.

Ich erwarte, dass Matthias mir sagt, dass es ein Akt der Freundlichkeit ist, er hört jedoch nicht zu. Er schaut zurück zur Hütte, wo sich die Tür knarzend geöffnet hat. „Lana."

Ich wirble herum.

„Teddy?" Ihre dunkle Haut ist aschfahl. „Wovon sprichst du? Was meinst du damit, dass ihr meine *Erinnerungen löschen* werdet?"

13

Lana

Ich werde mich übergeben.

Teddys schuldbewusster Blick huscht zu meinem Gesicht.

Matthias räuspert sich. „Ich kann es erklären."

„Nein." Teddy legt eine Hand auf die Schulter seines Bruders. „Ich werde es tun." Seine Stimme ist bleiern. Er klingt eine Million Jahre alt.

Er atmet scharf ein und dann sagt er schnell, als würde er ein Pflaster abziehen: „Vampire können Erinnerungen löschen. Die Blutsauger – Vampire – löschen einfach einen Teil des Gedächtnisses. Wir tun das, wenn ein Mensch von uns erfahren hat und es notwendig ist, dass er es vergisst. Der Vampir kann dessen Erinnerungen löschen, sodass der Mensch sich nicht mehr an Gestaltwandler erinnert."

Menschen.

Gestaltwandler.

So krass, so schwarz und weiß. Ich dachte, Teddy und ich hätten eine Verbindung. Ich dachte, wir wären Gefährten und es wäre Schicksal. Ich dachte, ich hätte eine Familie gefunden. Doch hier steht er und spricht, als wäre er eine Spezies und ich eine andere. Es ist schlimmer, als einen reichen, weißen Stiefvater zu haben. Viel schlimmer.

„Das würdest du mir antun?", frage ich. „Dafür sorgen, dass ich dich vergesse? Uns?"

Matthias schaut zwischen mir und Teddy hin und her. „Ich lasse euch das ausdiskutieren." Er nickt mir zu und verschwindet in seiner Hütte.

Teddy ist nach wie vor von mir abgewandt und seine Schultern sind steif. „Es könnte zum Besten sein."

Ich atme scharf ein. „Das denkst du? Du denkst, dass es zum Besten wäre, wenn das hier nie passiert wäre? Wenn ich nie herausgefunden hätte, wer du bist? Wenn wir nie zusammen gewesen wären?"

Matthias hat von wahren Gefährten gesprochen und ich habe mir Hoffnungen gemacht. Doch ich bin offensichtlich nicht Teddys einzige Person auf der Welt. Denn im Moment versucht er, mich wie Müll wegzuwerfen.

Und ich werde ihm das nicht erlauben. Ich recke das Kinn. „Na schön. Tu es."

„Was?" Teddys Kopf hebt sich. „Babygirl…"

„Nein, du darfst mich nicht mehr so nennen. Ich werde alles über dich vergessen, weißt du noch? Ich will, dass es erledigt wird." Die Luft in meiner Lunge ist zu Dolchen geworden. Jeder Atemzug tut weh. „Ich dachte, wir hätten etwas Gutes. Ich habe es in mir gespürt. Ich dachte, ich würde ein Teil deiner Familie sein."

„Lana…" Er legt eine Hand auf meinen Arm und ich schüttle ihn ab. Kein Wikinger-Kuscheln mehr. Wenn er seine Arme um mich legt, werde ich zerbrechen.

„Weißt du was, Teddy? Du hast recht. Dein Geheimnis ist zu wichtig. Wenn dir das hilft, wenn es deine Familie beschützt, dann will ich, dass es erledigt wird." Ich wirble herum und klopfe an die Hüttentür. „Matthias? Ich würde jetzt gerne gehen."

Matthias kommt mit ausdrucksloser Miene heraus. Ich bin unendlich müde. „Ich würde jetzt gerne gehen. Ich willige freiwillig ein, meine Erinnerungen löschen zu lassen. Können wir auf dem Weg anhalten und meinen Rucksack mit all meinen Sachen holen?"

„Lana." Teddy ist an meiner Seite. Ich halte eine Hand hoch und schaue ihn nicht an. „Nein, ich will nicht mehr mit dir reden. Ich will dich nicht sehen. Wenn diese Beziehung endet, endet sie zu meinen Bedingungen." Ich drehe mich zu Matthias um und spreche die Worte, von denen ich nie gedacht hätte, dass ich sie jemals sagen würde. „Bring mich zu dem Vampir."

Matthias blinzelt mich an und ich habe den Eindruck, dass er mehr als meine gestrafften Schultern und die Tränen sieht, die über mein Gesicht laufen. „Bist du dir wirklich sicher?"

„Ich bin mir sicher. Aber ich will mit dir fahren und nicht mit ihm." Ich habe Teddy den Rücken zugekehrt und mache deutlich, dass ich jetzt mit Matthias rede. Wenn mich jemand irgendwohin bringen wird, um dieses Prozedere durchzuführen, dann wird das er sein.

„Lana", knurrt Teddy. „Ich will nicht, dass es so endet."

„Tja, Pech. Du hast deine Entscheidung getroffen und jetzt habe ich meine getroffen." Ich schaue zu Matthias und nicht zu ihm. „Ich will jetzt gehen."

LANA

Matthias fährt mich mit dem Quad den Berg hinab. Wir halten bei der Hütte der Drillinge, um meinen Rucksack mitzunehmen. Es scheint niemand zu Hause zu sein, doch Matthias lässt mich nur für den Fall auf meinem Sitz zurück, während er reinrennt, um meine Sachen zu holen. Er und ich sind einer Meinung, dass das Ganze noch chaotischer werden wird, wenn die dreisten Drei Wind von meinem Vorhaben bekommen. Im besten Fall werden sie ein großes Theater veranstalten. Im schlimmsten Fall werden sie Everest dazu bringen, mich zu entführen, um mich vor meinem Schicksal zu *retten*. Ich sitze angespannt auf dem Quad und warte auf aufgebrachte Rufe. Ich rechne halb damit, dass Hutch und Canyon aus der Hütte stürmen und nach Bern rufen, damit er den Hubschrauber holt, sodass ich entkommen kann.

Doch das geschieht nicht. Matthias geht rein, kommt raus und kehrt mit meinem pinken Rucksack in der Hand an meine Seite zurück. Der Stoff leuchtet im Dunkeln, aber der Anblick muntert mich nicht so auf, wie er das normalerweise tun würde. Sämtliche Freude wurde mir entzogen. Mir eine positive Sichtweise auf diese Situation einfallen zu lassen, sorgt nur dafür, dass ich mich müde fühle.

Dumpf frage ich mich, wie genau die Erinnerungen gelöscht werden.

Matthias lässt zu, dass sich die Stille zwischen uns ausdehnt, als das Quad zwischen den dunklen Baumreihen den Pfad hinabholpert.

Ich zwinge mich, den Mund zu öffnen und einige Fragen zu stellen. „Wie lange dauert die Fahrt?"

„Einige Stunden."

Ich sinke in den Sitz. Nur wenige Stunden, um an den Erinnerungen von Teddy festzuhalten. An den guten. „Wird es wehtun?"

„Nein."

„Woher weißt du das? Wurden dir schon mal Erinnerungen gelöscht?"

„Nein, Lana. Mir wurden noch nie Erinnerungen gelöscht. Aber es tut nicht weh. Es ist, als würde man hypnotisiert werden. Es wird sich anfühlen, als würdest du einschlafen."

Das passt. Ich werde einschlafen und alles, was ich erlebt habe, wird sich wie ein Traum anfühlen. Werde ich gut ausgeruht oder verängstigt und verwirrt aufwachen, als hätte ich einen Albtraum erlebt? Ich schätze, es spielt keine Rolle.

Matthias redet noch. Seine Stimme ist sanft und ruhig wie die eines Professors und ich blende ihn aus, bis er verstummt und zu mir blickt.

Ich nicke, als würde ich dem zustimmen, was er gesagt hat.

„Du wirst klarkommen, Lana."

„Mh hmm." Meine Stimme klingt hohl.

Wir wissen beide, dass es eine Lüge ist.

Das Quad rollt aus dem Wald und auf einen Privat-parkplatz, der stark dem ähnelt, auf dem mein Mietwagen geparkt war, bevor er explodierte. „Das ist mein Auto." Er deutet auf einen roten Sportwagen. Wenn ich gute Laune hätte, würde ich ihn damit aufziehen, dass er ein auffal-lendes Arztauto gekauft hat, aber ich habe keine gute Laune, weshalb ich von dem Quad steige und zur Beifah-rerseite laufe. Ich fühle mich wie betäubt.

Neben dem Auto steht ein großer silberner Mercedes SUV. Ein Licht geht im Inneren an und beleuchtet einen großen blonden Typen. Mir stockt kurz der Atem, weil ich denke, dass es Teddy ist, doch er ist es nicht. Es ist Darius. Ich kann es an seiner Haltung erkennen, als er den Wagen verlässt. Er ist barfuß und trägt keinen Anzug mehr, sondern hat sich bis auf ein Unterhemd und eine Hose ausgezogen.

„Darius", begrüßt ihn Matthias. „Warst du laufen?"

„Bin gerade zurückgekommen und habe mich umgezogen", bestätigt Darius. Seine Augen leuchten silbern auf, als sie auf mir landen. „Was ist los?"

„Ich werde meine Erinnerungen löschen lassen", informiere ich ihn. „Teddy und ich haben Schluss gemacht."

Darius verengt die Augen zu Schlitzen.

Matthias öffnet mir die Autotür und ich schiebe mich hindurch. Ich will nicht mehr erklären, als ich bereits verraten habe.

Matthias und Darius besprechen sich kurz mit gedämpften Stimmen. Ich versuche nicht einmal, zuzuhören. Schon bald öffnet sich die Fahrertür, zu meiner Überraschung ist es jedoch nicht Matthias, sondern Darius, der sich auf dem Sitz niederlässt.

Matthias klopft an mein Fenster. „Darius will dich fahren. Ist das okay?"

„Klar", antworte ich. Was für eine Rolle spielt es?

Darius passt den Rückspiegel an. „Es gibt einige Dinge, die ich dir auf dem Weg dorthin erzählen möchte."

Ich drücke meinen Rucksack an meine Brust und drehe den Kopf, um aus dem Fenster zu schauen. „Meinetwegen." Zum ersten Mal in meinem Leben klinge ich wie ein bockiger Teenager.

Darius legt den Gang ein und der Wagen brummt aus der Parklücke. Matthias steht mit den Händen in den Taschen da und schaut uns hinterher. Ich hätte mich wahrscheinlich von ihm verabschieden sollen. Allerdings ist es nicht so, als würde ich mich später an ihn oder jemand anderes erinnern.

TEDDY

Was. Zur Hölle. Habe ich mir nur gedacht?

Wie konnte ich auch nur eine Minute lang in Erwägung ziehen, Lanas Erinnerungen an mich zu löschen?

In dem Moment, in dem sie geht, fühlt es sich an, als hätte mein Herz meine Brust verlassen. Nein, eher so, als hätte jedes Organ meinen Körper verlassen. Ich bin nur noch ein Haufen trockener Knochen und habe nichts, was mir Leben spendet.

Ich versuche, zur Hütte zu taumeln, aber finde mich auf den Knien im Dreck wieder. Meine Beine funktionieren nicht mehr.

„Lana." Ich versuche, ihren Namen zu sagen, doch er erklingt als ein heiseres Husten, als wäre mein Mund voller Dreck. Sogar zu trocken, um ein Wort zu bilden. „Lana", probiere ich es erneut genauso erfolglos.

Was habe ich getan?

Kann das wirklich die Antwort sein? Wenn das hier richtig war, warum fühlt es sich dann so falsch an? Nicht nur falsch… schrecklich, schrecklich falsch.

Doch Matthias hielt es für das Richtige. Genauso wie Darius.

Sie haben sich auch bei Tiffany eingemischt.

Bin ich einfach nicht in der Lage, zu sehen, was hier getan werden muss? Werde ich von Lust nach dem süßen Menschen geblendet?

Gefährtin!, brüllt mein Bär.

Und das ist der Moment, in dem die Angst wirklich einsetzt. Denn falls mein Bär recht hat – falls Lana unsere Gefährtin ist – habe ich gerade alles in den Sand gesetzt. Gewaltig.

Gestaltwandler, die eine Gefährtin finden und nicht beanspruchen, werden wild.

Ich habe gerade mein eigenes Todesurteil unterschrieben, um den Berg zu retten.

Und ehrlich gesagt, ist mir der Tod egal. Denn sterben

ist nichts im Vergleich zu dem Wissen, dass ich Lana verletzt habe. Zu dem Wissen, dass das Letzte, woran sie sich von mir erinnert – wenn auch nicht mehr sonderlich lange – mein absoluter Verrat sein wird.

Lana

In meiner Kehle steckt ein Felsbrocken fest und droht, mich zu ersticken. Ich konzentriere mich darauf, tiefe Atemzüge zu machen, damit ich nicht heulend neben Darius sitze. Als wir das Bad Bear Mountain Schild passieren, schließe ich die Augen, damit ich die gemalten Bären nicht sehen muss, die über das verblasste Holz tollen.

„Also was ist passiert?", fragt Darius, dessen Stimme beiläufig klingt, als würde er sich nach dem Wetter erkundigen.

Ich packe meinen Rucksack fester. „Teddy sagt, dass wir aus unterschiedlichen Welten kommen."

„Er hat recht, weißt du. Das tut ihr", erwidert Darius und ich ziehe kurz in Erwägung, ihm meinen Rucksack an den Kopf zu donnern. Ich will nicht die ganze Fahrt mit Darius verbringen, der nur sagt: „Das habe ich doch gleich gesagt." Ich will ihn jetzt nicht anschauen, weil er Teddy so ähnlich sieht. Eine geschäftstüchtige, analfixierte Version von Teddy, aber trotzdem Teddy. Darius hat seinen Bart sogar etwas strubbeliger wachsen lassen, vermutlich vor der Bürgerversammlung.

Darius lässt einige Kilometer Straße vorbeiziehen, bevor er sagt: „Weißt du, das letzte Mal, als Teddy mit einem Menschen zusammen war, ging das schief."

„War das Tiffany?"

„Ja, Tiffany. Hat dir Teddy von Tiffany erzählt?"

„Nein. Er hat mir gar nichts erzählt." Ich bin wütend

auf diese Tiffany und was auch immer sie getan hat, um das hier für mich zu vermasseln. Ich bin sauer auf Teddy und momentan auch kein Fan von seinem Zwilling.

Darius nickt. „Du musst über Tiffany Bescheid wissen."

Großartig. Als wäre diese Fahrt nicht schon schrecklich genug, darf ich mir jetzt auch noch Geschichten über Teddys Ex anhören.

Darius wirkt allerdings entschlossen. „Teddy war jung. Sie waren erst achtzehn Jahre alt. Er dachte, sie wäre seine Gefährtin."

Schmerz durchschneidet mein Herz. *Gefährtin*. Da ist wieder dieses Wort. „Warum ist er dann nicht mit ihr zusammen?" Ich höre mich wahrscheinlich an, als würde mir das alles nichts bedeuten, als wäre es mir egal. In wenigen Stunden werde ich mich ohnehin an nichts erinnern. Werde ich wie bei einem Phantomglied spüren, dass etwas fehlt? Werden meine Gedanken über die Stelle stolpern, wo die Erinnerungen an Teddy waren? Oder wird es sein, als hätte er nie existiert?

Ich kann mir nicht vorstellen, mich nicht an Teddy zu erinnern. Was auch immer dieser Vampir mit mir tun wird, ich werde vermutlich tief in meinem Inneren wissen, dass ich jemand Besonderen kennengelernt habe, der jetzt fort ist.

„Teddy hatte die Absicht, den Rest seines Lebens mit Tiffany zu verbringen", erzählt Darius. „Doch am Tag, nachdem Teddy ihr unser Geheimnis verraten hatte, kontaktierte sie einen Reporter mit der Nachricht, dass sie die Geschichte des Jahrhunderts hätte. Sie nahm Kontakt zu nicht nur einer, sondern drei großen Nachrichtenabteilungen auf, um einen Haufen Kameras hierherzubringen und die Geschichte zu enthüllen."

„Oh", hauche ich schockiert.

„Jepp. Teddy wusste nichts davon. Er ließ sich Mas

Truck für eine spezielle Besorgung. Er hatte bei einem Juwelier unten in Albuquerque einen Verlobungsring in Auftrag gegeben. Während er die Verlobung plante, wollte Tiffany der ganzen Welt unser Geheimnis verraten."

Die Liebe von Teddys Leben wollte ihn verraten, nachdem er ihr sein Geheimnis anvertraut hatte. Kein Wunder, dass er in Bezug auf Kameras so reizbar war. „Was ist passiert?"

„Ich hörte, wie sie sich mit dem Reporter unterhielt. Sie brauchte einen Beweis für den Reporter, damit er ihr glaubte, dass sie sich nicht alles ausdachte. Ich schnappte ihr Handy, Matthias betäubte sie und traf Vorkehrungen, um ihre Erinnerungen löschen zu lassen. Doch dann mussten wir es Teddy erzählen. Er… nahm es nicht gut auf."

„Das kann ich mir vorstellen." Der Schmerz in meiner Brusthöhle verändert sich und wird weicher. Mir tut der junge Werbär leid, der hoffnungsvolle Junge, der Teddy einst war.

„Ich war derjenige, der ihm die Nachricht überbracht hat. Er glaubte mir nicht, bis ich ihm Tiffanys Handy mit den Aufzeichnungen der Nachrichten und Anrufe zeigte. Der einzige Grund, aus dem Tiffany dem Reporter nicht alles erzählt hatte, bestand darin, dass sie Geld wollte. Dreihunderttausend Dollar."

Mein Magen verkrampft sich. Sie wollte Teddys Familie für Geld verraten? Diese Geschichte macht mich krank.

Darius blickt in den Rückspiegel. „Der Reporter sagte, dass Tiffany eine Menge Geld und Buchverträge kriegen könnte, er jedoch Beweise bräuchte. Tiffanys Gier kaufte uns Zeit. Teddy und Matthias brachten sie zu dem Blutsauger."

„Hat es funktioniert? Hat sie es vergessen?" Ich habe

keine Nachrichten über Werbären gehört, weshalb es geklappt haben muss.

„Ihr Fall war komplizierter. Sie und Teddy waren eine Weile zusammen. Sie lernten sich in der Highschool kennen und waren zusammen, als Teddy einige Kurse auf dem Community-College besuchte. Der Blutsauger musste mehrere Monate an Erinnerungen löschen. Als Tiffany aufwachte, hatte sie Probleme, sich an ihren eigenen Namen zu erinnern."

Oh Scheiße. Mir ist nicht bewusst, dass ich laut gewimmert habe, bis Darius meinen Arm berührt.

„Es ist okay, Lana. Für dich wird es nicht so schlimm sein. Wir waren vielleicht auch ein wenig zu brutal mit der Erinnerungslöschung, weil wir Tiffanys Glaubwürdigkeit zerstören mussten. Und es funktionierte. Der Reporter tat Tiffanys Geschichte als Wahnvorstellung ab und unser Geheimnis war weiterhin sicher. Dem Schicksal sei Dank."

Ich umklammere meinen pinken Rucksack so fest, dass sich meine Hände verkrampfen. Ich lockere meinen Griff.

„Tiffany erholte sich nach einigen Monaten. Matthias behielt sie im Auge – er war ein angehender Notfallarzt, weshalb er einen Vorwand hatte, um nach ihr zu schauen. Meinen letzten Informationen zufolge nahm sie einen Job an, bei dem sie Trucks durchs Land fährt. Sie ist nie wieder in diese Gegend zurückgekehrt. Sie hat keine Erinnerungen an Werbären und versucht nicht, Geld mit der Geschichte zu machen. Doch Teddy… Einige Tage, nachdem er Tiffanys Erinnerungen löschen ließ, schloss er sich dem Militär an. Er kehrte fünf Jahre lang nicht zum Berg zurück."

Wir fahren schweigend einige Kilometer. Ich verarbeite diese Informationen. Darius sieht grimmig aus, als würde er die Vergangenheit erneut durchleben.

„War das der Moment, als du aufs College gegangen

bist?", frage ich hauptsächlich, um etwas zu sagen. Während des Kampfs zwischen Darius und Teddy, warf Darius mit der Tatsache um sich, dass er Wirtschaftslehre studiert hatte.

„Jemand musste bleiben und Ma helfen", knurrt Darius. „Teddy war fort. Matthias musste sich darauf konzentrieren, fürs Medizinstudium zugelassen zu werden. Die dreisten Drei wurden älter und begeisterten sich für alles. Ma hatte keine einzige Sekunde für sich. Ich arbeitete auf dem Bau und ging abends zur Schule. Ich brachte mir selbst das Daytrading bei. Dann ging ich nach New York, um meinen MBA zu machen. Teddy denkt, ich hätte die Familie im Stich gelassen, doch er tat es als Erster." Darius packt das Lenkrad fest. Wenn Teddy hier wäre, würde ich eine Hand auf seinen Rücken legen, um die Spannung in seinen Schultern zu lindern.

Vielleicht geht es bei dieser Fahrt weniger um mich und mehr darum, dass er seine eigenen Probleme rauslässt. Niemand eignet sich besser dazu, sich die geheime Scham eines anderen anzuhören, als jemand, dem bald die Erinnerungen gelöscht werden.

„Du hast dein Bestes gegeben", sage ich. „Das habt ihr beide getan."

Darius' Schultern entspannen sich. „Vielleicht. Ich war derjenige, der vorschlug, dass die Stadt eine Anleihe auflegt. Ich war jung und von mir überzeugt. Ich wusste nicht, was ich nicht wusste. Jetzt hat die Stadt Schulden und es ist meine Schuld."

„Es ist okay, Darius. Du musst dich mir nicht erklären."

„Ich denke, dass muss ich tun. Du bedeutest Teddy etwas."

Jetzt bin ich diejenige, die sich anspannt. „Nein, das tue ich nicht wirklich."

„Du bist ihm wichtig."

„Vielleicht. Aber nicht wichtig genug, damit es zwischen uns funktionieren kann. Er will mich nicht in seinem Leben haben. Als es kompliziert wurde, hat er mich gehen lassen."

„Teddy wirkt groß und taff, ist jedoch eine Zimtschnecke. Vor Jahren brachte er die Familie in Gefahr. Er will nicht noch einmal den gleichen Fehler machen."

Ich durchwühle meinen Rucksack, suche nach meinem Lipgloss und entdecke mein kaputtes Handy. Matthias hat ein Ladekabel in der Mittelkonsole, das für mein Handy passt, weshalb ich es herausziehe und einstecke. „Was versuchst du, zu sagen, Darius?"

„Ich will nur, dass du Teddys Standpunkt nachvollziehen kannst."

„Na schön. Danke, schätze ich. Es ist ja nicht so, als würde ich mich später daran erinnern."

Darius zögert, als wollte er noch etwas sagen, doch ich schaue aus dem Fenster. Wir sind bereits auf dem Highway. Wie viel Zeit habe ich noch, bevor ich alles vergesse? Ich sollte all meine guten Erinnerungen durchgehen, will jedoch nicht weinend an unserem Ziel ankommen.

Darius blickt immer wieder in den Rückspiegel. Ohne Vorwarnung schaltet er das Licht aus, rast über drei Fahrspuren und nimmt die Abfahrt. Ich taste nach dem Haltegriff, doch es gibt keinen.

„Darius? Was tust du?"

Er schaltet einen Gang runter und legt eine Kehrtwende hin, bei der ich gegen den Sitz geschleudert werde.

„Ich glaube, jemand verfolgt uns."

„Was? Wo?"

„Ein schwarzer SUV. Dort hinten. Wir werden die Nebenstraßen nehmen." Die nächsten Minuten blickt er zwanghaft in den Rückspiegel und entspannt sich schließlich. „Hab ihn abgeschüttelt."

Mein Magen schlägt keine Saltos mehr, was vermutlich daran liegt, dass ich ihn auf dem Highway zurückgelassen habe. „Wer denkst du, ist es?"

„Irgendein Arschloch-Attentäter, den dein beschissener Stiefbruder angeheuert hat."

„Wirklich?" Ich recke den Hals, doch die dunkle Straße liegt verlassen da. Ich sollte wahrscheinlich durchdrehen, aber ich scheine meine Durchdreh-Quote für das Jahr erreicht zu haben. Von einem Attentäter ermordet zu werden, kann sich nicht schlimmer anfühlen, als ich mich momentan fühle, nachdem mein Wikinger mit mir Schluss gemacht hat. Nachdem ich herausgefunden habe, dass er meine Erinnerungen löschen will, weil ich es versaut und vorgeschlagen habe, die Medien nach Bad Bear zu bringen.

Gott, ich vertraute dem Kerl! Ich fühlte mich bei ihm sicher. Aber ich hätte in keiner größeren Gefahr schweben können.

Er zerriss mein Herz in zwei Stücke. Und dann schickte er mich zu einem Vampir.

„Wie sollte mich Bentley überhaupt finden?", frage ich dumpf.

Darius schaut die Straße vor uns finster an, als würden dort lauter Mörder lauern, und er sie mit seinen Augäpfeln erschießen. „Handy", blafft er schließlich. „So spürt er dich auf." Er lässt sein Fenster runter, packt mein Handy und wirft es in die Nacht.

„Hey!" Ich setze mich aufrecht hin.

„Ich werde dir ein neues kaufen."

Ich lehne mich auf meinem Platz zurück. „Es ist okay", brumme ich. „Mir werden ohnehin die Erinnerungen gelöscht, stimmt's? Ich werde vermutlich alles vergessen, was ich jemals wusste."

„Was?" Darius' Stirn legt sich in Falten. „So funktioniert das nicht. Der Blutsauger… ich meine, der Vampir kann zu spezifischen Erinnerungen vordringen. Er wird einfach die an die vergangenen Tage löschen."

„Oh. Das Ganze klang so endgültig."

„Ja. Du wirst die Werbären vergessen, aber du wirst dich noch an dein Leben erinnern. Matthias hat mir gesagt, dass ich deine Erinnerungen ab dem Beginn der Wanderung löschen lassen soll. Haben dir er oder Teddy nichts davon erklärt?"

„Ich spreche nicht mehr mit Teddy. Matthias hat es womöglich erklärt, doch ich war ziemlich aufgebracht und habe nicht zugehört."

Darius konzentriert sich zwei Kilometer lang aufs Fahren, dann sagt er leise: „Du liebst ihn."

Ich schneide eine Grimasse und drücke meinen Rucksack fester. „Es spielt keine Rolle. In wenigen Stunden werde ich mich nicht einmal an ihn erinnern."

„Lana…"

Ich öffne den Mund. Ich muss das einfach sagen. „Ich weiß, dass ihn Tiffany verraten hat, doch ich bin nicht sie. Ich würde ihm das niemals antun. Irgendeinem von euch. Aber ihr müsst mir nicht glauben. In wenigen Stunden seid ihr mich alle los." Ich wende mich von ihm ab und sage zu dem Fenster: „Ich kann es nicht erwarten."

„Sag es noch mal mit etwas weniger Wut und dann glaube ich dir."

Ich drehe den Kopf, um Darius anzuschauen. Er zieht eine Braue hoch und sieht Teddy dabei so ähnlich, dass ich ihm eine reinhauen will.

„Du liebst ihn", wiederholt er.

„Natürlich liebe ich ihn", gifte ich.

Darius schüttelt den Kopf. „Richtig." Ehe ich mich versehe, hat er die Geschwindigkeit gedrosselt und Matthias' Sportwagen gewendet.

Ich packe den Sitz und bohre meine Nägel ins Leder.

„Darius! Was zum Henker?" Ich halte nach einem schwarzen SUV oder irgendeinem Auto Ausschau, das uns folgt, doch da ist nichts. Die Straße liegt verlassen da.

„Das hier ist ein Fehler", informiert er mich. „Ich bringe dich zurück."

Ich starre ihn mit offenem Mund an.

Darius schaltet in den höchsten Gang. „Ich liebe meinen Zwillingsbruder. Wir haben unsere Differenzen. Er ist in einem Kampf ein wenig schneller als ich und ich… sehe besser aus."

Ich schnaube.

„Nach der Sache mit Tiffany war er verletzt. Ich glaube, tief in seinem Innern gibt mir ein Teil von ihm die Schuld, weil ich derjenige war, der es herausgefunden und ihm erzählt hat."

„Darius, was in Dreiteufelsnamen…"

Er hält eine Hand hoch und ich halte den Mund für den Fall, dass er beide Hände vom Lenkrad nimmt, während das Auto um eine Kurve fegt. „Hör zu. Ich will damit sagen, dass Teddy stärker als die meisten an Dingen festhält. Seit der Sache mit Tiffany hat er keine ernste Beziehung mehr geführt. Gar keine. Er vergrub sich im Militärdienst und arbeitete anschließend mit dem Black Wolf Rudel zusammen, um ihre Security-Firma und sein Helikoptergeschäft auf den Weg zu bringen. Jetzt suhlt er sich allerdings einfach nur in seinem Elend."

Mein Mund hängt offen. Ich versuche, zu verstehen, was Darius sagt, während ich mich in den Autositz stemme. Vor zwei Sekunden war ich noch auf dem Weg zu einem Vampir. Jetzt hat Darius im wahrsten Sinne des Wortes eine 180-Grad-Wende hingelegt und ich bin auf dem Rückweg zu Teddy?

Es fühlt sich so richtig an, dass ich glaube, ich werde

gleich weinen. Es spielt allerdings keine Rolle, wenn Darius der Meinung ist, dass es ein Fehler ist, meine Erinnerungen zu löschen. Teddy hält es nach wie vor für das Richtige.

„Er war früher ein unbeschwerter Kerl. Bei seinen Freunden ist er das noch. Aber wenn er Dinge fühlt, empfindet er sie tief."

„Ich glaube nicht, dass er in meiner Gegenwart glücklich ist. Er kann ein richtiger Griesgram sein."

„Das liegt daran, dass du Gefühle in ihm hervorrufst. Du bringst ihn dazu, mehr zu wollen. Diesen Teil von sich hat er vor langer Zeit abgeschaltet und er ist mürrisch, weil du ihn aufweckst."

„Woher weißt du das? Ihr zwei tut doch nichts anderes als kämpfen."

„Ich bin sein Zwilling", antwortet er einfach, als würde das erklären, warum er ein Experte bezüglich Teddys Gefühlswelt ist. „Und du bist seine…"

„Sag es nicht." Ich hebe die Hände mit den Handflächen nach oben, als würde ich den Verkehr anhalten. Oder kapitulieren. Ich will das Wort *Gefährtin* wirklich nicht hören. Matthias hat etwas angedeutet und ich habe mir Hoffnungen gemacht. „Wenn es wahr ist, warum hat er mich dann gehen lassen?"

„Teddy hat überreagiert. Er hat einen Fehler gemacht. Aber du bist seine einzige Hoffnung auf Rettung, Lana, und ich kann nicht zulassen, dass du deine Erinnerungen wegwirfst, weil mein Bruder ein Vollidiot ist. Du bist seine Gefährtin."

Ich zucke zusammen.

„Das bist du. Weißt du, woher ich das weiß? Tiffany rannte zu den Nachrichten und den Kameras, um eine Sekunde Ruhm zu erlangen. Du bist bereits berühmt und du läufst davon, um deine Erinnerungen löschen zu lassen, damit dir niemand das Geheimnis entringen kann. Das ist

Liebe. Und ich werde nicht zulassen, dass Teddy das wegwirft."

Ich öffne den Mund, um etwas zu sagen, auch wenn ich nicht weiß was. Doch das Mondlicht fällt auf ein Hindernis auf der Straße vor uns und ich schreie: „Pass auf!"

Der Sportwagen hat klasse Bremsen. Darius nutzt sie gut. Die Reifen quietschen und ich knalle gegen die Beifahrertür, doch wir bleiben stehen.

Einige riesige schwarze SUVs blockieren die Straße.

„Fuck." Darius legt den Rückwärtsgang ein und schießt nach hinten, wendet auf der Straße und rast in die Richtung davon, aus der wir gekommen sind. „Bentley muss die schweren Geschütze zur Hilfe geholt haben."

Ach ja, richtig. Ich habe es beinahe vergessen – mein Stiefbruder versucht, mich zu töten. „Weitere Attentäter?"

„Ein ganzes Team."

Ich recke den Hals genau in dem Moment, in dem Darius heftig bremst. Eine weitere geschlossene Front aus schwarzen SUVs blockiert die Straße vor uns. Wir können nirgendwohin. Wir befinden uns in einer Art Schlucht mit Hügeln zu beiden Seiten und keinen abzweigenden Wegen oder Spuren einer Zivilisation in der Nähe. Wir sitzen in der Falle.

„Fuck", sagen wir beide gleichzeitig. Hinter uns haben sich die SUV-Türen geöffnet und einige Männer in Schwarz steigen aus.

„Okay, der Plan ist folgender." Darius greift in seine Tasche und zieht sein Handy heraus. „Du wirst das hier nehmen und zu den Hügeln rennen." Er tippt einen Code ein und reicht mir das Handy.

„Soll ich jemanden zu Hilfe rufen? Hier ist kein Empfang."

„Das brauchst du nicht. Dort drin ist ein spezieller Peil-

sender. Ich habe ihn gerade mit einem Notfall-Signal akti-
viert." Der Schatten eines Grinsens huscht über sein
Gesicht. „Teddy hat ihn selbst programmiert. Das hat er
für jeden in der Familie gemacht." Er greift über mich und
packt meinen Türgriff. „Auf mein Zeichen rennst du weg."

„Warte! Was ist mit mir?"

Sein Lächeln zeigt all seine Zähne. Er sieht wie ein Hai
aus. „Ich werde der Köder sein."

„Aber…"

„Du bist die Gefährtin meines Bruders. Ich werde tun,
was nötig ist, um dich hier lebend rauszuholen."

„Darius", flüstere ich.

„Keine Sorge, Kleines." Er tippt mir auf die Nasen-
spitze und sieht dabei Teddy so ähnlich, dass ich weinen
will.

„Oh, und ich nehme das hier." Er packt meinen Rucksack, der sogar im Dunkeln leuchtet. „Bist du bereit?"

Meine Brust hebt und senkt sich hektisch, als würde ich
gleich hyperventilieren. Ich schlucke und nicke.

„Auf drei", sagt Darius. „Ich werde sie ablenken.
Und… lass dich nicht fangen, Schätzchen. Du musst
meine Brüder herschicken, damit sie mich retten."

14

Teddy

Nachdem Lana gegangen ist, knurrt und brüllt mein Bär eine Stunde lang und kämpft darum, hervorzubrechen. *Es ist zu spät*, informiere ich ihn. *Sie ist fort.*

Sie hat uns verlassen. Und sie hat es getan, weil ich ein Arsch bin. In dem Moment, in dem ich den Mund öffnete, um ihr von der Erinnerungslöschung zu erzählen, wusste ich, dass es falsch war, erzählte es ihr allerdings trotzdem. Ich vertraute ihr nicht, obwohl sie deutlich gemacht hatte, dass sie alles tun würde, um uns zu helfen. Sie versuchte, uns zu retten, und im Gegenzug warf ich sie aus meinem Leben.

Aus meinem Leben, jedoch nicht aus meinem Herzen. Das wäre unmöglich. Nicht einmal ein Pickel könnte sie von diesem Organ trennen.

Allerdings ist das bedeutungslos. Ich habe sie verletzt. Schrecklich. Unwiderruflich. Und im Moment hat sie wahrscheinlich Angst und Schmerzen und durchleidet ihre letzten Momente, in denen ich Teil ihres Lebens bin.

Fuck.

Sie wollte unsere Stadt retten, konnte mich jedoch nicht vor mir selbst bewahren.

Ich reibe mir mit den Händen übers Gesicht. Was zum Henker soll ich nur tun? Wie konnte ich sie gehen lassen?

Ein nerviges *zzzt zzzt zzzt* kommt aus meiner hinteren Hosentasche. Ich ziehe mein Handy hervor.

„Endlich", knurrt Deke. „Ich versuche schon seit einer Ewigkeit, dich zu erreichen. Wir haben Bentley gefunden."

„Das ist gut…"

„Nein, das ist es nicht. Er und ein ganzes Team aus Attentätern sind auf dem Weg, um dein Mädel zu jagen."

Ich springe wie der Blitz auf die Füße. „Willst du mich verarschen?"

„Nein. Ist sie bei dir?"

„Nein." *Ich habe sie gehen lassen.* Den letzten Teil sage ich nicht. Ich kann es nicht ertragen, die Wahrheit laut auszusprechen: Ich hatte meine Gefährtin an meiner Seite und verjagte sie. „Sie ist nicht mehr auf dem Berg. Wir haben uns getrennt. Sie ist bei Matthias."

„Hol ihn ans Telefon und bring Lana an einen sicheren Ort. Ich schicke dir Bentleys letzte bekannte Koordinaten. Du wirst Verstärkung brauchen. Wir kommen runter."

Ich lege auf und rufe Matthias an, aber der Klingelton erklingt direkt vor der Tür. „Was zum Henker?"

„Teddy?" Matthias ist draußen. Das Quad ist vorgerollt, während ich mit Deke telefoniert habe. Hat er den Blutsauger bereits mit Lana besucht?

Ein schneidender Schmerz durchfährt mein Herz.

Die Hüttentür fliegt auf. Hutch, Bern und Canyon erscheinen in einem Wirrwarr aus Gliedmaßen und kämpfen darum, gemeinsam durch die Tür zu gelangen.

„Ich werde dich umbringen!" Canyon hat die Arme ausgestreckt und seine Finger zucken, als würde er sie um meine Kehle legen. Hutch und Bern versuchen, ihn zurückzuziehen.

„Wo ist sie?", brüllt Canyon. „Lana! Wir bringen dich in Sicherheit!"

„Sie ist nicht hier", knurrt Matthias hinter ihnen.

Axel steht neben ihnen und lehnt mit einem selbstgedrehten Joint in der Hand am Quad. „Ja, Mann. Beruhig dich."

Mein Knurren durchbricht die Nacht und die dreisten Drei beruhigen sich. Ich dränge mich an ihnen vorbei, um Matthias anzublaffen: „Wo ist sie?"

„Darius wollte sie hinbringen." Matthias zuckt mit den Achseln. „Sie hat zugestimmt."

Darius. Der Scheißkerl.

„Wir müssen sie zurückholen."

„Sie wollte ihre Erinnerungen löschen lassen."

„Was?" Canyon erschlafft in den Armen seiner Brüder. „Warum?"

„Ja, warum ist sie gegangen?", wirft Hutch ein. „Wir haben ihr einen Kuchen gebacken."

Everest erscheint neben dem Quad und hält eine selbstgebackene Torte mit drei Schichten in den Händen. Von den Seiten läuft eine weiße Creme. Oben steht in krakeliger Handschrift, die aussieht, als wäre sie von einem betrunkenen Kleinkind fabriziert worden: ‚Willkommen in der Familie'. Darunter befindet sich ein entsetzlicher brauner Klecks, der ein Bär sein soll.

Axel schaut von dem Kuchen zu Everest und zurück. „Klasse Arbeit."

„Ich weiß nicht", meint Hutch. „Ich glaube, es war zu viel Wasser in der Creme…"

„Hört zu", blaffe ich. „Lana steckt in Schwierigkeiten."

Alle klappen den Mund zu.

„Das Black Wolf Rudel schickt mir den letzten bekannten Standort des Feindes. Wir müssen los."

„Wer?" Canyon schüttelt seine Brüder ab. „Du lässt uns nicht zurück."

„Nein. Ich brauche eure Hilfe. All eure Hilfe." Ich starre in die Gesichter meiner versammelten Brüder, einschließlich die der Drillinge. Sie sehen so jung aus, aber sie sind Familie und ich brauche sie. „Wir müssen Lana finden und Bentley abfangen. Wir nehmen die Hubschrauber. Alle."

Mein Handy beginnt, laut zu piepen. Genauso wie die aller anderen. Es entsteht ein Moment der Verwirrung, in dem wir alle unsere Handys herausziehen und die Displays anstarren.

„Was zum…", beginnt Canyon.

„Der Peilsender." Ich umklammere mein Handy. „Darius sendet ein Notsignal."

„Und jetzt haben wir Koordinaten", stellt Matthias fest.

„Bad Bear Brüder macht euch bereit", ruft Hutch. Er sieht entschlossen aus, in seiner Stimme schwingt jedoch ein fragender Unterton mit.

„Ja." Ich packe seine Schulter. „Bad Bear Brüder macht euch bereit. Wir werden folgendes tun."

LANA

Mein Herzschlag hallt in meiner Brust wider und vibriert durch meine Glieder, meine Atmung hat sich jedoch mit Darius' Countdown verlangsamt.

„Eins… Zwei…"

Auf drei stoßen wir beide unsere Autotüren auf. Ich

springe ins Unterholz am Straßenrand und meine Stiefel rutschen auf der felsigen Erde aus.

Darius brüllt etwas und zieht so die Aufmerksamkeit auf sich. Ich senke den Kopf und renne die Seite des Hügels hinauf. Der Geruch von Salbei steigt auf, als ich die silbrigen Pflanzen unter meinen Füßen zerquetsche. Ich renne mal in diese und mal in jene Richtung und versuche, eine Möglichkeit zu finden, mich zu verstecken. Eine Höhle im Hügel, irgendeine Spalte. Meine Hand ist um Darius' Handy geschmiegt. Ich könnte eine höhere Position aufsuchen und schauen, ob mich Teddy dadurch besser aufspüren kann.

Wenigstens trage ich nicht mein Outfit, das im Dunkeln leuchtet. Ich habe noch immer den Hoodie an, den ich mir von Bern geliehen habe. Er ist schwarz. Das ist gut. Ich nehme meine Zöpfe und stopfe sie in die Kapuze. Mit dem schwarzen Hoodie und meinem Jeansrock kann ich hoffentlich mit der Landschaft verschmelzen. Außer die Attentäter haben Nachtsichtbrillen mit Hitzesensoren, die ihnen erlauben, mich in der Nacht zu sehen. Dann bin ich geliefert.

Hinter mir leuchtet mein pinker Rucksack oben auf dem Sportwagen. Darius muss ihn aus irgendeinem Grund dorthin gestellt haben. Er läuft langsam mit erhobenen Händen auf die Reihe an SUVs zu.

Die Türen der SUVs sind geöffnet und ein Haufen Männer in Schwarz strömen nach draußen. Das harte Licht der Autoscheinwerfer beleuchtet die langen Läufe ihrer schwarzen Pistolen.

„Nicht schießen", ruft Darius. „Nicht schießen." Er klingt so ruhig. Er steht mitten auf der Straße direkt im Weg der Scheinwerfer. Das perfekte Ziel.

Das Attentäterteam hebt seine Pistolen.

Das Funkgerät von jemandem knistert. „Sie ist in den Hügeln. Wir folgen ihr."

Ein lautes Krachen hallt von den Wänden der Schlucht. Ich zucke zusammen und werfe mich zu Boden, obwohl mich der Schuss nicht getroffen hat oder in meiner Nähe eingeschlagen ist. Er muss Darius getroffen haben.

Unten auf der Straße erklingt ein Brüllen und eine riesige dunkle Gestalt donnert auf die Attentäter zu. Darius im Werbären-Modus. Schüsse erklingen immer wieder. Das Brüllen wird noch lauter.

Ich muss etwas tun. Darius ist dort unten, kämpft um sein Leben und wird unablässig angeschossen. Teddy ist schnell geheilt, aber das war nur eine Platzwunde am Kopf... oh... und die Kugeln aus den Drohnen. Wie viele Kugeln kann ein Werbär abfangen, bevor er stirbt?

Auf Händen und Knien klettere ich die Böschung hoch. Ich muss zur Spitze gelangen. *Komm schon, Teddy. Du musst mich retten.*

TEDDY

Das Schlagen der Rotorblätter klingt für mich wie Zuhause. Es ist ironisch, dass mein Bär, obwohl er so groß und gewaltig ist, das Gefühl des frischen Windes im Gesicht liebt. Beim Militär lernte ich, dass ich den Himmel liebe. Natürlich kann einen Werbären nicht viel umbringen. Vielleicht macht diese Furchtlosigkeit es noch spaßiger.

Heute Nacht sitze ich nicht auf dem Pilotensitz. Bern sitzt dort und trägt sein Headset. Ich hänge halb aus der Tür und suche den Boden ab. Auf der anderen Seite tut Canyon das Gleiche. Wir sind auf dem Weg zu den Koordinaten, die Darius' Handypeilsender uns allen geschickt hat. Wenn er sich bewegt, werden wir ihm folgen.

Bisher hat er sich nicht bewegt.

Ich komme, Bruder. Halte durch.

Matthias fliegt einen anderen Hubschrauber mit Hutch und Everest. Axel hat den dritten Helikopter nach Taos geflogen, um so viele des Black Wolf Rudels mitzunehmen, wie reinpassen.

Falls wir Glück haben, kommen wir rechtzeitig beim Tatort an. Wenn nicht…

Meine Brust erbebt wegen des Knurrens meines Bären. Wir müssen rechtzeitig zu Lana gelangen. Es gibt keine andere Option.

Bern flucht etwas in sein Headset. „Wir sind fast beim Standort. Könnt ihr etwas sehen?"

Die Straße ist eine glatte Naht zwischen den Hügeln. Irgendwo dort unten in der kargen, felsigen Schlucht rennt Lana um ihr Leben.

„Das Signal des Peilsenders ist dort unten", berichtet Bern. „Wo sind sie?"

Ein knallpinker Rucksack leuchtet im Dunkeln auf Matthias' Sportwagen. „Dort." Ich deute, obwohl mich niemand sehen kann. „Pinker Rucksack auf zwei Uhr."

„Verstanden. Hubbären gehen in den Sinkflug." Bern neigt den Hubschrauber, um uns auf den Boden zu bringen.

LANA

Eines muss ich Jeansstoff lassen: Er ist strapazierfähig und immer modisch. Man kann sich damit aufbrezeln oder lässig kleiden. Man kann den ganzen Tag darin arbeiten und anschließend zu einer Party gehen, wo man wie ein

Rockstar aussieht. Das Einzige, was ich nicht empfehle, ist, in Jeansstoff zu rennen. Es ist ein kleiner Trost, zu wissen, dass der eigene Rock niedlich ist, wenn man vor einer Gruppe Attentäter davonrennt.

Teils renne, teils krabble ich in die ungefähre Richtung der Hügelkuppe. Meine Fingerknöchel und Handflächen sind von den Felsen aufgekratzt und mein T-Shirt klebt verschwitzt an meinem Rücken.

Windabwärts sind die Schüsse und das Brüllen verstummt. Ab und zu wird die unerträgliche Stille willkürlich von einem Schrei oder einem gedämpften Brüllen durchbrochen. Mein Herzschlag dröhnt mir laut in den Ohren.

Wie lange renne ich schon? Meine Schenkel sind wundgescheuert und meine Brüste hüpfen, doch das spielt keine Rolle. Adrenalin treibt mich den Hügel hinauf. Ich weiß nicht, ob mir noch jemand folgt, oder ob ich entkommen bin. Ich muss womöglich kilometerweit rennen/krabbeln.

Ich klettere um einen Felsen, als ich es höre: Das *Tack-tack-tack* Geräusch von Helikopterrotorblättern, die die Luft durchschneiden. Ich bin so weit oben, dass ich das Gelände sehen kann, dass sich vor mir erstreckt. Dort leuchtet mein pinker Rucksack auf Matthias' Wagen auf der Straße unter mir. Mondlicht fällt auf die Felsen und Büsche. Zwei Helikopter schweben über dem Land. Einer ist weiß. Der andere dahinter ist schwarz und schwieriger zu sehen. Sie neigen sich nach unten und senden Staubwolken in die Luft.

Es erklingt ein Schlachtruf und eine Gestalt springt aus dem weißen Helikopter. Ich kann nicht sehen, wer es ist, aber wer auch immer es ist, er trägt einen Kilt. Noch mehr Schreie und zwei weitere Gestalten springen in die Luft. In der Ferne blitzt Licht auf und beleuchtet drei

Gestalten, die von Fallschirmen baumeln und zu Boden schweben.

Der Anblick verschafft mir Gänsehaut. Die Helikopter röhren über mir. Der Schwarze fliegt zur Straße und schaltet einen Suchscheinwerfer an, der über das Gelände gleitet. Weitere Rufe erklingen, als die Attentäter das Feuer erwidern.

Der Laut veranlasst mich dazu, davonzuhuschen. Ich werfe mich auf den Boden und krieche hinter einen Felsen. Sollte ich hoch oder runter klettern? Meine Handflächen rutschen auf dem rauen Felsen aus. Meine Nägel sind so kaputt, abgebrochen und eingerissen, dass sie pinken Krallen ähneln. Wenn ich angegriffen werde, kann ich es wie ein Bär machen und jemanden zerkratzen, falls ich vorher nicht erschossen werde.

Ich quetsche mich in ein Versteck und spähe nach draußen. Unten auf der Straße ist ein Fallschirm gelandet. Eine oberkörperfreie Gestalt mit Kilt marschiert ins Licht der SUVs. Es ist Canyon. „Yeehaw", brüllt er. „Die Bad Bears sind angekommen."

Kugeln werden abgefeuert, woraufhin Canyon eine Rolle macht und auf die Reihe aus SUVs zurennt. Auf halbem Weg dorthin wird sein Schrei zu einem Brüllen. Sein dünner Körper verwandelt sich in eine zottelige Form, wobei er weiterhin mit voller Kraft voraus rennt. Schüsse erklingen ohne Unterlass. Der Werbär, der Canyon ist, verschwindet hinter den Scheinwerfern der SUVs und den Rest kann ich nicht sehen. Es erklingen Brüllen und Schüsse und willkürlich Schreie. Ich packe Darius' Handy fester und schnelle aus meinem Versteck. Wenn ich eine höhere Stelle finde, kann ich eventuell sehen, was los ist. Womöglich jagen mich Attentäter, aber ich fühle mich viel sicherer, wenn ein Haufen Werbären in der Nähe ist.

Es erklingt ein Summen wie von einer wütenden Hornisse und Kugeln schlagen in die Felsen um mich herum ein.

Ich schreie und werfe mich den Hügel hinab. Die Attentäter haben mich gefunden und ich weiß nicht, was ich sonst tun soll.

Brüllen erklingt in den Büschen um mich herum.

„Teddy", wimmere ich.

Und dann ist er da. Er hebt mich in die Arme und verdeckt mich mit seinem Körper. „Ich hab dich, Babygirl", raunt er.

Meine Ohren klingeln, die Schüsse haben allerdings aufgehört. Ich drücke mein Gesicht an seine Schulter und klammere mich mit aller Kraft an ihn.

„Es ist okay. Es ist vorbei." Er hält mich fest und trägt mich wieder den Hügel hinab. Die Schlachtgeräusche sind verstummt.

Einige Bären laufen auf der Straße umher. Die zerrissenen Überreste eines Kilts dekorieren den Asphalt vor einem der SUVs.

Die zwei Helikopter sind gelandet. Der Weiße steht neben den SUVs und der Schwarze weiter oben auf der Straße.

Als wir an dem Weißen vorbeigehen, rutscht Bern vom Pilotensitz, wobei er noch sein Headset trägt. „Das Black Wolf Rudel ist mit Axel auf dem Weg. Sie können sich ums Aufräumen kümmern."

„Gut", knurrt Teddy. „Irgendwelche Drohnen?"

„Dieses Mal nicht", antwortet Bern.

Teddy setzt mich auf einen Felsbrocken neben der Straße und beginnt, mich abzutasten. „Bist du verletzt?"

„Nein", murmle ich. Mein Herz schmerzt bei seinem Anblick. So wunderschön. So stark und kompetent. So… nicht mein. Daraufhin will ich erneut weinen.

Er streicht Schotter von meinen Knien und macht viel Aufhebens um die Aufschürfungen an meinen Händen, während ich dasitze und seinen Anblick aufsauge. „Lana, es tut mir so leid. Ich habe es vermasselt, Babygirl. Ich will dich nicht verlieren. Ich habe mich so sehr geirrt."

Mein Herz bleibt stehen.

„Bitte vergib mir. Dich zu verlieren, wäre der größte Fehler meines Lebens. Ich hätte nie auch nur in Erwägung ziehen sollen, deine Erinnerungen zu löschen. Ich weiß, dass ich dir wehgetan habe, aber ich schwöre, dass ich das nie wieder tun werde. Niemals."

Meine Lippen zittern. „Du hast mir wehgetan."

„Ich habe es mit der Angst zu tun bekommen. Ich befürchtete, dass ich den Berg und meine Art gefährdet hatte, und ich verlor vollkommen aus den Augen, was ich weiß." Er hält meinen Blick. „Dass du gut bist. Du bist nett. Du würdest uns niemals absichtlich schaden. Und vor allen Dingen... dass ich nicht ohne dich leben kann."

Die Luft entweicht meiner Lunge in einem Schwall.

„D-das kannst du nicht?"

Er schüttelt den Kopf und seine grauen Augen sind voller Kummer. „Nicht einmal eine Stunde lang, Babygirl."

Ich schlinge meine Arme um seinen Hals. „Ich kann auch keine Stunde ohne dich leben", verkünde ich.

Teddy hält mich so fest, dass ich nicht atmen kann, und ich sauge all seine Leidenschaft auf. Seine Stärke. Seine Fürsorge.

„Haben wir alle erwischt?" Canyon tritt splitterfasernackt hinter einem SUV hervor. Ich wende den Blick ab.

„Zieh dir etwas an", blafft Teddy. Canyon dreht sich um und marschiert gackernd dorthin zurück, wo er herkam.

„Hier drüben ist alles unter Kontrolle", ruft Hutch

irgendwo zu unserer Linken. „Teddy, du wirst dir das hier anschauen wollen."

Teddy lässt einen Laut entweichen, der weniger ein wütendes Knurren und mehr ein frustriertes Murren ist. Er hebt mich in die Arme und trägt mich in die Richtung von Hutchs Stimme. Es ist, als wäre er nicht gewillt, länger als eine Sekunde von mir getrennt zu sein.

Am Straßenrand liegt eine haarige Masse. Ein oberkörperfreier Hutch kniet daneben. Der Teenager hat entweder seine Bärengestalt nicht angenommen oder einen Weg gefunden, seinen Kilt nicht zu zerstören, denn er hat ihn an.

„Oh nein", keuche ich. „Ist das…?"

„Darius", bestätigt Teddy. Ich wimmere und presse eine Hand auf meinen Mund. „Er sagte, er würde für Ablenkung sorgen. Sie müssen ihn mehrere Male getroffen haben." Ich kann mich nicht dazu überwinden, zu fragen, ob er tot ist.

Der Körper des Bären schrumpft und das Fell verschwindet, bis ein hochgewachsener Wikinger ausgestreckt auf dem Boden liegt.

Teddy stellt mich ab und marschiert nach vorne. Er zieht seine Jacke aus und wirft sie über Darius' Schritt. Darius wacht auf und schnellt mit dem Oberkörper nach oben, um die Jacke eine Sekunde, bevor sie ihn trifft, zu fangen.

„Bedeck dich", befiehlt Teddy.

„Hast ja lang genug gebraucht, um hierher zu gelangen, Mistkerl", schimpft Darius. „Was hast du gemacht? Auf dem Berg Trübsal geblasen, während ich alles gab, um deine Gefährtin zu beschützen?"

Mir stockt der Atem. Hat Teddy akzeptiert, dass ich seine Gefährtin bin?

„Das stimmt." Teddy zieht mich an seine Seite. „Sie ist meine Gefährtin und vergiss das ja nicht."

Sie ist meine Gefährtin. Ich lehne mich an ihn und konzentriere mich auf Darius. „Geht es dir gut?" Seine blasse Haut ist blutverschmiert, aber ich weiß nicht, ob es seines oder das der Attentäter ist.

Sein Mund verzieht sich zu einem Grinsen. Sein Bart sieht zerzauster aus als üblich. „Alles gut, Schätzchen."

Teddy dreht mich, sodass er sich zwischen mir und seinem Zwillingsbruder befindet. „Hör auf, mit meiner Gefährtin zu flirten."

„Das tue ich doch gar nicht." Darius gluckst. „Ich mag sie jetzt, da ich sie kennengelernt habe. Es tut mir leid, dass ich sie vorhin mit Tiffany verglichen habe. Ich wollte dir nur das Leben schwermachen."

„Du bist ein Arschloch", sagt Teddy.

„Ja", seufzt Darius und legt sich wieder auf den Asphalt, als wäre er erschöpft. „Das bin ich."

Er sieht so jämmerlich aus, dass ich etwas sagen muss. Ich neige den Kopf nach oben zu Teddy. „Er hat eine Kugel für mich abgefangen. Ich glaube, möglicherweise sogar mehrere."

„Das ist keine große Sache." Darius winkt ab. Er schaut an uns vorbei und ruft: „Matthias, sorry wegen dem Auto. Ich werde dir ein neues kaufen."

Ein riesiger Bär mit hellbraunem Fell trottet zu dem Wagen und bleibt stehen, um die von Kugeln durchsiebten Türen zu betrachten. Der Bär, der Matthias sein muss, hat irgendwie noch immer eine Brille auf, die auf seiner langen Schnauze liegt. Er schüttelt traurig den Kopf und schlendert in die Nacht davon.

„Bist du okay, Lana?", fragt Canyon, der hinter einem SUV hervorkommt. Er hat sich aus etwas, was wie Hutchs Oberteil aussieht, eine Art Lendenschurz gebastelt.

„Ja, mir geht's gut. Danke für die Rettung."

„Teddy", ruft Bern. „Kannst du eine Minute herkommen?"

Teddy bewegt sich in die Richtung seiner Stimme und weil wir förmlich aneinanderkleben, gehe ich auch dorthin.

Hinter den SUVs sind ein Haufen gefangener Attentäter. Manche sind mit Knebeln in den Mündern an allen vieren gefesselt. Andere liegen in einer Reihe. Tot oder bewusstlos, ich will es nicht wissen. Ich schätze, sie verdienen es.

Ein Eisbär erscheint und schleift den schlaffen Körper eines Attentäters hinter sich her. Im Vorbeigehen hebt Everest eine Tatze und neigt sie so, dass eine Kralle zum Himmel deutet. Ich schwöre, er zeigt uns einen gereckten Daumen.

Hutch und Canyon führen uns zu einem SUV, neben dem ein Haufen Waffen liegen.

„Schaut mal, wen wir gefunden haben." Bern klingt grimmig.

Im Kofferraum des SUVs sitzt mein Stiefbruder, der praktisch mit Seilen mumifiziert wurde. Auf seinem Mund klebt ein Streifen Klebeband.

Ich atme scharf ein.

„Er behauptet, sein Name sei Bentley Dupree und er wird uns alles geben, was wir wollen, wenn wir ihn gehen lassen", berichtet Hutch.

„Ich sage, wir geben ihm einen Vorsprung und schicken ihm die Bären hinterher." Bei Canyons Grinsen blitzen seine Eckzähne auf.

Bentley wimmert hinter dem Klebebandknebel. Seine Haut ist entsetzlich weiß. Er sieht aus, als wäre er noch zwölf Sekunden davon entfernt, vor Angst ohnmächtig zu werden.

„Im Ernst, er hat gesehen, wie wir uns verwandelt

haben", sagt Bern. „Genauso wie die Attentäter. Was sollen wir machen?"

Teddy macht eine Bewegung und Hutch reißt Bentley das Klebeband aus dem Gesicht.

Bentleys Augen rollen fast in seinen Kopf zurück. „Bären…", quiekt er mit einem heiseren Flüstern. Das Weiße seiner Augen blitzt auf, als er von einem der Brüder zum nächsten schaut. „Bären! Bären!"

Teddys Hand haltend marschiere ich zu meinem Stiefbruder und beuge mich nah zu ihm. „Das stimmt, Bentley. Sie sind böse Bären."

„Sehr böse Bären", sagt Hutch und Canyon fügt hinzu, „Die schlimmsten."

Ich schaue Bentley in die Augen und erwarte, Mitleid oder eine Verbindung zu fühlen. Da ist nichts. Er war nie meine Familie. Es gibt Familie, die man findet, und Familie, die man wählt, und das Leben ist zu kurz, um es damit zu verbringen, den Leuten hinterherzujagen, die einen nicht so behandeln, wie man es verdient.

Ich trete zurück in den Kreis aus Teddys Armen. Die Bad Bear Brüder schließen um uns herum die Ränge, bereit, mich vor alles und jedem zu beschützen.

„Bringt sie zu dem Blutsauger und lasst ihre Erinnerungen löschen", befiehlt Teddy. „Bei allen."

„Schon dabei." Die dreisten Drei springen in Aktion, wuchten Bentley und die übrigen Attentäter hoch und führen sie ab. Einer der Attentäter wehrt sich, woraufhin ihn Everest auf die Füße zieht und in den Van schleift so wie eine Mutterkatze, die ihr Kätzchen im Genick packt und davonträgt.

Matthias erscheint und sieht in einer gebügelten Jeans und einem T-Shirt, das er irgendwo geholt hat, ordentlich und sauber aus. Vermutlich hat er die Kleider aus dem Kofferraum seines armen Autos geholt. „Axel ist mit dem

Black Wolf Rudel auf dem Weg. Ich gebe ihnen Bescheid, dass die Action vorbei ist. Und ich habe dem Blutsauger geschrieben, damit er auf eine große Gruppe vorbereitet ist." Matthias betrachtet mich. „Bist du okay, Lana? Ich kann dich fahren, wenn du noch zu dem Vampir willst."

„Nein", knurrt Teddy.

„Nein, mir geht's gut. Viel besser." Meine Beine sind müde. Das ist Grund genug, mich an Teddys Brust zu schmiegen. „Ich will bei Teddy bleiben."

Er hebt mich in seine Arme und knurrt: „Ich lasse dich nicht mehr aus den Augen."

„In Ordnung." Matthias nickt. „Ich kann ab hier übernehmen."

„Gut." Teddy drückt mich näher an sich. „Ich muss meine Gefährtin nach Hause bringen."

15

Lana

Nachdem das Adrenalin verflogen ist, werde ich müde, doch ich wache auf, als Teddy die Hüttentür auftritt. Meine Arme schlingen sich um seinen Hals, als er mich wie eine Braut in seine Hütte trägt.

„Ist es hier sicher?" Ich schaue mich um. Es fühlt sich an, als hätte ich diese Hütte in einem anderen Leben verlassen. Dennoch fühlt sie sich bereits wie ein Zuhause an.

„Es ist sicher. Kein Bentley mehr, keine Attentäter mehr." Teddy setzt mich aufs Bett und beginnt, mir die Wanderschuhe auszuziehen. Ich lasse mich nach hinten aufs Bett fallen, fühle mich verschrammt und lädiert, jedoch glücklich.

Teddy zieht mir die Schuhe komplett aus und fährt einen Kratzer auf meiner Wade nach. „Babygirl, es tut mir so leid. Ich habe es versaut."

Ich stemme mich auf meine Ellenbogen. „Halte mich einfach in den Armen. Und tu das nie wieder."

„Ich werde es nie wieder tun." Er klettert aufs Bett,

zögert jedoch. Ich bin erpicht darauf, zu dem Teil der Nacht zu kommen, bei dem wir uns die Kleider vom Leib reißen, doch Teddy sieht so am Boden zerstört aus, dass ich ihn reden lasse. „Ich wünschte, ich könnte in der Zeit zurückreisen und löschen, was ich gesagt habe."

„Was geschehen ist, ist geschehen. Jetzt wird nichts mehr gelöscht." Ich zerre ihn neben mich, wo er hingehört. „Du bist durchgedreht. Es ist okay. Sag mir einfach beim nächsten Mal, dass du am Durchdrehen bist, und dann befassen wir uns damit. Gemeinsam."

„In Ordnung." Er nimmt meine Hand und küsst meinen einzigen unversehrten Fingerknöchel. „Wirst du mir vergeben?"

„Ich habe dir bereits vergeben."

„Ich hätte dich nie so behandeln sollen."

„Deine Erinnerungen an Tiffany haben das Ganze ausgelöst. Darius hat mir alles erzählt."

„Der verdammte Darius. Ich hätte es dir erzählen sollen."

„Es ist okay. Du hättest es getan. In den vergangenen Tagen haben wir viel durchgemacht. Die ganze Attentäter-Sache… wir hatten nie eine Gelegenheit, miteinander zu reden."

„Ja. Es gibt viel, was ich dir erzählen muss."

Ich wappne mich, doch er umfängt mein Gesicht und betrachtet mich mit unglaublicher Zärtlichkeit.

„Du bist meine Gefährtin, Lana. Das bedeutet, dass du im ganzen Universum die Einzige in der Welt für mich bist. Ich hätte dich nie gehen lassen sollen, Lana, und ich werde es nie wieder tun. Ich werde für immer an deiner Seite sein."

„Okay", flüstere ich.

„Da ist noch mehr." Er öffnet meinen Hoodie. Mein Körper erstarrt, innerlich bebe ich jedoch, als er meine

Zöpfe sachte von meinen Schultern hebt und um mein Gesicht herum drapiert.

„Meine Gefährtin zu sein, bedeutet, dass wir für immer zusammen sein werden", sagt er. „Mein Herz gehört dir und ich werde dir zeigen, was du mir bedeutest." Er legt seine Handfläche an meine Halsseite. „Ich habe mit meinen Freunden gesprochen, mit denen, die sich mit Menschen gepaart haben. Es gibt einen Instinkt, den Gestaltwandler haben. Wir wollen unsere Gefährtinnen markieren." Er streichelt mit dem Daumen leicht über meine Schulter. „Heute Nacht will ich dich markieren. Ich will keine Zeit mehr verlieren. Mein Bär will, dass du ohne jeden Zweifel weißt, dass du mein bist."

TEDDY

Lana blinzelt durch ihre langen Wimpern zu mir auf. Ich könnte eine Ewigkeit damit verbringen, in ihre hübschen braunen Augen zu schauen.

„Okay. Wie funktioniert es?"

„Ich beiße dich und dadurch wird mein Geruch in deine Haut eingebettet, sodass andere Gestaltwandler wissen, dass du mein bist. Es wird wehtun, aber ich werde versuchen, sanft zu sein, und die Heilung wird schneller vonstatten gehen als bei einer gewöhnlichen Wunde."

„Ich vertraue dir", flüstert sie und das zwingt mich beinahe in die Knie.

„Du bist perfekt für mich. Ich werde dich markieren, vorher werde ich jedoch dafür sorgen, dass du dich gut fühlst."

„Solange du nicht zu sanft bist." Es liegt ein Lächeln in ihrer Stimme. Sie stemmt sich nach oben, um ihr Gesicht nah an meines zu bringen. Ich lasse unsere Lippen aufeinander krachen. Ich küsse sie tief und lasse meine Zunge in ihren süßen Mund schnellen. Ich erkunde und plündere. Ich will, dass sie mich überall spürt.

Ich küsse einen Pfad über ihren Kiefer und die Seite ihres Halses hinab. Nachdem ich ihr das T-Shirt und Unterhemd ausgezogen habe, drücke ich sie auf den Rücken und verteile Küsse auf der Rundung ihres Busens.

„Mein wunderschönes, wunderschönes Weibchen", murmle ich.

„Bin ich das?"

„Wunderschön? Zur Hölle, ja."

„Ich meinte dein Weibchen."

„Du bist seit dem Moment mein, in dem ich deinen Geruch im Wald wahrgenommen habe. Ich war nur zu dumm, das zu realisieren, bis es fast zu spät war." Ich drücke ihren Busen, lasse meine Zunge über ihren dunklen Nippel gleiten und necke ihn zu einer steifen Spitze.

„Verrückter Wikinger-Bär." Ihre Nägel kratzen durch mein Shirt hindurch über meine Schultern, weshalb ich es mir ausziehe. Ich will, dass sie meine Haut markiert.

Ich küsse einen Pfad hinab zu ihrem weichen Bauch und öffne den Jeansrock, den sie gemacht hat – mein talentiertes, kreatives Genie. Als ich ihn ihr ausgezogen habe, ziehe ich ihr das Höschen mit den Zähnen aus, ehe ich ihre Knie weit spreize, um sie zu lecken.

Sie schreit in dem Moment auf, in dem meine Zunge ihre Mitte berührt, und hebt die Hüften, um meinem Gesicht entgegenzukommen. Ich zeichne ihre Schamlippen nach und teile ihr weiches Fleisch mit der Zunge, ehe ich sie damit aufspieße. Ich schiebe das Häubchen ihrer Klitoris zurück und lasse meine Zunge um die kleine Perle kreisen, bis sie hart wird und für mich anschwillt. Daraufhin ziehe ich sie sachte zwischen meine Lippen, um an der winzigen Knospe zu saugen.

„Teddy", wimmert sie.

Ich schwöre, ihr dieses verzweifelte Wimmern mindestens dreimal am Tag zu entlocken bis zu dem Tag, an dem wir beide sterben. Natürlich gemeinsam. In unserem Schlaf. Während wir voneinander träumen.

Ich lasse mir Zeit, umkreise ihre Klit, zupfe und sauge daran, bis sie sich windet, stöhnt und schreiend nach mehr verlangt. Erst dann erhebe ich mich, entferne meine Jeans und schiebe mich über meine hübsche Gefährtin.

„Ich werde vorsichtig sein", informiere ich sie. Ich warne meinen Bären. Wir müssen bei ihr aufpassen. Sie ist ein Mensch. Wenn ich sie zu tief oder an der falschen Stelle beiße, könnte ich echten Schaden verursachen.

Lana interessiert das alles nicht mehr. Sie schlingt ihre Beine um meine Hüften und zieht mich zu ihren. Ich gluckse, führe meinen Schwanz an ihren Eingang und reibe mit der Spitze über ihre Säfte.

Sie ist bereit.

Mehr als bereit.

Ich presse mich in sie und erschaudere, weil es sich so richtig anfühlt. Die Befriedigung, mit meiner Gefährtin – meiner *bestätigten* Gefährtin – zu schlafen, ist unübertroffen.

„Babygirl, du fühlst dich so gut an", stöhne ich und schaukle mich mit langsamen, bewussten Bewegungen in sie.

Ihr Kopf rollt auf dem Kissen nach hinten. „Du fühlst dich für mich auch gut an, Teddy. Ich liebe es, wie groß du bist. Wie wild du wirst."

Aw, fuck. Sie macht es mir unmöglich, mich zurückzuhalten. Ich platziere meine Hände zu beiden Seiten ihres Kopfes und beschleunige mein Tempo. Zudem ramme ich mich mit mehr Kraft und Ehrgeiz in sie.

Ich will, dass das hier – diese Beanspruchung meiner Gefährtin – für immer andauert, aber da ist auch diese

Verzweiflung in mir, dass ich buchstäblich sterben werde, wenn ich jetzt keinen Anspruch auf sie erhebe.

Jetzt.

Sofort…

„Oh beim Schicksal", grunze ich und meine Hoden ziehen sich zusammen.

Lana verlagert ihre Hüften und ich kann plötzlich noch tiefer in sie dringen. „Ja!", schreit sie. „Teddy, genau da!"

Ich fluche und bin nicht mehr in der Lage, etwas anderes zu tun, als mich genau gegen die Stelle zu rammen, die sie verlangt hat. Ich muss mein Weibchen befriedigen. Ich muss sie zum Kommen bringen, als hinge mein Leben davon ab.

Ich vermute, das tut es in gewisser Hinsicht.

„Lana", würge ich hervor und bin nun emotional. Ich spüre, dass sich die Verwandlung anbahnt. Meine Eckzähne werden länger, damit ich sie markieren kann. Meine Augen müssen ebenfalls ihre Farbe verändert haben.

„Oh mein Gott, Teddy. Teddy. Teddy!", schreit Lana und ich ramme mich in sie, woraufhin wir beide gleichzeitig kommen. Ihre engen Muskeln drücken meinen Schwanz und pulsieren um meine Härte herum, als ich mich in ihr ergieße.

Ich warte darauf, sie zu markieren, warte, bis wir den Höhepunkt des Orgasmus erlebt haben und auf der anderen Seite angekommen sind. Ich warte, bis sie erschlafft ist und leise unter mir stöhnt. Erst dann senke ich den Kopf und vergrabe meine Zähne in dem weichen Fleisch ihres Busens. Ich beiße in dessen Oberseite unterhalb ihres Schlüsselbeins.

Sie keucht, reißt die Augen weit auf und packt meinen Kopf mit den Händen.

Oh beim Schicksal. Ich werde mir selbst eine Ohrfeige

verpassen, wenn das hier traumatisch für sie war. Vorsichtig entferne ich meine Zähne. „Es tut mir leid, Babygirl. Es tut mir so leid. Bist du okay?" Ich lecke mit der Zunge über die Wunden, um sie zu säubern und ihr die Heileigenschaften in meiner Spucke zu geben. Sie ist nicht so mächtig wie die eines Vampirs, aber es wird helfen.

„Wow. Ähm, nein, mir geht's gut. Hast du mich markiert? Du hast mir in den Busen gebissen."

Ich streiche mit dem Daumen über ihre weiche Wange. „Das habe ich getan, Babygirl. Ich liebe diese Brüste. Ich will mein Mal dort jedes Mal sehen, wenn du dich auszieht."

Ein Lachen purzelt aus ihr heraus. „Bin ich jetzt dein?"

Mein Bär grollt vor Befriedigung. *Meine Gefährtin.*

Ich wiederhole die Worte laut um Lanas Willen. „Für immer, Babygirl. Bären paaren sich fürs Leben. Jetzt gibt es kein Zurück mehr."

„Als ob ich das jemals wollen würde."

Die Beinahe-Katastrophe ihrer Erinnerungslöschung und dem Anschlag auf ihr Leben sind mir noch so frisch im Gedächtnis, dass ich bei der Vorstellung, sie zu verlieren, erschaudere. „Ich werde dich nie wieder gehen lassen. Niemals", schwöre ich.

„Okay, Wikinger." Ihre Augen schließen sich. Die Markierung und der Sex und der Wahnsinn des Tages holen sie ein.

Ich lasse mich an ihre Seite fallen, schmiege meinen Körper an ihren und lege einen Arm unter ihre Brüste. „Ich liebe dich."

„Mmmh", murmelt sie schläfrig. „Ich liebe dich auch, Wikinger-Bär."

EPILOG

Lana

„Ich mein ja nur." Ich spreize die Hände, um meine Aussage zu untermalen. „Sein Bär ist hellbraun und er ist riesig. So groß wie Everest."

Teddy lächelt auf diese nachsichtige Weise, die er jedes Mal zeigt, wenn ich mich lächerlich und niedlich benehme. „Worauf willst du hinaus, Babygirl?"

Ich schaue mich um. Teddy und ich befinden uns mitten im Wald und sind mit dem Quad auf dem Weg in die Stadt. Es ist niemand in der Nähe, doch ich gehe kein Risiko ein und senke die Stimme. „Matthias ist ein Pizzly-Bär."

„Interessante Theorie. Weißt du, du könntest ihn einfach fragen."

„Das habe ich! Er hat mich nur angeschaut und ganz mysteriös geguckt. Ich wurde nervös und begann, über die Effizienz von menschlichen Verhütungsmethoden bei Mensch-Gestaltwandler-Beziehungen zu sprechen. Weißt du, für den Fall, dass dein super mächtiges Werbären-Sperma in meine Gebärmutter eindringt, meine Spirale

257

außer Kraft setzt und mich schwängert. Ich will bereit sein."

Ich merke, dass Teddy nicht mit diesem Thema gerechnet hat. Seine Stirn legt sich in Falten, doch er bleibt bemerkenswert ruhig. „Was hat er gesagt?"

„Er sagte, Zwillinge würden in der Familie liegen." Ich schlucke. Auch wenn ich einen niedlichen kleinen braunen Bären in unserer Hütte oder unserem Haus in LA herumlaufen sehen möchte, hatte ich auf kinderlose Flitterwochen gehofft. Oder drei.

„Wenn du schwanger wirst, egal ob mit Zwillingen oder Drillingen oder einer Mischung aus beidem, werden wir das bewältigen. Gemeinsam." Obwohl er noch das Quad steuert, nimmt er meine Hand und küsst meine Knöchel gerade oberhalb meines Morganit-Verlobungsrings.

Ich lasse zu, dass sich die Wärme in meinem Bauch ausbreitet und warte, bis wir geparkt haben, um zu sagen: „Also willst du Kinder mit mir?"

„Oh ja. Eines Tages." Er fährt auf den Parkplatz und beugt sich nach vorne. „Bis dahin werde ich mein Bestes geben, dich bei jeder Gelegenheit mit meinem Super-Gestaltwandler-Sperma zu füllen. Du weißt schon, zur Übung." Seine Zähne knabbern an meinem Ohr.

„Mmmh." Ich summe zustimmend.

„Doch zuerst müssen wir zu dieser Versammlung, sonst macht mich Daisy fertig."

Teddy hilft mir vom Quad. Ich trage ein LA-würdiges Outfit, ein funkelnder rotgoldener Hosenanzug mit dazu passenden hochhackigen Stiefeln. Teddy und ich sind für die Bürgerversammlung von meinem Büro zu Hause hierhergeflogen. Sein Helikoptergeschäft ist recht nützlich. Bis ich ein GoddessWear-Büro in der Nähe des Bad Bear Mountains eröffne, bin ich die einzige Kundin. Es ist nicht leicht, für die Arbeit hin und her zu fliegen, doch ich habe eine neue CEO, die in wenigen Monaten GoddessWear übernehmen wird. Dann werde ich mich ein wenig aus dem Geschäft zurückziehen und anfangen können, unsere Hochzeit zu planen. Teddy hat einer Hochzeit nur widerwillig zugestimmt, aber ich habe ihm versichert, dass es eine intime Hochzeit werden wird – kein Theater und keine Kameras.

Ich habe ihm noch nicht von den malvenfarbigen Kilts erzählt.

„Lana!" Maisy winkt, als Teddy und ich den Versammlungssaal betreten. Ich laufe zu ihr und umarme sie leicht mit einem Kuss auf jede Wange.

„Schau dich nur an." Ich trete zurück, um ihr Outfit zu betrachten.

„Ein Lana Langmeyer Original." Maisy macht eine Pose, um mein neues Werk vorzuführen, ein hautenges Kleid mit Lochmuster, das sehr beliebt ist. Ich designte es, nachdem Teddy sein Mal auf meinem Busen hinterließ. Wenn ich meines trage, macht ihn der Ausschnitt über meinem gewaltigen Dekolleté ganz wild.

„Das Pink steht dir", sage ich.

„Das tut es." Matthias hat sich zu unserer kleinen Gruppe gesellt. Er mustert Maisy von Kopf bis Fuß und nickt anerkennend.

Röte erblüht auf Maisys entblößter Brust und breitet sich auf ihrem Gesicht aus. „D-dankeschön." Sie legt eine Hand auf ihren nun rosa Hals. „Ich… äh, muss gehen… meiner Oma helfen." Sie hastet davon und ich mache mir eine mentale Notiz, Matthias später damit aufzuziehen, dass er mit den Frauen der Stadt flirtet.

„Willkommen zurück." Matthias beugt sich vor, um mir einen Kuss auf die Wange zu geben. „Wir sitzen vorne. Wir haben euch Plätze freigehalten."

Vorne im Saal steht Everest wie ein Platzanweiser und ragt über der Reihe mit den Bad Bears auf. Die Drillinge lümmeln alle auf ihren Stühlen. Axel sieht aus, als würde er schlafen. Und am Ende der Reihe sitzt eine vertraute Gestalt mit blonden Haaren, einem grauen Anzug und einer Aktentasche zu den Füßen stocksteif da.

„Ist das Darius?", frage ich, als ich mich zwischen Teddy und Matthias niederlasse.

„Ja", antwortet Matthias. „Er ist hier, um noch ein Bauprojekt vorzustellen, glaube ich."

Während wir auf den Beginn der Versammlung warten, piept mein Handy, und ich ziehe es heraus, um die Benachrichtigung zu lesen.

„Das steckst du besser weg", warnt Teddy. „Oder Daisy…"

„Ich weiß, ich weiß." Ich lese die Nachricht von meinem Finanzchef und verkneife mir ein Kreischen.

„Gute Neuigkeiten?", fragt Teddy. Er kann mich wie ein Buch lesen.

„Großartige Neuigkeiten." Ich schalte mein Handy aus und stecke es in meine Handtasche. „Ich erzähle es dir später."

Auf der Bühne ruft Daisy die Versammlung zur Ordnung. „Beruhigt euch alle miteinander." Maisy reicht ihr einen Hammer und sie klopft damit auf das Podium. „Heute treffen wir uns unter ganz anderen Umständen." Sie hält inne, um sicherzugehen, dass alle Augen auf ihr liegen. „Ich freue mich, die Gründung der Bad Bear Mountain Stiftung zu verkünden, einer Non-Profit-Organisation, die sich der Erhaltung der Schönheit und wilden Gebiete auf diesem Berg verschrieben hat. Heute Morgen hat die Stiftung eine zehn Millionen Dollar Spende erhalten, mit der wir die Schulden der Stadt abbezahlen können." Noch eine Pause, doch Daisy schlägt nur Stille entgegen. Wir sitzen alle da und unsere Münder stehen offen.

Die künstlichen Blumen auf dem Haarreif der Bürgermeisterin wackeln, als sie nickt. „Ich würde mich gerne bei dem Spender bedanken, der anonym zu bleiben wünscht. Wir nehmen noch immer Angebote für eine neue Wohnsiedlung an. Im Licht der neuen Stiftung und der Tatsache, dass unsere Schulden getilgt wurden, können wir uns jedoch Zeit damit lassen, zu entscheiden, was das Beste für den Berg ist. Dankeschön." Sie klopft mit dem Hammer auf das Podium und verlässt es schwankend mit Maisys Hilfe. Durch den Saal geht eine Welle des Schocks und der Erleichterung.

„Was ist gerade passiert?", fragt Hutch.

„Wir hatten sehr großes Glück", raunt Matthias. „Jemand mit tiefen Taschen muss diesen Berg sehr lieben."

„Es ist wundervoll", zwitschere ich und weiche Matthias' scharfem Blick aus. Er ist dahintergekommen. Er denkt immer zwei, drei Schritte weiter. Entweder das oder seine Brille verleiht ihm einen Röntgenblick. „Sollen wir zurück zur Hütte gehen und feiern?"

Als wir uns erheben, kommt Darius auf uns zu, die Hand ausgestreckt, als wollte er meine schütteln. Teddy zieht mich an seine Seite und Darius steckt seine Hand stattdessen in die Hosentasche. „Herzlichen Glückwunsch."

„Warum sagst du das?", will Teddy wissen.

„Hast du es nicht gehört? Es gibt einen neuen Finanzbericht zu GoddessWear. Ich werde Lana die gute Neuigkeit bekannt geben lassen."

„Ähm", wispere ich, obwohl ich weiß, dass mich alle Werbären um mich herum hören können. „Meine Firma hat gerade eine Wertbestimmung von einer Milliarde Dollar erhalten."

„Das ist großartig, Babygirl", raunt Teddy. Er hat keine Ahnung, was das bedeutet.

„Dir gehört die Firma, richtig?"", fragt Darius.

„Ja."

Teddy blinzelt. „Das heißt also…"

„Ich bin Milliardärin. Theoretisch. Es ist nicht so, als hätte ich dieses Geld in meiner Tasche."

„Verdammt genial", sagen die dreisten Drei wie aus einem Mund.

„Das ist klasse", meint Matthias. „Gut gemacht."

„Dankeschön", flüstere ich.

Teddy wartet, bis wir wieder auf dem Quad sitzen und in relativer Privatsphäre durch den Wald rollen, um zu fragen: „Du warst der Spender, oder?"

„Ja. Nun, theoretisch gesehen kam das Geschenk vom Vermögen meiner Eltern. Bentley hat es abgesegnet und alles." Seine Persönlichkeit hat sich seit der Löschung seiner Erinnerungen stark verändert. Zum Glück zum Guten. Natürlich weiß ich nicht, wie viel schlimmer seine Persönlichkeit hätte werden können.

Teddy bremst das Quad, dreht sich um und nimmt mein Gesicht zwischen seine Hände. „Ich liebe dich, Babygirl."

„Ich liebe dich auch." Mein Atem weht kurz über sein Gesicht, bevor er meinen Mund mit einem sengenden Kuss verschließt.

Ein Trio aus lauten Jubelrufen sorgt dafür, dass wir auseinanderfahren. Hutch, Bern und Canyon rennen aus dem Wald. Zwischen den Bäumen spielen Schatten über die riesigen Gestalten eines Eisbären und eines Grizzlys – oder möglicherweise eines Pizzly-Bären.

Die dreisten Drei schlagen auf die Seiten des Quads, brüllen und jubeln, bevor sie vor uns davonrennen.

„Komm schon, Lana", ruft Hutch. „Wir backen einen Kuchen!"

Teddy zwickt sich in den Nasenrücken.

„Ich liebe deine Familie", informiere ich ihn.

Er seufzt und lässt das Quad an. „Ich auch. Aber nach dem Kuchen werfe ich sie raus und fessle dich ans Bett."

„OMG", flüstere ich.

Ich kann es nicht erwarten.

MEHR WOLLEN?

Bad-Boy-Alphas-Serie

Alphas Versuchung

Alphas Gefahr

Alphas Preis

Alphas Herausforderung

Alphas Besessenheit

Alphas Verlangen

Alphas Krieg

Alphas Aufgabe

Alphas Fluch

Alphas Geheimnis

Alphas Beute

Alphas Blut

Alphas Sonne

Alphas Mond

Alphas Schwur

Alphas Rache

Alphas Feuer

Alphas Rettung

HOLEN SIE SICH IHR KOSTENLOSES BUCH!

Tragen Sie sich in meine E-Mail Liste ein, um als erstes von Neuerscheinungen, kostenlosen Büchern, Sonderpreisen und anderen Zugaben zu erfahren.

https://geni.us/jungfrauunddervampir

RENEE ROSE: HOLEN SIE SICH IHR KOSTENLOSES BUCH!

Tragen Sie sich in meine E-Mail Liste ein, um als erstes von Neuerscheinungen, kostenlosen Büchern, Sonderpreisen und anderen Zugaben zu erfahren.

https://www.subscribepage.com/mafiadaddy_de

LEE SAVINO: KOSTENLOSE
NOVELLE

Hol dir ein kostenloses Exemplar von Gezeugt von den Berserkern und Eine Berserker-Geburt, indem du dich für meinen Newsletter anmeldest.

Der dritte Teil von Daegans, Brennas und Samuels Geschichte. Lies den ersten Teil in **Verkauft an die Berserker** *und den zweiten in* **Gepaart mit den Berserkern**. *Diese Novelle ist kostenlos, ein Geschenk.*

https://BookHip.com/PKRMGC

BÜCHER VON RENEE ROSE

Master Me

Ihr Königlicher Master

Ja, Herr Doktor

Ihr Marine Master

Ihr Russischer Gebieter

Ihre Zwillingsmaster

Ihr Brandmeister

Chicago Bratwa

Der Direktor

Gefährliches Vorspiel

Der Mittelsmann

Bessessen

Der Vollstrecker

Der Soldat

Der Hacker

Der Buchmacher

Der Putzer

Unterwelt von Las Vegas

King of Diamonds: Was in Vegas passiert, bleibt in Vegas, Band 1

Mafia Daddy: Vom Silberlöffel zur Silberschnalle, Band 2

Jack of Spades: Gefangen in der Stadt der Sünden, Band 3

Ace of Hearts: Berühmtheit schützt vor Strafe nicht, Band

Joker's Wild: Engel brauchen auch harte Hände (Unterwelt von Las Vegas 5)

His Queen of Clubs: Russische Rache ist süß (Unterwelt von Las Vegas 6)

Dead Man's Hand: Wenn der Tod mit neuen Karten spielt

Wild Card: Süß, aber verrückt

Mountain Men

Held

Wolf Ranch

ungebärdig - Buch 0 (gratis)

ungezähmt– Buch 1

ungestüm - Buch 2

ungezügelt - Buch 3

unzivilisiert - Buch 4

ungebremst - Buch 5

unbändig - Buch 6

Two Marks

ungebärdig - Buch 1 (gratis)

versucht - Buch 2

Begehrt - Buch 3

verzaubert - Buch 4

Wolf Ridge High

Alpha Bully - Buch 1

Alpha Knight - Buch 2

Bad Boy Alphas

Alphas Versuchung

Alphas Gefahr

Alphas Preis

Alphas Herausforderung

Alphas Besessenheit

Alphas Verlangen

Alphas Krieg

Alphas Aufgabe

Alphas Fluch

Alphas Geheimnis

Alphas Beute

Alphas Blut

Alphas Sonne

Alphas Mond

Alphas Schwur

Alphas Rache

Alphas Feuer

Alphas Rettung

Mitternacht Doms

Seine gefangene Sterbliche

Die Meister von Zandia

Seine irdische Dienerin

Seine irdische Gefangene

Seine irdische Gefährtin

Seine irdische Rebellin

Seine irdische Frau

Ihr Gefährte und Meister

Zandianisches Haustier

Sein irdischer Besitz

Zandianische Bräute

Eine Nach md den Zandianern

Von den Zandianern gekauft

Von den Zandianer beherrscht

Das Licht der Zandianer

Festgehalten vom Zandianer

Vom Zandianer beansprucht

EBENFALLS VON LEE SAVINO

Übersinnliche Liebesromane

Verkauft an die Berserker
Diese wilden Krieger schrecken vor nichts zurück, um ihre Partnerin zu erobern.

Alphas Versuchung: Eine Milliardär-Werwolf-Romanze mit Renee Rose
Date niemals einen Werwolf.

Romantische Science Fiction

Brutale Verbindung mit Tabitha Black
Mein Retter macht mir klar, dass er für meine Befreiung eine Gegenleistung will ...
... eine Omega.
Mich.

Gefangene von Außerirdischen mit Golden Angel
Er wird mich zu seinem perfekten kleinen Lustobjekt machen ...

Draekons mit Lili Zander (Eine Sci-Fi Dreierbeziehung Romanze)

Draekon Gefährtin

Abgestürztes Raumschiff. Ein Gefangenen-Planet. Zwei große, hünenhafte, bronzefarbene Aliens, die sich in Drachen verwandeln. Und das Beste daran? Die Drachen bestehen darauf, dass ich ihr Kumpel bin.

Zeitgenössische Liebesromane

Königlich Verdorben

Milliardär. Playboy. Prinz. Und mein neuer Boss.

Die Schöne und die Holzfäller

Nach dieser Holzfällersaison gebe ich den Sex auf. Aus... Gründen.

Der Soldat, der mich verführt

Mein heißer Marine-Held will, dass ich ihn Daddy nenne ...

Ihre Daddys – zwei Rivalen

Zwei Väter sind besser als einer.

Cowboy's Babygirl (Eine dunkle Western-Romanze) mit Tristan Rivers

Sie braucht Schutz. Disziplin. Eine feste Hand. Sie hat die richtige Ranch ausgewählt.

Unschuld (Eine dunkle Liebesgeschichte) mit Stasia Black

Ich bin der König der kriminellen Unterwelt. Ich bekomme immer, was ich will.
Und sie ist meine Besessenheit.

Die Gefangene des Biestes (Die Liebe des Biestes)
mit Stasia Black

Vor Jahren hat mich Daphnes Vater bestohlen.
Jetzt ist es Zeit für sie, die Schuld ihrer Familie zu begleichen ... mit
ihrem Körper

ÜBER RENEE ROSE

USA TODAY Bestseller-Autorin RENEE ROSE liebt dominante, verbalerotische Alpha-Helden! Sie hat bereits über eine Million Exemplare ihrer erotischen Liebesromane mit unterschiedlichen Abstufungen verruchter sexueller Vorlieben und Erotik verkauft. Ihre Bücher wurden außerdem in *USA Todays Happily Ever After* und *Popsugar* vorgestellt. 2013 wurde sie von *Eroticon USA* zum nächsten *Top Erotic Author* ernannt und freut sich ebenfalls über die Auszeichnungen Spunky and Sassy's *Favorite Sci-Fi and Anthology Autor*, The Romance Reviews *Best Historical Romance* und Spanking Romance Reviews *Best Sci-fi, Paranormal, Historical, Erotic, Ageplay and Couple Author*. Bereits fünfmal gelang ihr eine Platzierung in der USA-Today-Bestsellerliste mit verschiedenen literarischen Werken.

Besuchen Sie ihren Blog unter www.reneeroseromance.com

ÜBER LEE SAVINO

Lee Savino ist eine USA Today-Bestsellerautorin von Smexy-Romanzen. Smexy, wie in "smart und sexy". Finden Sie sie in der Goddess Group auf Facebook und laden Sie ein kostenloses Buch unter www.leesavino.comherunter!

Sie finden sie unter:
www.leesavino.com

Sie lieben knurrige Alphas? Dann schau dir die Berserker-Saga an. Beginne mit ***Verkauft an die Berserker.***